龍馬 三
海軍篇

津本 陽

集英社文庫

目次

龍馬　三　海軍篇

●単位換算表

一寸＝一〇分＝約三・〇三センチメートル
一尺＝一〇寸＝約三〇・三センチメートル
一丈＝一〇尺＝約三・〇三メートル
一間＝六尺＝約一・八二メートル
一丁（町）＝六〇間＝約一〇九メートル
一里＝三六丁＝約三・九三キロメートル

一歩（坪）＝一平方間＝約三・三平方メートル
一反（段）＝一〇畝＝三〇〇歩＝約九九一・七平方メートル

一匁＝一〇分＝一〇〇厘＝三・七五グラム
一貫＝一〇〇〇匁＝三・七五キログラム
一斤＝一六〇匁＝六〇〇グラム
一ポンド＝約四五三・六グラム

一升＝一〇合＝一〇〇勺＝約一・八リットル
一石＝一〇斗＝一〇〇升＝約一八〇リットル

操練所

闇《やみ》のなかで、西風が吠《ほ》え猛《たけ》っていた。

順動丸《じゅんどうまる》は全長四十間の船体をせわしく上下させている。甲板では金具の打ちあう音、帆綱索具《ほづなさくぐ》のきしむ音が、たえまなく聞こえていた。

龍馬《りょうま》は合羽《かっぱ》を波しぶきに濡《ぬ》らし、水夫たちとともに出帆まえの作業をしていた。

望月亀弥太《もちづきかめやた》、千屋寅之助《ちやとらのすけ》、高松太郎《たかまつたろう》、近藤昶次郎《こんどうちょうじろう》（長次郎《ちょうじろう》を改名）も、上荷《うわに》舟《ぶね》からの荷物の積み込みにあたっている。

蒸気釜《じょうきがま》は充分に熱し、機関は運転可能な状態になっている。千葉重太郎《ちばじゅうたろう》も同船しており、勝麟太郎《かつりんたろう》（海舟《かいしゅう》）と船長室にいた。

文久《ぶんきゅう》三年（一八六三）一月十三日の夜五つ（午後八時）まえであった。

順動丸はまもなく兵庫港を出帆し、品川《しながわ》沖へ戻る。

麟太郎のもとへ、幕閣から一刻も早く江戸に帰着するよう、下命が届いた。将軍家茂《いえもち》が軍艦を用い上洛《じょうらく》することにきまり、松平春嶽《まつだいらしゅんがく》（慶永《よしなが》）も海路を希望しているという書状をみた麟太郎は、笑みをもらした。

「海路ご上洛のことは、俺《おれ》がかねてから一所懸命に建議していたことだ。海軍がひらけた国では、なんのこともねえんだが、いままでは難事中の難事で、命がけで申しあげても、さまたげる奴《やつ》が百人もいて、とてもだめだった。それが、時世の動きで、ご老中の石頭のほうからいいだしてきたんだから、たまげるさ」

書状が七日に着いたあと、連日の荒れ模様で出帆が延びたので、麟太郎はとうとう悪天候を承知で、江戸への帰航をきめた。

麟太郎は船酔いをするが、そんなことはかまっていられない。

順動丸が動きはじめたのは、五つ半（午後九時）過ぎであった。龍馬は船長室をのぞき、麟太郎と千葉重太郎に挨拶《あいさつ》をした。

「俺らあは、部屋でやすませてもらいますき、ご無礼申します」

麟太郎は、揺れるランプの火明りのなかで歯並みを見せた。

「今夜はあまり進まないね。紀州《きしゅう》沖を通り過ぎるまでがたいへんさ。潮岬《しおのみさき》から先は下田《しもだ》まで、飛ぶようにいっちまうがね。眠れねえときは酒を飲むがいい。どうせ揺られているうちに、みんな吐いちまうがね」

龍馬は、船室に戻ると昶次郎たちとラム酒を飲んだ。肴《さかな》は豚の角煮である。

亀弥太がいった。

「蒸気船で酒を飲みゆうか。たまるか、気分がえいねや」

望月亀弥太は二十六歳、千屋寅之助、高松太郎は、ともに二十二歳である。

三人は龍馬の意をうけた間崎哲馬《まざきてつま》が、藩大監察小南五郎右衛門《こみなみごろうえもん》に、航海術修業者の養成が急務であると説いたおかげで、一月七日、京都藩邸から勝塾に入門を命ぜられた。

龍馬は、麟太郎が攘夷《じょうい》派公卿《くぎょう》の姉小路公知《あねがこうじきんとも》にあてた書状を届けるため、京都にきていたので、さっそく三人を連れて大坂へむかった。八日には本町《ほんまち》三丁目の麟太郎の宿をたずね、三人をひきあわせ、入門させた。

麟太郎は龍馬たちに、順動丸での航海を経験させるため、兵庫港へ同行した。

亀弥太らは好奇心に駆りたてられ、船内をなめるように見てまわった。

「修業いうき、はなから面倒な学問をやらにゃいかんかと思うちょったが、案に相違ぜよ。すんぐに蒸気船で旅をさせてくれるとは、願ったり叶《かな》ったりじゃ」

よろこぶ亀弥太に、龍馬があいづちをうつ。

「それじゃ。先生は操船のしかたを、実地に手を取って教えてくれるがじゃ。俺らあは、面倒なオランダ語を覚えんでもえい。まっこと手っとり早いぜよ。先に船になじんでから航海術を習うたら、会得をしやすいきのう。天下の大先生にめぐりおうたのは、生涯のしあわせというもんじゃ」

麟太郎は、元日に龍馬が京都へむかったあと、繁忙をきわめる日を送った。

四日から八日にかけて、小笠原図書頭《おがさわらずしょのかみ》（長行《ながみち》）と因州《いんしゅう》侯池田相模守《いけださがみのかみ》（慶徳《よしのり》）を朝陽丸《ちょうようまる》に乗艦させ、泉州岸和田《せんしゅうきしわだ》から紀州加太《かだ》、友ケ島《ともがしま》へ案内した。

九日には因州藩大坂屋敷へ出向き、相模守にアメリカで見聞した同国海軍の状況を、詳しく説明する。

次の間で麟太郎の談話を拝聴している家臣たちが、唖然《あぜん》として胆《きも》を奪われるような内容である。

「順動丸の十層倍もあるような大艦が、数も知れないほどあります。サンフランシスコの港を守る台場《だいば》は、いま申し上げた通り、日本にいてはとても思いがけないような代物でんしょう。そんな国を相手に戦えば、守るといっても到底無理だ。攘夷というが、やってみれば分かりますよ。とにかく一艘《そう》でも軍艦をふやさなければいけないのです」

相模守は麟太郎の弁舌に聞きいるばかりであったが、その場で藩士の教育を頼んだ。

「当家の若い者を、五人でも六人でもいい。預かってもらいたいものだ」

相模守は麟太郎の識見を高く買い、千葉重太郎は面目をほどこした。

龍馬は京都に滞在しているあいだに、江戸で横井小楠《よこいしょうなん》が刺客に襲われたという噂《うわさ》を聞いた。

小楠は去年の十二月十九日の宵、肥後《ひご》熊本藩江戸留守居役、吉田平之助の、お玉《たま》ケ池《いけ》檜物町《ひものちょう》にある別宅に招かれていた。

小楠は日頃《ひごろ》から吉田に頼まれ、幕政の実情につき、情報を与えている。吉田は、松平春嶽の智恵袋《ちえぶくろ》として幕閣の枢機にかかわっている小楠の意見を、貴重な指針としていた。

冷えこみのきびしいその夜の酒宴には、熊本藩士都築《つづき》四郎、谷内蔵之丞《くらのじょう》が同席していた。

二階の広間で時事についての要談を終えたのち、芸妓《げいぎ》が呼ばれ、酒宴がはじまった。谷内が中途で辞去したあと、五つ頃、覆面をした男が階段を駆けあがってきた。

階段の際に坐《すわ》っていた小楠は、男がほのぐらい行灯《あんどん》の明かりで鈍く光るものを、提げているのを見た。

抜き身だ、と覚《さと》った瞬間、小楠は立ちあがり、階段を駆け下りた。刺客はふしぎなことに、小楠に斬《き》りかかりもせずすれちがった。小楠は、階段を下りたところで、もう一人の刺客とすれちがったが、やはり襲われなかった。

小楠が平然としていたので、刺客たちは無関係のものであろうと、勘ちがいをした。

小楠は武芸に達者であるが、宴席に居あわせた三人の大小は、床の間に置かれていた。素手ではとても相手ができないと判断し、丸腰で刺客とすれちがったのである。

彼は足袋《たび》はだしで十丁ほど離れた常盤橋《ときわばし》の福井藩邸に走り、刀をとって引きかえしたが、そのとき刺客たちは逃げ去っていた。

刺客の一人と渡りあったのは、吉田と都築であった。吉田は刺客に顔を斬られたが、屈せず組みつき、股《もも》を斬られても離さず、階下へ転げ落ちた。

都築は刀を抜くなり、いま一人の刺客に上段から斬りつけたが、刀身を鴨居《かもい》へ打ちこんだため、組みあって階段を転げ落ちた。

刺客たちが逃げ去ったあと、吉田は亡くなった。都築は浅手であった。

小楠を襲ったのは、尊王攘夷をとなえる宮部鼎蔵《みやべていぞう》らの肥後勤王党であるといわれた。小楠が公武一和をとなえる春嶽の側近として活躍しているのを、不埒《ふらち》と見たのであった。

肥後勤王党の激派には宮部のほか、住江甚兵衛《すみのえじんべえ》、轟木武兵衛《とどろきぶへえ》、河上彦斎《かわかみげんさい》らがいた。

龍馬は平井収二郎《ひらいしゅうじろう》から事情を聞いた。

「横井小楠は、近頃開国論を唱えよるき、肥後、長州《ちょうしゅう》に土佐《とさ》の有志らあがしめしあわせ、闇討ちにする相談を、しよったがじゃ。桂小五郎《かつらこごろう》（のちの木戸孝允《きどたかよし》）は、福井藩邸で中根雪江《なかねゆきえ》に会うたとき、そがな内幕をうちあけて、小楠をなるべく他出《たしゅつ》させちゃあいかんと、用心をすすめちょった。肥後熊本家中でも、他藩の手を借るまでもなく、成敗するいう者もおった。小楠自身も、狙《ねら》われちゅうことを、よう知っちょったがよ」

収二郎は、小楠を襲った下手人《げしゅにん》は、肥後勤王党の堤松左衛門《つつみまつざえもん》であるといった。

「これは秘事じゃきに、他言無用ぜよ。堤は脱藩して長州にいたが、小楠を殺すため江戸へいったがじゃ」

彼は福井藩邸へ幾度も足をはこび、小楠に会いたいと申しいれたが、他出中であるとしてことわられた。

「しかたがないので、肥後藩邸詰めの足軽《あしがる》二人に頼んで、小楠の動静を探ったがじゃ。それで小楠が、留守居役の吉田と会う日取りをつきとめたらしい」

熊本藩では、重役の吉田平之助を殺し、藩士都築四郎を傷つけた下手人の行方を捜索せず、肥後勤王党の幹部らに事情を聞くことさえしなかったという。

それよりも、小楠が刺客とすれちがい、福井藩邸へ刀をとりに戻った行動を、士道忘却、不届き至極であるとなじり、福井藩から小楠の身柄をうけとって、熊本へ送り返そうとした。

事件のおこった翌日の十二月二十日朝、熊本藩重役沼田勘解由《ぬまたかげゆ》が福井藩邸をおとずれ、中根雪江に申しいれた。

「弊藩では、士道不覚悟至極のていたらくなりし横井を、早速に国表へ送り返し、藩規によって処分いたさねばなりませぬゆえ、身柄を引きとらせていただきまする」

中根雪江は、その求めに応じなかった。熊本藩に引き渡せば、小楠は死罪にされる。

「横井殿のおふるまいは、南宋《なんそう》の名将文天祥《ぶんてんしょう》の故事に見るごとく、命さえこれあり候《そうら》えば、なすべき事あるの見識にて、瑣々《ささ》たる小節で論ずべきではございますまい。危急の際、やむをえざる仕儀なりと見るが、公平でござろう」

「やっぱりのう。中根という仁《じん》は、才智も腹もある人じゃき、えいことをいうぜよ」

龍馬は感心した。

正月の数日を京都で過ごした龍馬は、勅使警衛の任を果たして帰京した武市半平太《たけちはんぺいた》（瑞山《ずいざん》）が、御留守居組に昇進したことを知った。白札《しらふだ》から上士《じょうし》の身分になった半平太は、今後まだ一段も二段も累進するであろうと、家中で噂されていた。

上京の勅命をうけた山内容堂《やまうちようどう》（豊信《とよしげ》、十五代藩主）が、京都において半平太を重用せざるをえない状況を、判断しての措置であった。

半平太は三条実美《さんじょうさねとみ》、姉小路公知と密接な連絡をとり、攘夷派の重鎮として、諸藩有志のあいだに強い影響を与える立場にある。だが、彼の立場も危うい。

京都市中には尊攘浪士が横行し、傍若無人のふるまいをしているが、薩摩《さつま》、会《あい》津《づ》、因幡《いなば》、阿波《あわ》の有力諸侯が、公武合体の意向をしだいにつよめていた。

薩摩藩は、山内容堂の上京をまって、公武合体の朝議を定めようと画策しているという。

半平太は正月三日、青蓮院宮《しょうれんいんのみや》（朝彦《あさひこ》親王）に謁し、公武合体に傾かれぬよう諫言《かんげん》したのち、四日の朝、雪を踏んで高知に帰郷した。さきに高知に帰り、藩政改革を藩首脳に説いている間崎哲馬、弘瀬健太《ひろせけんた》に協力するためである。

二人は、青蓮院宮から国許《くにもと》の老公山内豊資《やまうちとよすけ》（十二代藩主）にあてた令旨《りょうじ》をたずさえていた。

龍馬は勤王党の前途に、暗雲がひろがってきているのを、察知していた。

江戸にいて、松平春嶽に協力し幕政をささえていた山内容堂が、勅命によって上京すれば、朝廷の信任を一身にうける。

龍馬は、容堂が京都にきて、半平太らを耳目《じもく》に用い、尊攘運動をするはずがないと見ていた。

容堂は、かならず幕府を支持する公武合体策をうちだしてくる。そのとき、彼にとっては、身のほどもわきまえない思いあがったならず者にひとしい下士《かし》たちを、処断するにちがいない。

龍馬は、望月、千屋たちにいった。

「いま洛中で、肩で風をきって歩きゆう志士とは何ぜよ。おのれの名を他藩に知られたいばっかりに、いわんでもえい法螺《ほら》ばあ吹き廻《まわ》りゆう。勤王家として重きをなしたいがために、わが身分もかまわず公卿をたずねて議論をぶちかましよる。騒動は飯の種と心得ちゅう奴原《やつばら》ばっかりじゃ」

龍馬は江戸を出るまえ、溝渕広之丞《みぞぶちひろのじょう》から容堂が勤王党を嫌っていると聞いていた。

「ご隠居（容堂）は、お側用役の乾《いぬい》（のちの板垣《いたがき》）退助《たいすけ》に、たずねたそうじゃ。武市らあの仕方は、なにかといえば公卿堂上衆の力をかりて、主人を脅しあげて我意に従わせようといたす。家来にあるまじき増上慢に、ほとほと辛抱もなりかねる。どうすればよかろうとな」

龍馬は退助の、女のような容貌《ようぼう》に似あわない、粗暴な性格を知っていた。

「勤王党の者らあを殺せと、いいよったがじゃろ」

「その通り。あいつらと斬りおうて死ぬるか、恥を忍んで従うかの、二つにひとつをとるとなれば、私は死んでみるつもりでおりまするど、いうたがじゃ」

「ほいたら、ご隠居はどう返事されたぜよ」

「さあそのことじゃ。どうしたらよかろうと聞かれた。そこで退助は国許から同志を大勢召し寄せて、五十人組をおさえる策を持ちだしたそうじゃ」

「やっぱり、上士と下士の争いになるがか」

龍馬はそのときから、一人でも多く勝塾の門下に同郷の人材を誘いいれねばならないと、努力するようになった。

有為の若者が、無駄に血を流すのを見すごすわけにはゆかない。

龍馬は順動丸の船室でラム酒に酔い、高声に話しあう亀弥太らの声を聞きつつ、舷窓《げんそう》から海上を見渡す。

尼崎《あまがさき》から大坂へかけての浜辺に、灯火がつらなっていた。

――俺はいま、幕府の汽船に乗っちゅう。勤王浪士らあから見たら、生かしてはおけん敵じゃろ。日本じゅうの侍やら郷士《ごうし》やらが、しだいに騒《ざわ》めきだしてきちゅうが、いらんことばあしよる。外国人が、棚からぼた餅《もち》の落ちてくるのを待つように、騒動につけいろうとするがを、誰《だれ》も知らん。俺は勝先生といっしょに、海軍塾を盛大にして、早う人材をつくらにゃいかん——

麟太郎が、こんど入門した門下生を順動丸に乗船させるには、かなりの決心が必要であった。

幕臣でもない龍馬たちを乗船させたことが分かれば、後日になってどんな苦情が持ちこまれるか知れない。ことに龍馬は脱藩者である。

だが麟太郎は、龍馬たちを自分の小姓として、乗組名簿に名をつらねさせた。

「一度航海すれば、それだけ勉強になるんだ。俺の弟子だから、誰にもはばかることはねえさ」

麟太郎は大胆であった。

順動丸は、十四日には終日、紀州沖を低速で航行していた。

龍馬たちは機関室から伝わる振動と、外車（外輪）が水を掻《か》きまわす騒音のなかで、ラム酒に酔って、みじかいあいだでも熟睡した。眼《め》がさめたあとは、腰に命綱をつけ、滑りどめの砂をまいた甲板のうえをよろめき歩き、作業した。

ゆるんだ索具を締めなおし、荷物の位置を直すあいだ、しぶきに濡れた体がつよい西風に吹きまくられ、こごえて指がうごかなくなる。

紀州の大崎《おおさき》の鼻を過ぎる辺りから、海の荒れる様子が変わってきた。

乗組みの士官が龍馬に声をかけた。

「ここから先は枯木灘《かれきなだ》だ。摂津《せっつ》の海は池のようなものだったが、この辺りから揺れがきつくなるぞ」

古綿をひろげたような、うっとうしい雨雲のひろがる空から、ときどき陽《ひ》が一条射《さ》して、濃緑《こみどり》の海上を照らすが、光はすぐに消え、粉雪が目路《めじ》を覆って降ってくる。

龍馬は傍《そば》にいる甥《おい》の高松太郎にいった。

「こがな大波は、桂浜《かつらはま》でもあんまり見たことないのう」

太郎はしぶきで濡らした顔をゆがめ、阿波のほうから右舷に押してくる波を眺め、うなずく。

「大《お》っきいし、うねりの底が深いぜよ」

うねりの幅は、二丁ほどもある。波の天辺《てっぺん》から底を見れば、二階の屋根から道を見下ろしているようである。

龍馬が肩をたたかれ、ふりかえると、麟太郎のもとで順動丸を運転している、軍艦操練所頭取《とうどり》、荒井郁之助《あらいいくのすけ》が立っていた。

彼は鍔《つば》のひろいアメリカの水兵帽子でしぶきをよけながら、大声でいった。

「こんな波で、おどろいていちゃいけねえよ。パシフィック・オセアン（太平洋）のまんなかへ出てみたら、思わず顔をそむけたくなるような、山ほどの大きさの波が、頭のうえからなだれ落ちてくるさ」

順動丸の速力は落ち、荒海のなかを、一条の黒煙の尾をひきながら這《は》うように進む。猛烈な西風に吹きたてられているので、帆をつかえば、船体の安定が保てない。

波濤《はとう》のあいだを縫ってゆくので、船が傾くと、いっぽうの外車は海中に深く没し、反対側のは空中に露出して、バシャバシャとけたたましい音をたて、推進効率がきわめて悪くなった。

順動丸の乗組員のうち、まず船酔いで動けなくなったのは、火焚《ひた》きの火夫たちであった。彼らは蒸気釜の焚き口の前に立ち、燃えかたを見て、石炭を投げいれ、灰をかきだし、順調に蒸気機関を運転させねばならない。

機関室のなかは、息づまるような熱気のなかに、炭塵《たんじん》と灰が舞い、蒸気を送るシリンダーの轟音《ごうおん》が耳をつんざく。

火夫たちは滝のように汗を流し、焚き口へひっきりなしに石炭を投げこまなければ、機関の能力が低下する。

船の動揺がきつくなると、体力を消耗した火夫たちは嘔吐《おうと》をくりかえし、動けなくなった。乗組みの男たちは、水夫、士官をとわず交替で火焚きの作業にあたる。

龍馬は火焚きをするうち四度吐いたが、作業は休まなかった。

鱗太郎以下、乗員のすべてが船酔いに苦しみつつ、十四日の夜更けに潮岬を東へまわりこむと、順動丸の船脚は飛ぶように速くなった。

手拭《てぬぐ》いで鉢巻をして寝込んでいた鱗太郎と千葉重太郎は、夜があけてから、黒潮に乗り、順風を帆にうけ、船首に波をきってゆく船の甲板に姿をあらわした。

「お前さんたちは、船に酔わないのかね」

鱗太郎に声をかけられた龍馬は、合羽の背に風をはらませながら、大声で答える。

「俺らあは土佐の海辺で育ちよりました。船にゃ慣れちゅうがです」

龍馬は胃の腑《ふ》がからになるほど吐いたことをいわず、腹をゆすって笑った。

「やっぱり、蒸気船はえらいもんじゃ。どがな時化《しけ》でも帆待ちせんと、走りよりますきのう」

「そうだよ。潮岬から伊豆《いず》下田まで、海上およそ百里だが、今日の夕方までに乗りきるさ」

順動丸は、鱗太郎のいった通り、遠州灘《えんしゅうなだ》を奔馬のように通りすぎ、石廊崎《いろうざき》をかすめて下田港に入ったのが、日没まえであった。

海上には西風が吹きつのり、白馬が走る荒天であったので、港には帆待ちの廻《かい》船《せん》が舳《へさき》をつらねていた。

和船の群れと離れ、港口《みなとぐち》に、大型の蒸気船が碇泊《ていはく》している。

「あれはどこの国の船じゃ。こっちより大きいが、大分古そうじゃなあ」

マストに掲げられている旗で、筑前《ちくぜん》（福岡）黒田《くろだ》藩の軍艦、大鵬丸《たいほうまる》だとわかった。

大鵬丸は、安政《あんせい》二年（一八五五）にアメリカで建造された、二百八十馬力、七百七十七トンの木造軍艦で、幕府が借りあげ、正月十一日に品川沖を出航した。

大坂へむかう山内容堂の一行が乗客である。

龍馬は、大鵬丸と舷《ふなばた》を接するように、間近の海面に錨《いかり》を下ろした順動丸の船室に、身を隠した。脱藩者である彼の姿が、容堂に従う上士たちの眼につけば、ただではすまない。

鱗太郎は、龍馬に笑っていった。

「ちょうどいい折だ。今夜容堂侯に拝顔して、お前さんを赦免してほしいと頼んでくるよ」

龍馬の眼が光った。

土佐藩の実権を握る容堂は、龍馬にとっては、威圧されないわけにはゆかない、雲のうえの存在である。

坂本屋敷の離れの軒先から、背のびをすれば見える高知城の天守閣は、龍馬が一生足を踏みいれられない場所であった。

脱藩して、土佐藩とは縁が切れたと思っていても、容堂が眼と鼻の先にいると聞くだけで、鬱屈《うっくつ》した気分になる。

「俺のことは、放っちょって下さい。ご隠居は俺の名前らあは、知りなさらんですろう」

麟太郎は、肩をゆすった。

「俺の塾生となったうえは、大手を振って世間を歩きまわらねばならん。いいから任せておけ。老公の口から、こっちの望む返事をいわせてみせるさ。お前さんは、宿でひと風呂《ふろ》浴びて、酒を飲みながら待っているがいい」

龍馬は麟太郎に従い、順動丸乗員の泊まる宿屋へいった。

麟太郎は宿の座敷におちつくと、風呂にはいった。容堂の泊まっている本陣へ、使いを出向かせる様子もない。

風呂からあがったとき、容堂の側小姓山地忠七《やまちただしち》（元治《もとはる》）が、麟太郎を迎えにきた。

「手前主人には、勝麟太郎殿上陸なされし由、聞き及び、ぜひ一夕の歓をともに尽くしたいと申しおりまする。幕府軍艦組の小野友五郎《おのともごろう》殿、加藤安太郎殿もおられまするゆえ、いろいろお話し下されませ」

「それはかたじけない。さっそく伺候いたしましょう」

麟太郎は高松太郎と望月亀弥太を手招きした。

「お前たち二人は、俺の小姓としてついてくるがいい」

麟太郎が高松、望月を連れ、容堂を訪問して戻ったのは、夜更けであった。

西風は昼間とおなじように吹きつのっていたが、雨があがり、月が出ていた。

麟太郎は宿につくと、大あくびをして座敷へ入った。

「明日は品川まで走らなきゃならないよ。皆、早く寝ろ」

龍馬は、したたかに酔い、着なれない紋服の肩をおとしている太郎と亀弥太に聞いた。

「ご隠居には、お前《ま》んらあも目通りしたか」

「おう、次の間の敷居際に膳《ぜん》を置いてもろうて、酒を飲んだぜよ」

太郎がいうと、亀弥太は笑っていった。

「ご隠居は、俺らあに声をかけてくれたがよ。そのほうどもは土州《どしゅう》の者か。それなら大盃《たいはい》を受けよというて、五合ばあ入る大盃が、前にまわってきた」

「それを飲んだか」

亀弥太は太郎と顔を見あわせ、うなずきあった。

「二人とも、腰すえて飲んだき、ちくと足をとられるばあ酔うたぜよ」

「そがなことは、土佐じゃ考えられんことじゃねや」

「まっこと夢のようながじゃ」

容堂の左右には、家老深尾丹波《ふかおたんば》、側用役寺村左膳《てらむらさぜん》、藩大監察小南五郎右衛門、側物頭《そばものがしら》小笠原唯八《おがさわらただはち》、侍講《じこう》吉田文次、細川潤次郎《ほそかわじゅんじろう》たちが陪席していた。

小野友五郎、加藤安太郎ら、大鵬丸を運転する幕府軍艦操練所の幹部たちも、出席している。

龍馬はたずねた。

「先生は、どがなご様子じゃったかよ」

「ふだんとかわらん、転合《てんごう》ばっかりいうて、皆を笑わせよった。ご隠居が京坂の形勢をお尋ねなさったときは、たしかなうけ答えをしゆう。なんせ、頭が切《こ》れるきのう。ひとを笑わせてばっかりいながら、お前さんと惣之丞《そうのじょう》さんの赦免を願い出て、ご隠居に承知させたぜよ」

「なんちや、それはほんまか」

「嘘《うそ》はいわん。先生はご隠居を呑《の》んでかかっちゅう」

麟太郎は容堂に懇請したという。

「方今、ご家来のうちに過激の志をもって、亡命いたす者が多うございますが、拙者の門下にも、坂本龍馬、沢村惣之丞が参っておりまする。かの者どもには悪意はなく、憂国の志あるのみなれば、願わくは寛典をもってその罪を許されよ。やむなきときは、かの者どもを拙者がお預かり申しあげまする。お許しをいただくならば、望外のしあわせと存じまする」

龍馬は、麟太郎が自分と惣之丞の脱藩の罪の赦免を、容堂に願い出たと聞き、おどろくばかりであった。

「ご隠居は、名前も知らん俺らあの赦免をいきなり頼まれても、びっくりするだけじゃろ」

容堂が赦免しないときは、門人として保護すると明言した麟太郎の、幕府高官としての権威を、龍馬はあらためて認識した。

――俺は日本一の人物の弟子になった。まっこと運のえいことじゃ――

沢村惣之丞は、龍馬が誘い、まもなく河鰭公述《かわばたきんあきら》への勤仕をやめ、航海塾に入ることになっていた。

亀弥太らはいう。

「気のみじかいご隠居が、薬缶《やかん》の湯が噴くように怒りだしゃあせんかと、俺らあは身がすくんだが、何事もおこらなんだ」

容堂は膝《ひざ》もとから酒をいれた大瓢箪《おおびょうたん》をとりあげ、麟太郎にすすめた。

「まず一杯を空けられよ。さもなくば、返答はいたさぬこととしよう」

したたかに酩酊《めいてい》した容堂の、猛禽《もうきん》のような眼差《まなざ》しをむけられた麟太郎は、酒を満たされた大盃を持ちあげた。

「これはご難題なれども、やむをえませぬ」

下戸《げこ》の麟太郎は、顔をしかめ、眼をつむり、一気に酒を飲みほした。

亀弥太がいう。

「ご隠居は手を打って大笑いしよった。それでいうたぜよ。その者どもの身上《しんじょう》は、いっさい君に任す。こののち過激に走らすことはやめさせたまえとな」

太郎が龍馬の膝を叩《たた》いた。

「先生のかけひきは、まだつづきよったがじゃ。ご隠居が酔うたんぼになっちゅうときの約束を、あとで知らんといわれちゃかなわん。口先ばあのやりとりじゃなしに、後日の証《あかし》となるものを頂戴《ちょうだい》したいと、いうたがよ。ご隠居は機嫌よう筆をとって、紙に瓢箪の絵を描いて、歳酔三百六十回、鯨海酔侯《げいかいすいこう》いう字を、そのなかへ入れたぜよ」

麟太郎は、酒席で容堂主従に、幕府軍艦奉行並の威勢を見せつけるふるまいをした。大鵬丸を運航してきた幕臣小野友五郎、加藤安太郎を、きびしく叱責《しっせき》したのである。

「貴公たちがこのたび大鵬丸へ乗り組んだ趣意は、ことのほかの大任だぞ。国主大名がはじめて航海いたされることゆえ、なるだけ充分に、極上の天気を見定めて、上下《しょうか》ともにご安心召されるよう取りはからって、しかるべきだ。しかるに、このたびの始末は不出来千万。向後気をつけられい」

小野友五郎は、航海測量の熟練者として知られていた。麟太郎とともに、咸臨《かんりん》丸《まる》で渡米したとき、彼は日本士官のうちでただひとり、六分儀を用い、正確な天測をおこなった。

同乗していたアメリカ士官ブルック大尉が、その学識におどろかざるをえないと感心したほどである。

麟太郎は、蒸気船運用の権威である小野、加藤を、大鵬丸艦長松本主殿《まつもとのも》の面前で叱咤《しった》したが、彼らは弁解することなく、ひたすら詫《わ》びるばかりであった。

容堂の側用役寺村左膳は、麟太郎のふるまいに圧倒された。

亀弥太がいう。

「寺村は、俺らあが座を立って去《い》にかけたときに、いいよったぜよ。艦長の松本殿までが、一言もロをひらかず、ただおそれいったことで、人物の高低が一目《いちもく》瞭然《りょうぜん》と分かったとのう」

大鵬丸は十一日に品川沖を出航し、翌日下田港に入ったが、猛烈な風雨のため、その後は滞船していた。

龍馬は笑った。

「小野さんは、月距法（ルナー・ディスタンス）を使えると噂に聞いちゅう。そがな大物を、ご隠居の面前で叱《しか》りとばすがは、派手者《はでしゃ》の先生の一番好きなことよ」

翌朝、順動丸は出帆し、強風をおして蒸気機関を用い、夕刻品川海岸に投錨《とうびょう》した。

身を切る寒風が吹きつのる暗い海面に、鷗《かもめ》の群れが揺れていた。龍馬は茜《あかね》色の夕映えがわずかに残っている西の空を見あげ、佐那《さな》のまっすぐに背筋をのばした立ち姿を、宙にえがいた。

――お佐那殿は、えい女じゃが、なんぼ思いをかけてくれたち、いっしょにはなれん――

海岸へむかうバッテイラという伝馬船《てんません》のなかで、千葉重太郎が龍馬に声をかけた。

「今夜は、桶町《おけちょう》に帰るか」

龍馬は佐那に会いたいと胸をはずませる。

「お供したいが、太郎らあとちくと話をせにゃいかんき、明日に寄せてもらいますらあ」

龍馬たちは、品川宿で重太郎と別れ、赤坂元氷川下《あかさかもとひかわした》の麟太郎の屋敷へむかった。

馬上の麟太郎が、龍馬にたずねる。

「千葉殿の妹御に、顔を見せにいかねえでもいいのか」

「明日、いきますきに」

麟太郎は、佐那が龍馬に黄八丈の着物と黒絹羽織を贈ったことを知っていた。

龍馬は江戸に戻ってから、あわただしい数日を過ごした。

麟太郎が十七日の早朝に、越前《えちぜん》藩邸へ出向いたので、龍馬らは護衛として従う。

松平春嶽の海路上京についての協議を、昼まえにおえた麟太郎は、玄関で待っていた龍馬に告げた。

「いまから操練所へゆくぞ。春嶽殿が順動丸をご検分になられる」

春嶽は二十三日に、順動丸に乗船して大坂へむかうことになった。麟太郎がいった。

「順動丸を買いにいったとき、横浜にもう一艘の鯉魚門《ライモン》という船を検分したのを覚えているかい」

龍馬は、順動丸よりいくらか小型の鉄製外車蒸気船の名を覚えていた。

「鯉魚門は古いが、機関がしっかりしちゅう、えい船です」

「そうだ、それをアメリカ公使を通し、買いあげの引きあいをはじめているんだ。いま上海《サンハイ》から横浜へ向かっている途中らしいが、早く横浜に着けば、鯉魚門を使ってもいいんだが」

龍馬たちは、春嶽の乗る船に同乗して、大坂へゆくことになっていた。

「これから、べらぼうにいそがしくなるぞ。上様も海路をとってご上洛ということになれば、歩兵も上方《かみがた》へ運ばなきゃならなくなる。当分は、江戸と大坂をいったりきたりしなきゃならないだろう」

龍馬は、亀弥太らと顔を見あわせ、笑みをおさえられなかった。

「一遍航海すりゃ、それだけ蒸気船の扱いを勉強できる。こがなありがたいことはありませんきに」

春嶽と幕府高官たちを品川沖の順動丸へ案内するうち、日が暮れた。

用をすませて、操練所の門を出るとき、暮れ六つ（午後六時）の時鐘《ときがね》が、寒風の唸《うな》る空に、尾を引いて鳴っていた。

馬に乗った麟太郎は、龍馬をふりかえった。

「今日は桶町へゆくがいい。俺はこの連中に供をしてもらうから、安心だよ」

「ほんじゃ、お言葉に甘えさせてもらいますき」

小丸提灯《こまるぢようちん》をぶらさげた龍馬は、立ちどまって麟太郎を見送る。

江戸は近頃物騒になっていた。京都と同様に、攘夷浪士が横行して、麟太郎の命を狙う者も多いといわれている。

麟太郎は、江戸城内の大広間で公式の会議にのぞんだときも、攘夷を強行して外国につけいられ、領土割譲を強いられるような窮況に陥るよりは、将軍が朝廷に政権を返上すべきであると、主張した。

大久保越中守《おおくぼえっちゅうのかみ》（忠寛《ただひろ》、のちの一翁《いちおう》）の持論と同様の挙国一致体制をとったうえでの開国が、日本の存続するただひとつの道であるという。事なかれ主義をとりつづける幕府のもとでは、諸大名が協同して実力を発揮できない。

将軍が一大名として野《や》に下らなければ、開国ののち外国に対抗しうる国力を養えないという説は、幕閣要路と攘夷派の両方から嫌われる。

龍馬は麟太郎が生命の危険をかえりみず、率直に自説を口にするのをやめたほうがいいと、忠言した。

「あんまりさしさわりのあることは、いわんようにせんと、やられます。悪い噂は、じきに広まりますき。江戸の噂が長州やら薩摩に伝わるのに、十日もかからんといいます」

蒸気船が運航するようになってからは、遠い薩摩との連絡も早くなった。

鱗太郎に死なれたら、龍馬は暗夜に光明を失うことになる。

数日まえ、桜田新橋外に、水戸《みと》藩士宇野八郎の屍骸《しがい》が、俵に入れられ捨てられていた。

傍らにあった捨て札には、宇野が年来、攘夷志士と交わり、内情を探索して幕吏に通じた間者《かんじゃ》であるため、天誅《てんちゅう》を加えたと記されていた。

「京都では口に尊攘をとなえながら、酒色の楽しみをするために、人殺しをやりゆう奴原が、うろついちょります。先生に長生きしてもらわんと、俺らあは難儀しますき、あんまりいいたいほうだいはやめてつかあさい」

鱗太郎はいつものような笑みを見せずにいった。

「俺もそう思うんだが、性分だからしかたがない。眼のまえの破れ目をつくろうようなことばかりしている老中たちが、イギリスやフランスの狼《おおかみ》たちに食いものにされるのを黙って見ているわけにはいかねえよ。人間は寿命のあるあいだは、どんな危ないことをやっても、生きていられるものさ。死ぬときがきたら、座敷に坐っていても死ぬんだ。俺はいいたいことをいって死ぬほうがいい」

龍馬は、埃風《ほこりかぜ》の舞いたつなか、遠ざかってゆく鱗太郎たちをしばらく見守っていたが、やがて桶町千葉道場のほうへ足をむけた。

千葉道場の長屋門は、しまっていた。

龍馬は番人に声をかけ、くぐりをあけてもらい、なかに入る。暗くしずまりかえった道場の裏手にいくと、塾生のいる別棟の二階家の火明かりが見えた。

龍馬が井戸端で足をあらっていると、むかいの母屋から、人影があらわれた。

「龍馬さんですか」

佐那の声であった。

「夜おそく、お世話になります」

「ではお部屋に、火桶《ひおけ》をおもちいたしましょう」

龍馬の部屋は、道場脇《わき》の四畳半である。

庭からひらき戸をあけ、ひえた部屋に入ると、佐那が行灯を提げてくる。くらがりに女のにおいがした。

「火桶は、いただきにあがりますきに」

台所へいこうとする龍馬に、佐那が声をかけた。

「お風呂をわかしております。おはいりなさいませ」

彼女は、龍馬のために風呂の支度をしていた。

部屋に火桶をもってくると、二人はおぼろな行灯の明かりのなかでむかいあう。

龍馬が炭火を吹いて、まっかに熾《おこ》す。

「若先生は、もうおやすみなされましたか」

「はい、大坂からの航海は、大荒れだったそうですね」

「かなり荒れました。俺は海に慣れちょりますが、若先生は大分船酔いで難儀されたでしょう」

「海はおそろしいと、申しておりました」

佐那は、みじかい笑い声をもらした。

「二十三日には、また順動丸で大坂《おさか》へいくことになります。若先生は、辛抱せにゃならんです」

重太郎は、江戸勤番の藩士数人を麟太郎の門人として預けるため、順動丸で大坂へ同行する。

「ご無事をお祈りしております」

「おおきに、ありがとうございます。順動丸は大《お》っきな鉄の船じゃきに、少々荒れても沈みはせんですき、心丈夫なものです」

龍馬は、荒れる海で船体がうねりの底に沈んでゆくときの、足もとから吸いこまれてゆくような、感覚を思いだす。

海面に上下する波は、無数の動物の背のように見えた。

龍馬たちが黙っていると、たがいの呼吸の音が聞こえる静かさであった。熾った炭のひびわれる音が、耳につく。

塀のそとを、低いかけ声をかけあいつつ、早駕籠《はやかご》が走りすぎていった。

佐那がつぶやくようにいう。

「順動丸が嵐《あらし》にあわねばいいのですが」

「正月と七月は、いちばん海が荒れます。大西風《おおにし》をまともにうけて、大坂ゆきは、ちっくと船脚が遅くなりますろう」

「そんな危ない船旅をせずに、江戸にいて下さればいいのに」

龍馬は、佐那の言葉を聞きちがえたのかと思った。

彼女は、龍馬への情愛をかくさずうちあけている。龍馬は、どう応《こた》えていいか分からない。しばらく口ごもったあとでいった。

「俺のような素寒貧《すかんぴん》が、江戸にいたところで、うだつがあがるわけもありません。航海塾で勉強せんかったら、これからどうやって生計《たつき》をたてたらえいか、分からんがです」

「そんなことはありません」

佐那が息をはずませた。

「あなたは、うちの道場で私といっしょに代稽古《だいげいこ》をつとめてくだされば、そのうち剣術でひとり立ちできるようになります。航海修業もようございますが、開国、鎖国の両論がこれほど騒がしくなれば、お身が危のうございます」

「お佐那殿が、俺の身上《しんじょう》を案じてくれるがは、まっことありがたいが、なんとしても、蒸気船を動かしたいがです。しばらくは、上方をうろついちょります」

「もう江戸へお戻りになりませぬか」

「そがなことはないです。勝先生について、江戸と上方のあいだを眼のまわるほどせわしゅう往来することになりましょう」

「それでは、桶町へ足をむけて下さいますね」

「またお世話になります」

佐那が火桶にかざしていた龍馬の手を握ってきた。龍馬も力をこめ、握りかえした。

佐那の武家の娘として、万感の思いをこめた動作は、龍馬の胸に鉄槌《てっつい》の一撃のようにひびいた。

彼は自分にいい聞かせていた。

――上方へいけば、命がいくつあっても足らん修羅場を往来せんといかん。俺はお佐那殿の婿にはなれん男じゃ――

一月二十三日朝、順動丸は西風が吹き荒れるなか、品川沖を出航していった。

龍馬は千葉重太郎、近藤昶次郎、高松太郎、千屋寅之助、数日まえに江戸へきた沢村惣之丞とともに、険しく波立つ海上に黒煙をなびかせ、外車で水を掻き、遠ざかってゆく船影を、手を振って見送った。

龍馬たちは麟太郎に随行する予定であったが、春嶽一行八十余人のほか、幕府大目付、奥御祐筆《おくごゆうひつ》、目付、奥医師ら、乗組みの人数が多く、船室がとれなくなったので、陸路を行くことになった。

麟太郎は乗船のとき、バッテイラのうえから手を振っていった。

「お前たちは足が達者だから、大坂へ半月ほどでいっちまうだろう。むこうで会おうぜ。来月には上様がご上洛なさるから、すぐに引き返してくる。五日か六日頃に大坂に着けば、帰り道はいっしょだから、空《す》いた船のなかで、機関や舵《かじ》のあつかいかたを見せてやるよ」

「順動丸へ乗れるなら、どがな苦労もいといませなあ」

旅の途中、上宿《じょうやど》に泊まれるほどの路銀を、麟太郎から与えられていた。

龍馬たちにとって、大坂までの百四十里ほどの旅程は、苦にならない。彼らは激動する京都の形勢を、一日もはやく見聞してみたかった。

沢村惣之丞は、京都の攘夷浪士たちが白刃をふるい、狼藉《ろうぜき》をきわめている有様を語った。

「諸藩の藩士でも、辺りが暗うなったら浪士といつわって、のし歩きゆう。国抜けした者、牢入《ろうい》りしたことのある者は、浪士らのなかじゃあ頭《かしら》になって、大けな顔をしよるがよ。なんせ町奉行所同心《どうしん》の手先や町用人を殺したり、商家に押し込み強盗をやる浪士が、ふえるばっかりじゃ。奉行所の与力《よりき》、同心も、わが命が惜しゅうて、下手人を一人も捕縛できんがじゃ」

龍馬は嘆息した。

「うちの先生が、客に会うたんびに、天下の形勢を論じて叫びたてるがも、無理のないことじゃねや。いまのままでは、日本は清《しん》国とおんなじように、外国人に食い荒らされるぜよ」

龍馬は清河八郎《きよかわはちろう》が、江戸を騒がしていた浪士たちに扶持《ふち》を与え、浪士組を組織して京都の治安維持にあてる献策をたてて、幕府に採用されたと、麟太郎から聞いていた。

「毒をもって毒を制するつもりか知らんが、春嶽公も大失策をやることにならんかよ」

狐《きつね》と狸《たぬき》が、化かしあいをする世のなかであった。

龍馬は大坂へ旅立つ前日の正月二十五日、沢村惣之丞ら四人とともに、江戸二番町の大久保越中守を訪ねた。

越中守は開国論をとなえるとともに、大政奉還という幕政改革に余人をおどろかせる発言をはばからなかったので、老中板倉勝静《いたくらかつきよ》にうとまれた。彼は前年十一月五日に将軍側近の側用取次《そばようとりつぎ》から講武所奉行に左遷され、さらに同月二十三日、免職、差し控えの処分をうけていた。

安政六年、京都町奉行在職当時、青蓮院宮の私行を探索したことをとりあげられ、その処置に不行き届きがあったとして、罰をうけたのである。

麟太郎は順動丸に乗るまえ、龍馬たちにいった。

「俺はこないだ、大越《だいえつ》（大久保越中守）の屋敷へいって、天下の形勢を談じ、おおいに嘆いてきたんだ。江戸を発《た》つまえに、あれに会ってくるがいい。武備充実をするには、人心一致が肝心だ。人心一致すれば、外国を恐れることはない。ただ、人材がなけりゃ万策ありとも実行はできねえ。大越はめったにない人材だよ。皆で出かけていって、高説を拝聴してくるがいい。危急のときに、大政一新するにはどうすればいいか、教わってこい」

大久保越中守は、麟太郎より六歳年上であった。

彼が幕府海防掛《かいぼうがかり》に任命された安政元年、麟太郎は赤坂田町《たまち》で、蘭学塾《らんがくじゅく》をひらいている、無名の御家人《ごけにん》であった。

越中守は十四歳で第十一代将軍家斉《いえなり》の小納戸《こなんど》となり、さらに小姓として近侍した。家斉の没後は、十二代将軍家慶《いえよし》の小納戸をつとめ、徒士頭《かちがしら》、目付と、高級官僚の道を歩んできた。

越中守が鱗太郎の存在を知ったのは、嘉永《かえい》六年（一八五三）七月に提出された海防意見書を読んだときであった。越中守は鱗太郎を蕃書《ばんしょ》翻訳所勤務に抜擢《ばってき》し、大坂、伊勢《いせ》方面の海岸検分に同行した。

鱗太郎との縁は、こののち絶えなかった。

越中守の経歴は多彩である。蕃書調所《しらべしょ》総裁、駿府《すんぷ》町奉行、京都町奉行、外国奉行、大目付を歴任した。

龍馬は大久保屋敷をおとなうとき、惣之丞にいった。

「相手は幕府のお歴々の一人じゃ。先生が声をかけてくれざったら、とても会える相手ではない」

龍馬は鱗太郎から越中守の持論を聞いていたが、直接にその内容をたしかめたかった。

大久保越中守は、大火鉢であたためた座敷に、龍馬たちを迎えた。

龍馬はランプの明るい光芒《こうぼう》のなかで、越中守と対面した。五人の若者は、両刀を玄関の刀架にかけてきたが、越中守の表情は固い。

鱗太郎の添え状を見て、わずかに表情をゆるめたが、眉目《びもく》の秀でた細面《ほそおもて》をあげ、油断なくこちらをうかがっている。

——俺らあが急に刺しはせんかと、用心しゆうがか。無理もない。先生の口ききがあったとしても、いまの時勢じゃ、むさい男が五人も顔をそろえりゃ、えい気分はせんろう。懐に匕首《あいくち》を隠しちょっても分からんきのう——

越中守の傍には、若い書生がひとり控えているだけである。おそらく襖《ふすま》の外には大刀をひきつけた護衛の者が、ひそんでいるであろうが、面会に応じてくれたのは、よほどの好意であった。

龍馬は畳に手をつき、挨拶を述べた。

「今宵はご無礼をもかえりみず、推参いたしました。明朝上方へ参りますが、勝先生より是非にも大政一新のご高説を拝聴してこいとすすめられました。拙者らはいずれも無学者でござります。方今の形勢をお伺いして、蒙《もう》をひらきたいと存じちょります」

越中守は龍馬たちに茶をすすめ、咳《せき》ばらいをした。

「方今の形勢と申せば、まずは幕府の何事をもなし得ざる、窮屈のていたらくをあげねばなるまい。去年師走《しわす》の九日、外国奉行竹本正雅《たけもとまさつね》が、イギリス代理公使ニールとフランス公使にそれぞれ会い、相談をした。御殿山《ごてんやま》に新築している公使館を取りこわすよう、勅命が出たことを伝えた。将軍は勅命に従わねばならぬというと、ニールは勅命が下ったわけを詳しく聞いたのだ」

竹本は朝廷に攘夷を進言している二、三の大名がいるとうちあけ、ニールがその名を聞きたいと追及すると、二人の名をあげた。

一人は生麦《なまむぎ》事件をおこした島津久光《しまづひさみつ》で、一人は長州藩主の毛利慶親《もうりよしちか》（のちの敬親《たかちか》）である。竹本はニールに対し、重大な発言をしたと、越中守がいった。

「上様は、明年の春に上洛し、禁裏に参内して、天皇《みかど》に攘夷のなすべからざることを言上《ごんじよう》するが、もし、ご聴許なきときは天下は大乱とあいなろう。そのとき貴国政府は、幕府を援助してくれるかと、申したのだ。これはごく密々のことだが、外国奉行の一存で申せることではない」

竹本の発言は、幕閣の意向を代表するものであった。

越中守は、交渉の詳細を知っていた。

「イギリス公使は、尽力すると確言いたさず、イギリス政府はそのとき、日本に対する政策を変えるであろうと、返答しただけであった。しかし、大乱がおこったときは、公儀に助勢いたし、西国の大名たちと一戦を交えるつもりにちがいない。イギリスは、日本の生糸、茶の貿易で、近年鰻《うなぎ》のぼりに大利をふやしており、幕府が倒れることを望んではおらぬ」

イギリス公使は、イギリスが日本との貿易をおこなう当事国の中心となるべきであるという意向を、かねて表明していた。

グレート・ブリテンは、現在極東海域にもっとも広大な商業圏と、もっとも強力な艦隊を持っている。ロシアは強力な兵備を持つが、商業圏を持っていない。アメリカ合衆国は、商業圏を持っているが、海軍力が弱い。フランスは両者がともに劣勢である。

このため日本政府は、イギリスを他国よりも信頼し、協力依存の態勢をとるべきであると、幕府閣僚に力説した。

越中守は、さらにおどろくべき事実を語った。

「外国奉行は、ニールに会った日に、フランス公使にも同様の相談をした。公使は、万一の際に尽力するためには、幕府が貿易を順調ならしむるよう、一層の奮発を致すよう申したそうじゃ。さらに三日後の十二日、竹本はこんどはアメリカ公使プリューインに会った。プリューインは、鎖国を望む西南の大名たちが乱をおこせば、国際法規の許すかぎり、あらゆる尽力を惜しまぬと申したという」

幕府と諸外国との外交交渉の内実を語る越中守の言葉によって、靄《もや》のなかに隠れていた事象が、にわかにあきらかな形をあらわしてくる。龍馬たちは、耳をそばだてて聞いた。

「生麦の一件について、イギリスは薩摩が下手人の仕置と、償金支払いをいたさぬときは、艦隊をさしむけ、一戦をも辞さないようだ。薩摩を攻め、降参させれば、幕府がよろこぶと思っているのだ」

龍馬はつつしみを忘れ、口走った。

「ほんじゃ、日本はどうなります。毛唐に頭があがらんことになりますろう」

「その通りだ。幕府が自力で立ちゆかぬとき、外国の力を借りたなら、日本は属領になってしまう」

越中守が龍馬にいった。

「いま貴公らが勝麟とあいはかって、神戸に海軍塾をひらく支度をいたしているというが、人物はひろく諸藩から求めると聞いておる。それが肝心だ。幕府では、海軍をおおいに発展させるため、アメリカとオランダへ、フレガット、コルベットなどの軍艦を注文した。だが、それを運用する航海乗組みの者の頭数が揃《そろ》わぬ。運転を自在にいたす稽古人は、学生を引き立てねばならぬが、半年ほどの稽古ではとても間にあわぬ。これでは外国と力を張りあえるような幾百艘の艦隊は、いつできるか分からぬ有様だ。幕府では、横浜での貿易の利得を一手に受けているが、諸藩の力を糾合《きゅうごう》して日本国の艦隊をこしらえるために、いまの政事向きの、なにをどう変えればよいか、まったく分からぬ者ばかりだ。目先の難題をはぐらかすだけの小手先の技を使うのが精いっぱいの、先の読めない腑抜け役人が能吏として、わがもの顔にふるまっている。薩、長、土が攘夷をとなえ、しきりに降勅を仰げば、幕府はできもせぬ攘夷をいたすといい、大樹公《たいじゅこう》（将軍）は上洛をせねばならぬ。挙国一致は、所詮《しょせん》絵に描《か》いた餅だよ」

越中守は、外圧を受けつつも、国家の方針を立てることができない現状を、いらだたしげに語った。

薩、長、土が攘夷をいいたてるのは、朽廃に瀕《ひん》した幕府にかわって、国政の実権を握りたいためである。

諸藩の内情を見れば、藩主以下、上士、下士、百姓町人の身分の別は、なんら変わっていなかった。国内の他藩に対する利害関係は、外国とのそれにひとしく、幕府を中心に、各藩が連合する可能性はまったくなかった。

藩主はわが権力、収入の増大をひたすら望み、家来たちは政情の波瀾《はらん》に乗じ、望外の立身の機をうかがう。

軍艦操練所に学ぶ生徒たちでさえ、機関の仕事を任されるのを嫌うという。機関を扱うのは職人であるという意識が抜けないためであった。

越中守は、苦い笑いを洩《も》らした。

「このまま日本が外国と戦えば、半身不随の年寄りが、力士と相撲《すもう》をとるようなものだ。手にあまる事は一日延ばしにいたす幕府閣老では、もはやこの難局は切り抜けられぬ」

龍馬は拳《こぶし》に汗を握って聞いていた。

越中守が龍馬に聞いた。

「勝麟があんたを気にいっているのはなぜか、知っているかね」

「さあ、どういてですろう」

「あんたが、真の大丈夫だからだよ」

「そりゃ、買いかぶりです」

「いま幕府が鎖国を唱えるのは、浪士らに脅されてのこと。開国を唱えるのは、外国軍艦の砲声に脅されてのことだ。臆病論《おくびょうろん》を説く口先ばかりの幕府役人と、刀を撫《ぶ》して暴論を吐く浪士輩と、いずれも建前と本心がうらはらだ。天理至当の大道によらず、我欲ばかりで世のなかを上手に泳ごうとしている者ばかりだ。暴論をいう浪士といえども三百年の太平によって、道理の口まねだけはするが、外国とどう戦うかといえば、その術《すべ》は知らない。勝麟が土州のいなかから出てきたあんたを、片腕にしようというのは、先を見る眼と胆っ玉がたしかだからだよ」

龍馬は低頭した。

「そがなことを仰せられると、穴があれば入りたいような気がします。私は、国事に命を捨てる覚悟だけは持っちょりますが。これから、えらい騒動がおこらんことには、事は収まらんですろう」

「そのことだ」

越中守は銀煙管《ぎんぎせる》を灰吹きの縁に音高く叩きつけ、烈《はげ》しい口調になった。

「一度乱がおこれば、糸のように乱れて、ただいま存生《ぞんしょう》いたしおるわれらの生きておるうちに、収まることはないかも知れぬ。そうなれば、英仏は対馬《つしま》、壱岐《いき》、佐渡《さど》を、亜（米国）は小笠原《おがさわら》七島、露は蝦夷《えぞ》を取るにちがいない。いまひときわの暴挙に出るものがあれば、淡路島《あわじしま》を取られるやも知れぬ」

そうなれば海路の船舶航行はとだえ、全国はさしずめ籠城《ろうじょう》しているような状態になり、米穀にも窮する地方では、一揆《いっき》がおこるにちがいない。窮迫に耐えかね、外国と結託する大名もあらわれるだろう。

龍馬はこのような越中守の談論について、麟太郎からしばしば聞かされていたが、同行した四人は、はじめて知る政情に息をのむばかりである。

やがて越中守は、今後の対策にいい及んだ。

「いまの幕府では、もはや大政を司《つかさど》ってはゆけぬ、それだけの人材がおらんのだ。徳川家は私を捨て、駿、遠、三を領して諸侯の列に加わり、かわって公議所を設け、衆智をあつめ国是を立てねば、とても日本は維持できぬ」

越中守は、龍馬たちがはじめて聞く、公議所という機関について、説明する。

「公議所は、国難を乗りきるために、万世不易、天理至当の公論を、衆議をつくして立てる場所だ」

「衆議いうたら、どがなお人らが集まる所ながですか」

「うむ、まず公議所は、大公議会と小公議会に分ける。大公議会では国政についての相談をする。議場は京都か大坂に設ければよい。議員は諸侯とするが、議場で公議をおこなうのは、その臣民のうちから撰《えら》んだ者でもよい。常議員は、諸侯のうちから五人を撰ぶ。開会は五年に一度とするが、臨時に議案があれば、いつでも臨時会をひらくことができる。

小公議会では、地方にとどまる案件につき、相談をする。議場は江戸をはじめ、諸藩に置く。議員、開会期は、大公議会に準ずればよい」

龍馬は以前に、万次郎から聞いたアメリカの政事の仕組みを思いだした。

麟太郎がいっていた。

「大越《だいえつ》は一昨年、ふた月足らずであったが、蕃書調所の勤めに戻っていた。そのとき、津田真道《つだまみち》、西周《にしあまね》らの才をおおいに認めていたよ。外国の書物から啓発されるところが多かったようだな」

越中守は、外国の議会政治を日本に導入すれば、混乱の極みに至っている現状を打開できると考えたのであろう。

龍馬がたずねた。

「越中守さまは、徳川家が征夷大将軍《せいいたいしょうぐん》を返上してもえいと、たしかに思っておられるがですか」

「もちろん、その通りだ」

龍馬と膝をならべている四人の若者が、低い嘆息を洩らした。

「私は幕臣だが、それだけに、このままでは幕府が保たれないと、はっきり分かっているよ。幕府が大政を奉還し、その後の国是を定めるのは、公議所の衆議によればいいのだ。衆議をおこなえば、自然と天下の公理が分かってきて、世界に通らぬ攘夷の暴論も消えるだろう。国論一致というわけだ」

「しかし、公議所をやりはじめるには、命が幾つあっても足らんばあ、危ない目に遭わにゃならんですろう」

「その通りだよ。命を捨ててかからねばならんのだ。私もこのような論を営中で幾度か申したので、どうやら一命を狙われているようだ」

龍馬たちが大久保越中守の屋敷を出たのは、五つ半（午後九時）ぐらいであった。

彼らはいったん赤坂の麟太郎の屋敷へ戻り、翌朝七つ（午前四時）に大坂へむかう。大坂までの百三十数里の旅程を、十日で踏破する予定であった。

途中、早駕籠や馬を使っても、二月五日までには大坂に着き、麟太郎に会うつもりである。江戸に戻る順動丸に乗り遅れてはならない。

龍馬たちは、いずれも健脚である。高下駄《たかげた》をはいて、一日に十数里を歩く体力があった。

沢村惣之丞がいった。

「龍やんの足は、もう痛まんかえ」

「いいん、気遣いいらん。しゃっきじゃ」

龍馬は正月二日から七日まで、京都に滞在したあいだに、麟太郎の添え状を持って、当時日本一の柔術名人といわれた青柳熊吉に、試合を頼みに出向いたが、そのとき足を痛めた。

青柳は幕府講武所教授、三百石の旗本である。剣術は男谷信友《おだにのぶとも》（精一郎《せいいちろう》）の門下で直心影流《じきしんかげ》を学び、柔術は起倒《きとう》流竹中鉄之助の門下であるという。

惣之丞は、龍馬の介添え役として、青柳が勤めている二条御池《おいけ》通りの町奉行所道場へいった。惣之丞は、龍馬に忠告した。

「相手は日本一の業師《わざし》じゃいうき、本気でやりおうたら、腕の一本でも折られかねんぜよ。ほどほどにしちょきよ。礼をいうて、引きさがらんといかん」

だが、龍馬は自信に満ちあふれていた。

「俺も子供のときから、小栗《おぐり》流をやりゆう。柔《やわら》の手は、どの流儀もおんなしじゃ。近頃、目方も大分ついてきたし、めったに負けん。もし青柳に勝ったら、俺は日本一ぜよ。しばらく稽古をせんが、負ける気がせんがじゃ」

龍馬は悠々と肩をそびやかし、青柳熊吉に会った。

青柳は龍馬より二歳年下であるというが、ギヤマンのように光る眼をすえ、おちついて応対する様子は、ただものではない。身長は五尺二寸ほどであるが、胸板が厚く、両肩が隆々と盛りあがり、首が牛のように太い。

惣之丞はささやいた。

「龍やん、これはコッテ牛じゃ。怒らせたらあぶないきのう。本気でせられん」

龍馬は稽古着を身につけると、青柳をひとひしぎにするいきおいを見せ、取り組んだ。

青柳は勝の添え状に、龍馬が剣術達者で組み打ちも上手な者であると書かれていたので、用心していた。

龍馬は筋骨逞《たくま》しく、胴も太い。組んでみると、青柳の口が龍馬の乳の辺りにあたる。体勢を崩そうと技をしかけるが、容易にかからない。

そのうち龍馬が根太板《ねだいた》を踏み破り、縁の下に落ちた。青柳は一瞬の姿勢の乱れにつけいり、襟《えり》をとって全身の力をふりしぼり絞めあげた。

龍馬は参ったといわないので、そのまま絞めていると、傍で見ていた惣之丞が叫んだ。

「もう落ちちょります。活《かつ》をいれちゃってつかさい」

青柳が引きおこすと、龍馬は絶息して白眼を剝《む》き、涎《よだれ》と洟《はな》を垂らしている。

活をいれると、息をふきかえした龍馬は、しばらく茫然《ぼうぜん》としていたが、手拭いで顔を拭《ふ》くと、笑みを浮かべた。

「これは不覚をとったようです。もう一番お頼《た》の申します」

惣之丞が傍からとめた。

「いかんちや。とてもじゃないがお前の手に負えん」

「かまんき、放っちょきや」

青柳が応じた。

「よし、やりましょう」

ふたたび取り組むと、龍馬は獅子奮迅《ししふんじん》のいきおいをあらわし、小柄な青柳が振りまわされるが、粘りづよく踏みこたえる。

二人はもつれあううち、道場の隅に二十枚ほども積みかさねていた畳のうえに、いつのまにかあがってしまった。

青柳がようやく組み伏せ、襟を絞めると、こんども参ったといわない。弟子たちが声をあげた。

「先生、落ちましたぞ」

青柳は引きおこし、活をいれる。

われに返った龍馬は、わが頰《ほお》を平手で叩き、笑い声をたてた。

「またやられたか。かたなしじゃ。先生、もう一番お頼みします」

青柳は応じた。

こんどは組み打ちをするうち、羽目板を突き破り、庭先の四斗樽《だる》の上に倒れた。樽が転がり、なかの水が流れ出て、二人は泥まみれになりつつ、上になり下になり闘う。

青柳はようやく植木と庭石のあいだへ龍馬を押さえつけ、絞めあげる。

三度絶息させられた龍馬が意識をとりもどすと、「もう一番」といったので、ついに青柳のほうが音《ね》をあげた。

この試合のあと、龍馬はしばらく足痛に悩まされた。

龍馬は生死に頓着《とんちゃく》しない、おおらかな性格である。青柳熊吉と試合をして、幾度も絞めおとされても、まったく恐怖を覚えず、相手の技倆《ぎりょう》に好奇心をつよめるばかりであった。

麟太郎が彼を近づけたのは、何事にもこだわらない、天性の無心の動作が気にいったためである。

龍馬は他人が足をむけない方向へ、歩みだそうと考えている男であった。そのため、前途に思いえがく理想の境涯へ、容易にゆきつけない苦難の過程を経なければならぬと、覚悟しているが、暗い気分に陥ることがなかった。

土佐の冴《さ》えわたる陽射しのようなあかるさが、彼の特徴である。

彼にとって、麟太郎は運よくめぐりあった師匠であった。師弟の気が合うのは、二人ともきわめて実利にあかるい性格であったためである。

龍馬は豪商才谷屋《さいたにや》の血をうけており、麟太郎は豪富を積んだ米山検校《よねやまけんぎょう》の曾孫《そうそん》である。どちらも物事にきわめて明晰《めいせき》な判断を下し、漢学、国学をかじった侍たちのように、大義名分にこだわった無駄な動きをしない。

龍馬の夢は麟太郎が神戸につくりたいという、海軍操練所に同志をひとりでも多く集め、航海術を会得して、海運の一大勢力を出現させることである。

彼は全国を揺り動かす、尊王攘夷の政治運動にかかわる気がなかった。

京都では、山内容堂の上洛とともに、土佐勤王党を中心とする攘夷運動への反撥《はんぱつ》の機運がたかまってきていた。

容堂の乗った黒田藩の大鵬丸は、大時化に翻弄《ほんろう》され、鳥羽湊《とばみなと》に避難していたため、一月二十一日に、ようやく大坂沖に到着した。

容堂が大坂藩邸に入ると、京都にいた薩摩藩家老小松帯刀《こまつたてわき》と、小納戸役大久保《おおくぼ》正助《しょうすけ》（のちの利通《としみち》）が翌二十二日、折々の雨天をおかし、大坂にきて、面謁し、何事か懇談をかわした。

大坂藩邸、住吉《すみよし》陣屋に勤仕する勤王党同志らは、小松らが島津久光の意をうけ、公武合体を推進するため、容堂にさっそく連絡をとったことを覚った。

容堂は藩邸に入ると、ただちに藩士一同に、つぎの達示書を下した。
一、至誠の心、暫時《ざんじ》もわすれざること
一、諸藩の者へ応接の節、出位《しゅつい》（出過ぎた）の議論いたすまじきこと
一、洛中において、我が威権をもって人民を嚇《おど》し候儀、もっともつつしむべきこと
達示書を見て、不快の感情を口にしてはばからない藩士がいた。

足軽の岡田以蔵《おかだいぞう》である。彼は容堂を罵《ののし》った。

「ご隠居は時勢を知らんがじゃ。俺らあのような下の者がはびこるのを好かんがかよ」

容堂は小松帯刀、大久保正助と要談のあと、酒宴をひらいた。彼は家臣に命じ、その席に儒者池内大学《いけうちだいがく》を招いた。

岡田以蔵は住吉陣屋にいる同志数人を誘った。

「今夜、裏切り者がご隠居に呼ばれちゅう。薩摩の客らあへ愛想《あいそ》をするために、詩をつくらせるがじゃと。こがなことをしゆうご隠居の、目を醒《さ》まさせてやらに

やいかん。去《い》ぬるときに、首にしてやろうぜ」

　同志たちは応じた。

　大学は近江《おうみ》出身の町医者であったが、医業のかたわら青蓮院宮、知恩院宮《ちおんいんのみや》（尊超《そんちょう》入道親王）の侍講として、公家《くげ》の子弟を教えた。

　安政年間、国交、将軍継嗣について紛議がおこると、青蓮院宮、内大臣三条《さんじょう》実万《さねつむ》に意見を述べ、安政五年八月の水戸藩への密勅降下のとき、水戸藩鵜飼吉左《うがいきちざ》衛門《えもん》らの依頼により、裏面で運動をした。

　安政の大獄がおこると、青蓮院宮から路銀を賜り、伊勢に隠れたが、幕府捕吏の追及を避けられないと見て、京都町奉行所に出頭した。

　安政五年十二月以降、江戸伝馬町《てんまちょう》の獄に投ぜられ糾問されたが、翌六年八月に追放され、処刑を免れた。このため、大学は変節し、多くの同志を売ったと悪評がたった。

　彼はそののち名を退蔵とあらため、大坂に籠居していた。

　大学はそれまで土佐藩との縁がなかった。容堂がこの日、彼を招いたのは、近臣にすすめられたためであった。大学は、容堂の英明の資質を讃《たた》える詩を賦《ふ》し、金子《きんす》、画帖《がじょう》などを拝領して、駕籠で辞去した。

　大学は酒豪の容堂から酒をすすめられ、したたかに酔い、尼《あま》ケ崎町《さきちょう》一丁目の自宅に帰る途中、眠りこんだ。

雨はやんでいたが、底冷えのする闇のなかで、野犬の遠吠えがしきりに聞こえていた。夜が更け、ゆきかう人影はない。

駕籠の先をゆく大学の門人が、突然ぬかるみを踏む足音を耳にとめ、立ちどまった。

「のけ、邪魔したら斬るぞ」
四、五人の人影があらわれ、先頭の男が低い声で威嚇《いかく》した。
六尺にちかい長大な体軀《たいく》をそらせ、右肩に刀身を担いでいるのは、岡田以蔵である。斬人《ざんじん》の経験をかさねた彼は、これから息の根を断とうとする犠牲者を前に、まったく感情を動かさない双眸《そうぼう》を据えていた。

提灯の微光をうけ、鈍く光る抜き身を見た門人は、刀の柄《つか》に手をかける勇気も萎《な》え、声も出せず逃走した。

駕籠かきは、垂れ駕籠を地面に下ろし、飛びのいた。以蔵が声をかけた。

「池内陶所《とうしょ》、ちくと用事がある。外へ出よ」

陶所は大学の号である。

「どなたどすか」

駕籠から顔を出した大学の額を、振りおろした刀の切先《きっさき》が削った。

悲鳴をあげ、転げ出た大学は男たちの乱刃を浴び、泥濘《でいねい》のなかで絶命した。

殺害現場には何の痕跡《こんせき》も残っておらず、下手人は不明とされた。大学の首級は翌朝、難波橋《なにわばし》のうえにさらされ、尊攘派の同志を裏切ったという罪状を記した捨て札が、欄干に掲げられていた。

二十三日の四つ（午前十時）頃、大坂藩邸を出て京都へむかった容堂は、川船が枚方《ひらかた》に着いたとき、大学が殺されたと通報をうけた。彼は口もとをゆがめ、一語も発することなく、不機嫌を隠さなかった。

大学の首級は、両耳がそがれていた。

翌二十四日、正親町三条実愛《おおぎまちさんじょうさねなる》、中山忠能《なかやまただやす》両権大納言の屋敷に、紙箱が投げこまれ、なかには油紙に包まれた大学の耳が、ひとつずつ入っていた。

添え状には、つぎのように記されていた。

「安政の大獄以来、千種有文《ちぐさありふみ》、岩倉具視《いわくらともみ》と同調して幕府に協力し、賄賂《まいない》をむさぼり、しばしば内勅を下されるようはたらいた罪は深い。三日のうちに議奏を辞職しないときは、この耳のように斬りすてよう」

朝廷ではいかなる非常事態がおこるかも知れないと見て、三日後に両卿《きょう》を罷《ひ》免《めん》した。

容堂の近臣小笠原唯八は、家人への手紙に、つぎのように記した。

「昨夜、老公の宴席に招待された池内某が斬殺された。かわいそうなことである。なぜ斬られたか、誰が斬ったのかは分からないが、おそらくはわが藩の軽格の者どものしわざではなかろうか」

京都では、正月になって天誅と称する虐殺事件があいついでおこった。

正月十四日の夜、二十人ほどの浪士が大宮《おおみや》通り御池上ルに住む町役人林助《りんすけ》の家に乱入し、彼を斬殺した。

二月一日の夜、四、五人の浪士が岩倉具視の屋敷をおとずれ、油紙包みをさしだしていった。

「これは入道殿のお好みのものなれば、披露せられよ」

岩倉家の取次は、何者とも知れない浪士たちに、おそるおそる告げた。

「主人具視は、ただいま勅勘をこうむって慎《つつしみ》をいたしとりますさかい、よそのお方をおたずねしたり、お客を招いたり、遣い物を取りかわすことは、でけしまへんのどす。それで、これは頂戴でけしまへん。お志だけ頂戴いたします」

しかし、浪士たちは包みを式台に置こうとしたので、取次は奥へ入り、家令に相談した。

「ことわったら、あばれるやろ。いちおう受けとることにするか」

家令にいわれ、玄関に戻ると浪士たちはすでに立ち去っており、包みが残されていた。

包みをひらくと、黒血のこびりついた左腕が出てきた。添え文には、つぎのように記されていた。

「この手は、国賊賀川肇《かがわはじめ》のものである。肇は、岩倉殿とながらく奸謀《かんぼう》をともにした間柄で、さだめしなつかしかろうから、これをさしあげる。

一昨日、肇を拷問して、あなたの実情を聞いた。世間ではあなたが復職するとの噂があるが、そうなればきっと処断をする」

賀川肇は、攘夷派から岩倉具視、富小路敬直《とみのこうじひろなお》、久我建通《こがたけみち》とともに四奸と呼ばれた、堂上公卿千種有文の雑掌《ざつしょう》（執事）であった。

肇は正月二十八日の夜、京都下立売千本東入ル《しもだちうりせんぼん》の自宅に踏みこんできた、十五、六人の刺客に斬られた。

肇の首級は、その夜のうちに将軍後見職一橋慶喜《ひとつばしよしのぶ》の宿所である、東本願寺《ひがしほんがんじ》の太鼓楼のうえに、奉書紙で包まれ、白木の三方《さんぼう》にのせて置かれていた。

添え文には、「朝命をないがしろにして、攘夷の期限を定めないことを、天下有志は許しておかない。この粗末な首級は、攘夷の血祭として、祝意を表したものである」と記されていた。

肇の右腕は、二月一日の夜、七、八人の浪士が千種有文の屋敷へ届けにきた。

浪士たちの傍若無人の行動は、つのるばかりである。

二月七日の夜明けがた、風呂敷に包んだ生首が、土佐藩河原町《かわらまち》藩邸の裏門のうちへ、投げこまれた。

口に含ませた添え状には、つぎのような内容が記されていた。

「この頭《かしら》は、千種家に出入りしていた唐崎村惣助《そうすけ》の首級である。このたび老公ご上京のうえは、攘夷の策をすみやかにほどこされたい。これは、血祭として献じるものである」

惣助の首級を土佐藩邸に投げこんだのは、容堂の公武合体策を憤る、勤王党の仕業であると噂された。

大胆な容堂も、身に迫る危険を感じないわけにはゆかなかった。彼がその日、松平春嶽へ送った手紙に、

「今朝、僕《しもべ》が門下へ首一つ献じこれあり候。酒の肴にもならず、無益の殺生可憐《あわれむべし》々々」

と記したくだりは、内心の動揺を裏づけている。

土佐勤王党は、半平太以下の壮士たちが、捨て身のはたらきによって、攘夷を実行しようとしていた。

土佐藩は、容堂上洛ののち、大活躍をするにあたって、用度金が払底していた。

これまで薩、長、土三藩といわれてきたが、資金難で手を引かねばならないかも知れない。

そこで半平太は、同志上岡胆治《かみおかたんじ》と相談して一策をたてた。

まず上岡が大坂の富豪鴻池善右衛門《こうのいけぜんえもん》をたずね、借金を申しこむ。

「国家危急存亡のときにあたり、わが公は尊攘の大義に尽瘁《じんすい》されてきた。このため消費した藩費は莫大《ばくだい》で、国力は尽きかけている。ついては二十万両を土佐藩へ借用したい。

今後夷狄《いてき》とのあいだに戦《いくさ》がおこれば、大坂は第一番に戦場となり、財貨は灰燼《かいじん》に帰するであろう。それよりも、いまのうちに貸しだすほうがよい。身のためにも国のためにもなることだ」

鴻池はたやすく応じるわけもなかろうが、そのとき上岡は旅宿へ帰り、切腹する。

上岡が死ねば、他の同志がまた鴻池へかけあいにゆき、ことわられると旅宿で切腹する。このようにして、三人ほども自害すれば、鴻池もやむなく融資に応じるであろうというのである。

この狂気のような策を、勤王党の同志たちは、手を打って妙計だと感心したが、藩の体面にかかわると小南五郎右衛門ら重役が反対したので、実行に至らなかった。

龍馬が沢村惣之丞らとともに京都に着いた二月四日、三条縄手《なわて》の宿に岡田以蔵がたずねてきた。龍馬は彼をひと目見ていった。

「おんしは、相好《そうごう》が変わったねや。妙な目つきになったのう」

以蔵の眼は、感情を失ったかのように、なんの動きもあらわさなかった。

龍馬は前年の秋、勅使姉小路公知の警固役として江戸にきた岡田以蔵と会い、勝麟太郎の門下生になるようすすめた。

「京都じゃ天誅ばあやりよったら、有志のうちでもてはやされようが、おんしの人相は大分荒れてきちゅう。いつまで人斬り以蔵と呼ばれて、えい気でおるつもりじゃ。顎《あぎ》（半平太）に指図されるがままに、人斬りを重ねるうちに、わが身が破滅するぜよ。刀をふりまわす手仕事じゃ、外国の大砲と合戦はできん。俺といっしょに、海舟先生の門下になって、航海術を習わんかよ。高知におるときは仁《に》井田《いだ》の浜で、いっしょに十二斤軽砲を燻《くす》べた仲じゃろう」

そのとき、以蔵は心を動かしたようであった。

龍馬はいま、眼のまえにあぐらを組んでいる以蔵の顔つきが、まえにも増して荒廃しているのを見て、早々に扶《たす》けてやらねばこの男は自滅すると感じた。

以蔵のように刺客として名の知れた志士は、京都の豪商から望むがままに献金をうけることができるので、遊蕩《ゆうとう》をかさね、ついには不始末をしでかして破滅することになる。

一月二十五日に入京し、智積《ちしやく》院《いん》に宿をとった山内容堂は、下士たちが出過ぎたふるまいをすると、憤懣《ふんまん》をあらわし、勤王党は動揺していた。

京都で攘夷運動をつづけていた他藩応接役平井収二郎は、容堂が伏見《ふしみ》藩邸に入った二十四日に迎えに出て、京都の情勢を報告したのち、意見を述べた。

朝廷の秩序をととのえ、御親兵を組織し、幕府諸侯が協力して禁裏守護をなすべきであると収二郎はさかんに弁じ、容堂は不快を表情にあらわし黙然と聞くのみであった。

――軽格の身分もわきまえず、のぼせあがって出位《しゆつい》の議論をいたしおる。おのれ、どうしてくれようか――

収二郎は、容堂が大坂藩邸に到着と同時に藩士に発した達示書の禁令を、わきまえていないかのように、出過ぎた陳述をした。

容堂の側近の乾退助らは、半平太、収二郎らの行動を横目《よこめ》役に偵察させ、詳しく報告する。

二十五日の夜、収二郎は姉小路公知と三条実美の屋敷で会談をした。二十六日、容堂が収二郎を智積院に召し寄せようとすると、急病といってことわり、また公知と実美に会った。

一月二十七日、京都東山《ひがしやま》の西本願寺《にしほんがんじ》別荘翠紅館《すいこうかん》で、長州藩が主催する諸藩志士の集会があった。

主な顔ぶれは、熊本藩の宮部鼎蔵、佐々淳二郎《さっさじゅんじろう》、河上彦斎、住江甚兵衛、対馬藩の多田荘蔵《ただしょうぞう》、青木達右衛門《あおきたつえもん》、津和野《つわの》藩の福羽《ふくば》文三郎（美静《びせい》）、水戸藩の梶清《かじせい》次衛門《じえもん》、下野隼次郎《しものはやじろう》、金子勇二郎《かねこゆうじろう》、住谷七之允、大胡聿蔵《だいごいつぞう》、長州藩の佐々木男也《ささきおとや》、久坂義助《くさかよしすけ》（玄瑞《げんずい》）、松島剛蔵《まつしまごうぞう》、寺島忠三郎《てらじまちゅうざぶろう》、志道聞多《しじもんた》（のちの井上馨《いのうえかおる》）らであった。

土佐藩から出席したのは、半平太と収二郎である。

会合の名目は親睦《しんぼく》であるとされたが、実際には、将軍上洛をひかえ、攘夷期日をさだめるなど、今後の攘夷方針の討議がおこなわれた。

その席に、突然長州藩世子《せいし》の毛利定広《もうりさだひろ》（のちの元徳《もとのり》）が出座し、志士たちの議論を傾聴した。

大名の世子が、諸藩の下士を中核とする会合に出席したのは、前例のないことである。これは京都における攘夷の気運が、異常なまでにたかまっていたためであった。

翌二十八日、土佐藩主山内豊範《やまうちとよのり》は帰国の途につき、容堂がかわって河原町藩邸に入った。この夜、収二郎は姉小路公知に謁して、護身用の短銃を贈った。

翌二十九日、収二郎は関白鷹司輔熙《たかつかさすけひろ》に謁し、ついで前日につづき姉小路公知に謁した。いずれも将軍上洛後の、朝廷側の対応策についての協議のためであった。

その夜、収二郎は容堂に拝謁を乞《こ》い、下横目《したよこめ》小畑孫二郎《おばたまごじろう》とともに国事の献言をした。

容堂は収二郎の行動をすべて知っていたので、酔いにまかせ罵った。

「おのれは、誰の許しをうけて公卿の門に出入りいたしおるか。出過ぎたまねも、ほどほどにせい。賢ぶったる面《つら》を見るだけで、酒の味が落ちるぞ。主人のいうことを聞けぬ家来ならば、腹を切れ」

騒ぎを聞いた小南五郎右衛門が、収二郎たちにかわって詫び、その場は収まったが、翌二月一日に、収二郎は他藩応接役を免ぜられた。

二月二日、鷹司関白から収二郎を召し出す使者がきたが、病気と称し、ひきこもらざるをえなかった。久坂義助、宮部鼎蔵がおとずれ、土佐藩の情勢急変におどろく。

収二郎は日記にしるした。

「同志輩愕然《がくぜん》、おおいに失望す。予また鬱々と楽しまざるなり」

龍馬は以蔵を誘った。

「いまが、えい潮時じゃ。これからすぐ大坂へいこうじゃいか。先生に会《お》うて、弟子にしてもらうんじゃ。馬之助《うまのすけ》も、入門を願うために大坂にきちゅうはずじゃき」

「龍やんがそれほどいうてくれるなら、まあ会うてみるか。しかし、俺は頭がようないき、航海術の勉強はできんぜよ」

「お前《ま》んなら、先生の警固役にぴったりじゃ。船に乗ったら、雑用《ぞよう》はなんぼやらある。按配《あんばい》よう使うてくれるろう」

龍馬たちは、二月五日の昼過ぎ、大坂天保山《てんぽうざん》沖に碇泊している順動丸に、伝馬《てんま》船《せん》で漕《こ》ぎ寄せた。

梅が満開の時候であるが、雪になりそうな天気で、海上には西風が吹きすさび、白波が立っていた。

麟太郎は船長室の寝台に寝ていたが、龍馬たちを見ると、起きあがった。

「いま、着いたか。俺は先月二十九日の昼間に大坂へ着いた。こっちへきてみれば、天下の形勢は危険きわまりない有様だ。春嶽殿は、大坂の西本願寺別院にお泊まりで、俺は上様ご上洛の支度などの相談に駆けまわったが、風邪をひいちまって、頭が痛くてかなわねえ。三日には図書頭（小笠原）殿が、順動丸で兵庫和《わ》田《だ》岬辺りを巡覧され、砲台の位置をきめようとなされたが、俺が寝込んじまったので見合わせることになったよ。京都の中納言（一橋慶喜）殿から、江戸へ戻るのをしばらく待てという達しがあったから、そのつもりでいると今日になって、すぐ帰ってこいといってきた。上様ご上洛が当月二十一日に繰りあげられたそうだ。お前たちもいいところへきた。あぶなく乗り遅れるところだったよ。もうじき黒木《くろき》もくるそうだ」

黒木小太郎《こたろう》は、因幡藩士で勝の門下生である。北辰一刀流《ほくしんいっとう》の遣い手で、龍馬とは親しい。龍馬が馬之助と以蔵を、麟太郎にひきあわせた。

「先生、これは前から申しあげておった新宮《しんぐう》馬之助です。何卒《なにとぞ》、門下生にお引きたて下さい」

麟太郎は承知した。

「いいだろう。そっちのは、なんという仁《じん》かね」

「同志の岡田以蔵です。これは勉学をやりとうないという難儀な男ですが、なんとかご教導いただけんですろうか」

麟太郎は、岡田を見つめた。

「お前さん、かなり悪相だ。剣難だよ。まあいい、俺の弟子になるつもりなら、そうしろ」

以蔵は椅子《いす》から立ちあがり、深く一礼した。

「ありがとう存じます」

龍馬たちが麟太郎と話しあううちに、風向きが変わり、北東風がつよまってきた。

船長室のガラス窓に、波しぶきが雨のようにかかり、ときどき船体が揺れる。

龍馬が眼を細め、雲ゆきの速い空を見あげた。

「これは、時化になりますろう」

「うむ、暴風になれば、中途で避難をせねばなるまいよ。とにかく明朝出帆だ。お前たちはこのまま江戸へゆく。部屋はいくらでも空いているからな。俺は頭が割れそうだから、勝手に酒を飲め。話し相手になってやろう」

龍馬たちは、麟太郎にすすめられ、ウィスケという強い酒を飲んだ。

新宮馬之助が、ふかい吐息をついた。

「蒸気船でヨーロッパの酒に酔うちゅうがを、小龍《しょうりょう》先生に見せたいのう」

以蔵が舌なめずりをする。

「この酒は強いけんど、甘い味じゃのう」

龍馬が首をかしげる。

「辛《から》いろうが」

「いや、甘い」

麟太郎が、笑みを浮かべた。

「以蔵は、よほど酒が好きだな」

以蔵は首をちぢめた。

臍《へそ》まがりの彼が、なにもいい返さず、恐れいっているのはめずらしい。

龍馬がたずねる。

「先生、摂海《せっかい》（大阪湾）の砲台はどこへこしらえることに決まったがですか」

「大坂は天保山沖だ。ほかに和田岬、湊川《みなとがわ》、西宮《にしのみや》をまず取りかかるだろう」

以蔵は酔うと口数が多くなる、ふだんの癖が影をひそめ、麟太郎の話をうなずきながら聞いていた。

半刻《はんとき》（一時間）ほど遅れ、黒木小太郎があらわれた。

彼はしぶきに濡れた顔をぬぐいもせず、麟太郎に告げた。

「先生、岡田《おかだ》はやっぱり浪士どもと結託して、先生を狙っております。こちらから先手をうってやらねば、先生の身が危のうございます」

以蔵が眼を光らせた。

「なんつぜよ、俺のことか」

龍馬が制した。

「ちがう、江戸で桶町の道場にきちょった、因州（鳥取）藩の岡田星之助《ほしのすけ》じゃ」

「あれは、えい遣い手と聞いちゅう」

以蔵は桶町の千葉道場で、稽古をしている岡田星之助を見たことがあった。

黒木小太郎は龍馬も一目を置く腕前で、真剣勝負のとき、ふだんの稽古のようなあざやかな太刀《たち》さばきをする。星之助は彼と互角の立ちあいをするといわれていた。

龍馬がいった。

「岡田星之助は気性が荒い男じゃき、すぐやらんといかんぜよ。どこぞへ潜られたら難儀なことになる。今夜のうちにやらざったら、手数がかかるぜよ」

星之助は尊攘激派であったが、黒木とともに麟太郎の門下生となり、まもなく大坂でひらかれる航海塾で修業をはじめる予定であった。

斬人を嫌う龍馬が、即座に星之助を殺す決心をしたのは、彼が野獣のように敏《びん》捷《しょう》な行動力をそなえた、危険きわまりない男であったためである。

龍馬が小太郎に聞いた。

「星之助の居場所は分かるかよ」

「うむ、安治川《あじかわ》一丁目の讃岐屋《さぬきや》という旅籠《はたご》だ。今夜は宿に帰るはずだ」

「よし、いまからいこう。先生、お聞きの通りです。星之助を処置せんといかんがです」

　麟太郎は、龍馬を睨《にら》みすえるように見た。

「殺生が嫌いなおぬしがそういうなら、しかたがないだろう。しかし、今夜のうちに帰らなきゃ、船に乗れねえぞ」

「間にあうと思いますけんど、もし遅れたら東海道を戻りますき」

　龍馬たちが安治川口に着いたのは、日暮れまえであった。

「あれが讃岐屋だ」

　川沿いの家並みから離れたところに、大きな二階家がある。黒木が皆を讃岐屋の前の松原で待たせ、家内に入ったが、まもなく出てきた。

「まだ帰っていない。ここで待ち伏せよう」

　北東風が吹きつけ、寒気が肌にしみる。

　龍馬は松の幹に背をもたせ、小太郎にいう。

「お前んはおんなじ家中じゃ、斬りとうなかろう。俺がやるき、見ちょき」

「いや、あやつは手ごわい。俺がかたづける。あんたがたに怪我《けが》をさせるわけにはゆかぬ」

　以蔵はふところ手のまま、黙って聞いていた。

　辺りが薄くらがりになった頃、二人の侍が川の堤をこっちへ歩いてきた。ひとりが岡田星之助である。

突然、以蔵が走りだした。

「待て、以蔵」

龍馬があとを追った。

以蔵の足は速い。

岡田星之助と連れの侍が歩みをとめ、刀に手をかけ、宵闇をすかすようにして以蔵を見つつ、左右に分かれた。

——以蔵がやられる——

龍馬が草履《ぞうり》をぬぎすて、足袋はだしで追ってゆく眼のまえで、蛍火が飛ぶように剣光がひらめいた。

以蔵が抜くなり右横一文字に払った刀身が、岡田の首に入ったようであった。

「おどれも、やるかっ」

以蔵の甲高い声が、響きわたった。

刀を下段にとっていた見知らぬ侍は、喚《わめ》き声を聞くなりうしろをむき、刀身を肩に担ぎ逃げ去っていった。

龍馬たちは、すでにことされた岡田星之助の疵《きず》をあらためた。左顎《あご》の下から右耳へかけ、深く切り裂いた疵口が牡丹《ぼたん》のはなびらのようにひらいていた。

龍馬が呻《うめ》くようにいう。

「以蔵も腕をあげたものじゃ。岡田が下段から摺《す》りあげて横面を打つ、十八番の龍尾《りゅうび》の剣を遣おうと待ちゆうところへ飛びこんで、ひと打ちにやったか」

顎の血脈を断たれたので、蘇芳染《すおうぞ》めになったような星之助の、ちぎれかけた首をあらためていると、突然近藤昶次郎が声をあげた。

「以蔵さん、どこへいくぜよ」

龍馬が立ちあがると、大刀を閂差《かんぬきざ》しにした以蔵が、堤のうえを駆け去ってゆく。

「待て、以蔵。すぐ船に乗らんと遅れるぞ」

以蔵のちいさな黒影が立ちどまり、返事が聞こえた。

「龍やん、すまんがのう。俺は京都に恋人《といち》がおるき、いっしょにいけんがじゃ。先生は気にいった。警固役はいつでも引きうけるぜよ。また声かけてくれ。俺は頭がわるうて、塾らあにゃいけん。名残り惜しいがここで別れるぜ。あばよ」

「なにをぼけなすこいちゅう。待たんか」

龍馬が韋駄天《いだてん》走《ばし》りで追いかけていった。

昶次郎たちが待っていると、龍馬があえぎながら戻ってきた。

「まっことと足の速い奴じゃ。どこぞへ消えよった。しょうことがない。俺は順動丸にゃ乗らんぜ。なんとか以蔵をつかまえんと、あいつはもうじき血の池地獄へはまりこんでしまう。お前んらあは、すまんが先生について江戸へいってくれ。またじきに会えるきのう」

地鳴り

あけはなした二階の窓から、絹のような肌ざわりの風が流れこんでくる。

近所の船大工の作事場から、槌《つち》を打つ音がせわしなく聞こえていた。

龍馬は、安治川口に近い旅籠《はたご》の二階座敷の文机《ふづくえ》にむかい、手紙を書いている。袷《あわせ》の襟《えり》もとをくつろげ、胸毛のあたりを掻《か》き、ひとり笑いをうかべ、鏡のように凪《な》いだ海を眺めては、また筆をすすめる。

文久三年三月二十日の昼まえであった。

「扨《さて》も／＼人間の一世《ひとよ》ハがてん《(合点)》の行《いか》ぬハ」

と書いて、字が大きすぎたので、ちぢめて書きこむ。

「元よりの事、うん《(運)》のわるいものハふろ《(風呂)》よりいでんとして、きんたま（睾丸《こうがん》）をつめわりて死ぬるものもあり」

龍馬は、きんたまという言葉を使うのが好きであり、満足のふくみ笑いをしながら書きつづける。

「夫《それ》とくらべてハ私などハ、うん《(運)》がつよく、なにほど死ぬるバ《(場)》へでゝもしな《(死)》れず、じぶん《(自分)》でしのふと思ふても又いきねバならん事ニなり、今にてハ日本第一の人物勝憐《(麟)》太郎殿という人にでし《(弟子)》になり、日々兼而《かねて》思付所《おもいつくところ》をせい《(精)》といたしおり申候《もうしそうろう》。
其故《それゆえ》に、私年四十歳になるころまでハ、うちにハかへらんよふニいたし申《もうす》つもりにて、あにさんにもそふだん《(相談)》いたし候所、このごろハおゝきに御きげんよろしくなり、そのおゆるしがいで申候。
国のため天下のためちからおつくしおり申候。
どふぞ、おんよろこびねがいあげ、かしこ。
三月廿日　　龍
乙様
御つきあいの人ニも
極《ごく》御心安き人ニハ
内々御見せ、かしこ」

手紙の文字は、大きくなってはちぢまることをくりかえし、最後の龍、乙様という字は身内に躍動する活気をおさえられないかのように、太くいきおいがよくなった。

彼は手紙の封をすると懐に入れ、飛脚に渡すため宿を出た。

川口の岸辺のごろた石は青海苔《あおのり》に覆われ、なつかしい海のにおいがゆるやかな風にのって流れてくる。

「さあ、今日も人集めに出歩かにゃならんぞ」

彼は薄い綿雲の浮かんでいる空にむかい、背のびをした。

龍馬は二月六日の朝、順動丸に乗り遅れたのち、大坂、京都を往き来して、土佐勤王党の同志をはじめ、諸藩の志士との交流に日を送ってきた。

麟太郎は月末に順動丸を大坂へ廻航《かいこう》してくる。龍馬はそれまでに、ひとりでも多く、海軍塾への入門者を集めなければならない。

京都では尊攘《そんじょう》激派の活動が日ごとにたかまり、いつ暴発するかも知れない熱気を帯びていた。

横浜には、イギリス、フランスの東洋艦隊が集結し、生麦事件の償金支払いを要求している。

麟太郎は、前途有為の青年たちが、攘夷《じょうい》運動の犠牲となるのを坐視《ざし》できない。そのため、大坂に海軍塾を設け、彼らの関心を航海術にむけさせようと考え、龍馬に塾生募集を急がせていた。

「一人でもこっちに引き入れたら、それだけ人材が活用できるんだ。近いうちに、きっと神戸に操練所をこしらえるが、それまで待っていられねえ。龍馬、すべてはおぬしのはたらきにかかっている。百人でも二百人でも集めろ。食わせる金は俺が何とか工面をするさ」

龍馬は麟太郎が戻ってきたとき、よろこばせようと、知己を頼って毎日危険きわまりない京都の町なかを、まいくり廻《まわ》った。

市中には、両刀を横たえた、素姓の知れない男たちが、尊攘浪士と称して横行し、昼夜をとわず些細《ささい》なことで喧嘩沙汰《けんかざた》に及び、辻斬《つじぎ》りの出ない夜はない。

ある日、龍馬は半平太を木屋町《きやまち》の寓居《ぐうきょ》におとずれた。

半平太は龍馬を見るなり、いった。

「近頃《ちかごろ》、おんしが河原町の辺りをまいくり廻りよるきに、下横目《したよこめ》らあが捕まえようと、あとを追いよる。ご隠居（容堂《ようどう》）がきてからは大分風向きが変わってきた。気をつけにゃいかんぜよ」

龍馬は怒った。

「いまさら、なにをいいゆうぜ。俺《おれ》の国抜けは勝先生が下田でご隠居に赦免を願うてくれ、許されちゅうじゃいか。そがなことをいうなら、いまからやち藩屋敷へ出向いて大監察に会《お》うて、決着をつけてくるぜよ」

半平太はとめた。

「軽はずみなことをしたら、やり損じるぞ。屋敷のなかで、難癖つけられて上意討ちにおうたら、死人に口なしじゃ。俺が手順をととのえるき、待ちよりや」

龍馬が勤王党同志の島村寿之助《しまむらじゅのすけ》、望月清平《もちづきせいへい》につきそわれ、自首のかたちで京都河原町藩邸に出向いたのは、二月二十二日であった。

邸内の一室に三日間謹慎を命ぜられた、龍馬の身のうえを心配した千葉重太郎が、京都越前藩邸をおとずれ、春嶽《しゅんがく》の助力を依頼したのは、二十五日である。

重太郎は、鳥取藩周旋役として京都に滞在していた。彼は春嶽側近の村田巳三郎《むらたみさぶろう》（氏寿《うじひさ》）に会い、つぎのように事情をうちあけた。

「土州藩の坂本龍馬なる者は、拙者の門人にて、昨冬、江戸の尊藩霊岸島《れいがんじま》お屋敷に伺候いたし、春嶽公のご面晤《めんご》を得たことがございます。この節、龍馬が深く国事を憂い、奔走する由を容堂公が聞き及ばれ、対面あるべしと呼び寄せられしだい。しかるに、龍馬が参りしのちも、いっこうご対面はなく、その後は下人《げにん》同様の扱いをうけ、案外千万のことにござります。坂本と意見を異にする武市半平太らが、何事か謀りしものかと、案じております。もしそうであれば、このうえいかなる運びとなるや、測りがとうござります。万一のときはお力添えを願いたしと存じますので、お含み置き下さい」

重太郎は、龍馬が意外の冷遇をうけたのを心配のあまり、春嶽の力を借りようとしたのであった。

だがその日、龍馬に脱藩赦免の藩命が下った。

「方今の形勢につき、忠憤憂国の至情より黙《もだ》しがたく、くだんの次第とは申しながら、御関所越えの儀、御作法もこれあるところ、ひそかに逃逸《とういつ》せしめ、長々まかりあること不心得の至り、よって右きっと仰せつけらるるはずのところ、御含みの筋これあり。御叱《おしか》りの上、別儀なくこれを仰せつけらる」

御含みの筋とは、もちろん容堂の意向である。

龍馬は「御叱り」をうけるため、七日間の禁足を命ぜられた。彼はまぶしく陽《ひ》をはじく庭面の青葉に、五分咲きの桜がいろどりをそえるのを、うすぐらい部屋のうちから眺めつつ、望月清平たちにぐちをこぼした。

「お前《ま》んらが、わざわざ呼び戻してくれるき、こがな窮屈な思いをせにゃならん」

清平たちは、龍馬が長い手足をもてあますように、壁にもたれる姿に笑いを誘われた。

「これで大手を振って、兄さんにも会えるろう。七日ぐらいは骨休めに寝えちょきや」

龍馬が河原町藩邸に出頭する前後、将軍上洛《じょうらく》を間近にひかえ、攘夷派は、乾ききった火薬がいつ引火爆発するかも知れないような、危険な気配をただよわせていた。

二月九日、激派公卿《くぎょう》の最右翼である中山忠光《なかやまただみつ》は、鷹司《たかつかさ》関白に会い、攘夷期限の決定と、草莽《そうもう》、微賤《びせん》の者をも権門に出入りを許し、進言させる言路洞開、朝廷国事掛の改選をすすめる人材登用の三点を要請した。

鷹司関白は攘夷浪士の凶暴のふるまいに震えあがっていたが、重大な事柄だけに即答を避ける。

忠光はさらに近衛《このえ》前関白をたずね、青蓮院宮《しょうれんいんのみや》に伺候しておなじ要請をくりかえすが、効果はなかった。忠光は激昂《げっこう》して久坂義助《くさかよしすけ》をたずね、告げた。

「麿《まろ》は朝議をふるいたたせるため、今夜のうちに岩倉、千種《ちぐさ》の両奸《かん》の首をとり、関白に進呈するぞ」

義助の宿にいあわせた長州藩寺島忠三郎、熊本藩轟木武兵衛《とどろきぶへえ》は、短気な忠光の憤激を鎮めようとした。

「この儀は、武市半平太に相談するがよかろうと、存じまする」

「武市ごときに謀ることはない。いますぐ参るぞ」

義助たちは、やむなく同意した。

「それでは、われらもお供つかまつる」

「よし、すぐにいこう」

義助たちは、はやりたつ忠光をなんとかひきとめ、朝を迎えた。

斬奸《ざんかん》をその夜に延期し、轟木武兵衛が宮部鼎蔵《みやべていぞう》とともに半平太の寓居に駆けつけ、事情を告げた。半平太は反対した。

「岩倉、千種はすでに罰をこうむり蟄居《ちっきょ》しておる。その首を取ったとて、世間の耳目をおどろかすばかりじゃ。それよりも、お前《ま》さんらあが死を決しておるならば、その覚悟で関白屋敷へ推参して、三カ条の策をお聞きとどけなきときは、餓死しても引き下がらぬと坐《すわ》りこめ。そうすりゃ、きっと朝議は決するにちがいない」

轟木武兵衛は、中山忠光に半平太の意見を伝え、納得させたのち、久坂、寺島とともに三カ条の建策を捧《ささ》げ、関白邸の玄関に坐りこんだ。

久坂と呼応して攘夷公卿姉小路公知《あねがこうじきんとも》が、同志十二卿とともに関白に血判状をさしだした。書状の内容は久坂らの建策と同様である。

関白はついに夜中に参内し、天皇に拝謁して奏聞《そうもん》し、攘夷期限確定を命じる勅命を拝受した。

二月十一日の夜、議奏三条実美《さんじょうさねとみ》以下八人の公卿が、勅 諚《ちょくじょう》を奉じて東本願寺に出向き、将軍後見職一橋慶喜《ひとつばしよしのぶ》をたずねた。

子《ね》の刻（午前零時）を過ぎていたが、政事総裁職松平春嶽と山内容堂、京都守護職松平容保《まつだいらかたもり》が慶喜のもとに駆けつけ、勅使実美に奉答した。

「攘夷期限は、将軍家上洛ののち、江戸帰城のうえにて、諸般の処置を評議して定めまする」

実美は承知しない。

夜があけるまで押し問答をかさねたあげく、将軍上洛を終えた四月十五、六日頃に攘夷実行期限を定めることとなった。

このとき実美らはきわめて高姿勢で、語気荒く、慶喜らが返事を渋ると、たちまち「因循《いんじゅん》なり」ときめつけた。

短気な容堂は激昂したが、内心を表にあらわさなかった。

慶喜はかねて学習院《がくしゅういん》で議奏たちと会見したとき、列座の公卿たちにいった。

「攘夷実行と申さば、外夷を拒絶するはたやすけれども、事変が出来《しゅったい》するや否やは見通せませぬ。慶喜は武将なれば、身をもって難にあたりまする。貴卿らは攘夷発令の張本人なれば、事変がおこりしのちも、おどろき騒がぬよう、お覚悟のほどを願い奉る」

容堂も、世情にうとい公卿たちが、攘夷浮浪の徒に動かされているのを知っている。

慶喜と春嶽は、轟木武兵衛、久坂義助らの策謀により、関白が動かされた実情を偵知すると、彼らをただちに捕縛しようと主張した。

容堂と松平容保は反対した。浮浪の徒のなかには、諸藩士もまじっており、いまこれらを捕えれば、安政の大獄の再現になるというのである。

結局、浮浪の徒のうち主家のある者は帰参させ、浪人は幕府が扶養する方針をとることにした。

将軍家茂《いえもち》は、二月十三日に江戸城を発駕《はつが》した。供回りは三千余人である。麟太郎の乗り組む順動丸で海路をとる予定であったが、イギリス軍艦四隻が横浜港にあらわれたため、途中で拿捕《だほ》されるおそれがあると見て、陸路に変更した。

イギリスは、生麦事件の賠償金要求の談判が決着を見ないので、威嚇《いかく》の態度をあらわしている。

家茂が駿府に到着したのは二月二十日であった。京都ではその二日後の夜、洛外等持院《とうじいん》にあった足利尊氏《あしかがたかうじ》、同義詮《よしあきら》、義満《よしみつ》の木像の首と位牌《いはい》を盗みだした者がいた。

足利尊氏らの木像の首は、夜のうちに三条大橋の下に梟《さら》した。その傍《そば》に位牌と捨て札を置く。

「逆賊

足利尊氏
同義詮
同義満

名分を正すべき今日に至り、鎌倉以来の逆臣一々《いちいち》吟味をとげ誅戮《ちゅうりく》いたすべきところ、この三賊は巨魁《きょかい》たるによって、まずは醜像へ天誅を加うるものなり。」

皇国の大本は忠義の二字にあるにもかかわらず、賊魁頼朝《よりとも》が出て朝廷を悩まし奉り、さらに北条《ほうじょう》、足利に至っては、天人ともに赦《ゆる》すべからざる大悪人である。五百年昔であれば、大賊の生首を引き抜くところであるが、昨夜尊氏どもの彫像の首を刎《は》ね、いささか憤懣《ふんまん》を散じた。然《しか》るに今世に至ってなお足利に超える奸賊どもがある。これらの奴輩《どはい》が旧悪を悔い、積悪を償うところがなければ、満天下の有志がこぞって罪科を糺《ただ》すことになろう。

このような捨て札の内容は、公然と幕府を弾劾、威迫しようとするものであった。

京都守護職松平容保は、尊氏らの木像を梟した浮浪の徒が何者であるかを、すみやかに探知した。

彼らのなかに、会津藩大庭恭平《おおばきょうへい》が同志としてまぎれこんでいたためである。

下手人は江戸の師岡節斎《もろおかせっさい》、伊予《いよ》の三輪田綱一郎《みわだつないちろう》（元綱《もとつな》）、下総《しもうさ》の宮和田勇太郎《みやわだゆうたろう》、青柳健之助《あおやぎけんのすけ》、信濃《しなの》の高松《たかまつ》趙十郎、因幡《いなば》の仙石佐多雄《せんごくさたお》、石川一《いしかわはじめ》、陸奥《むつ》の長沢真古《ながさわまこ》登《と》など、平田篤胤《ひらたあつたね》門下と称する勤王家。

ほかに京都の商人長尾郁三郎《ながおいくさぶろう》、近江の商人西川善六（吉輔《よしすけ》）、浪人の中島永吉らがいた。

松平容保は、この事件を見逃すわけにはゆかないと判断した。家茂上洛をまえに将軍の権威をないがしろにする行為である。

征夷大将軍は朝廷から官位を賜り、天下兵馬の権をとるものである。そのような立場にある者をはずかしめるのは、朝廷を侮辱するものであるというのである。

二十五日の夜、下手人捕縛の命令は、町奉行に下った。奉行は行動をためらう。木像を梟した者どもの与党は、京都に四、五百人もおり、いっせいに蜂起《ほうき》すれば、守護職の実力をもってしても、制圧できないと見たためである。

三条実美は使者を容保のもとへつかわし、事を荒立てないようすすめた。

容保は会津藩から、賊一人に対し上士三人、下人二人、捕卒三人を出し、町奉行に協力させた。

会津藩兵が二十六日夜、町奉行に協力しておこなった捕物《とりもの》は、戦闘のようなすさまじさであった。

下手人がひそむ家を包囲すると、天地をゆるがすときの声をあげ、屋根へ梯子《はしご》をかけて登り、三十人ほどで屋根瓦《やねがわら》を手当たりしだいに投げたのち、二階の物干場から乱入する。

別手の五、六十人は板塀を乗りこえ、門を押しあけ乱入し、槍《やり》で雨戸を二、三枚突き砕き、玄関の戸を掛矢《かけや》で割り、家内に駆け入ると、障子、襖《ふすま》、建具まで木《こ》っ端微塵《ばみじん》に打ち砕く。

士分は抜き身、槍を持ち、下人は白鉢巻、白紙の肩印をつけ、六尺棒をひっさげ、ガンドウ提灯《ぢょうちん》でくらがりを照らし、鎖帷子《くさりかたびら》を着こんでいる者もいた。

葵《あおい》の紋のはいった提灯が目につかなければ、集団強盗が押し入ってきたとしか見えない。

戸棚、天井から長押《なげし》まで、槍で突き散らし、下手人をかばい行方を知らぬという浪士たちは、縛りあげ黒谷金戒光明寺《くろだにこんかいこうみょうじ》の本陣へ連行する。出動した会津藩兵は四百人に達し、その夜のうちに三輪田以下の志士を捕縛した。

下手人のひそむ家を襲うとき、まず町の四方をかため、道には一、二間置きに蠟燭《ろうそく》をたてる。

四つ辻には鉄砲足軽が警衛に立ち、戦場のような有様であった。町奉行所下役たちは、捕物の現場を遠くはなれ、恐怖に体をおののかせ、声を出すこともできない。

ときどき、ふるえ声で「上意」と呼ばわるばかりである。

世情騒然としているなか、龍馬は七日間の禁足を終え、大坂の勝麟太郎をたずねた。

麟太郎は大坂北鍋屋町《きたなべやまち》の、専称寺《せんしょうじ》に寓居をさだめていた。龍馬は半平太の斡《あっ》旋《せん》で、まもなく藩庁から航海術修業の下命が出ることになっていた。彼が海軍塾への入門を誘った勤王党の同志、安岡金馬《やすおかかねま》にも藩の許しが出るはずであった。

麟太郎は、順動丸で二十四日に品川沖出船、二十六日に天保山沖に投錨《とうびょう》したのち、老中並、小笠原図書頭《ずしょのかみ》とともに兵庫和田岬、湊川に廻航し、石造砲台建設地を定めた。

イギリス軍艦十二隻が横浜沖に集結し、今後二十日のうちに生麦事件等の償金三十万両を支払わねば、戦争をおこしかねない形勢になっていた。三十万両は四十四万ドルにあたる。

麟太郎は、横浜がイギリスの軍港であるような状況となったいま、一刻も早く摂津海岸の防衛をかためねばならないと急いだ。

彼は大坂南組の惣年寄《そうどしより》、安井九兵衛を呼び、連日、大坂近在で動員できる石工の人数、作業能力をたしかめる。

「泥棒を捕えて縄をなうとはこのことだが、まあしかたがねえだろう。石造の砲台をこしらえるのも、気休めのひとつだ。クルップやアームストロングの着発弾を撃ちこまれても、砕けねえ砲台は、随分金がかかるぜ」

さしあたって石造砲台を設置すべき場所は、安治川口、木津川《きづがわ》口、中津川《なかつがわ》口、尼崎、湊川、堺《さかい》である。

麟太郎は、龍馬たちにいった。

「こんなことばかりやっていたって、根本のところを改めなきゃ、何ともならねえさ」

麟太郎は不機嫌をかくさず、まくしたてる。

「生麦でイギリス商人を討ったのは、島津三郎（久光）の家来だよ。三郎が家来の首を出さねえのなら、償金を出せというんだろ。出さなきゃまず横浜を焼き討ちして、戦争をはじめるのが、先方の心積もりだ。この際、幕府は何を怖れて戦おうとしねえんだ」

龍馬は、戦えば日本がかならず負けるという麟太郎が、なぜそんなことをいいだしたのかと、ふしぎであった。麟太郎は、泡を飛ばして論じたてる。

「幕府は因循が重なり、万民は悪政に悩まされておる。役人どもは仕事の手を抜くことばかり考え、すべてにおいて優柔不断、ついに方今の八方塞《はっぽうふさ》がりの有様に陥った。それでもまだ、目がさめねえよ」

麟太郎は、攘夷論者が朝命を奉じるとして、攘夷実行を急ぐのは、現状打開の近道であるためだという。

「攘夷をいいたてるのは、この機に乗じて頭を擡《もた》げようとする草莽の徒輩だ。幕府の主立った者は、それをどう扱えばいいか知らねえ。上下一致しねえままに、攘夷につっ走るのが、いいとは思っていねえが、イギリスらが兵力で日本を押さえつけにくるのは、千載一遇の好機だよ」

龍馬が首を傾《かし》げて聞く。

「戦《いくさ》に負けて、なんで好機ながですろう」

「いま一敗地にまみれたときは、日本は数十年、あるいは数百年ののち、きっと雄を天下にふるう国になるんだ。これを人爵《じんしゃく》破れて天爵に帰するというんだ」

麟太郎はいった。

「いま一時の姑息《こそく》を求め、国家の土崩瓦解《どほうがかい》を怖れたところで、逆運から逃れることはできないのさ」

「ほいたら、どがな段取りで戦をはじめたらえいですろう」

「まず将軍は大坂城にご動座なされ、イギリス公使に大坂へこいと申されるのだ。彼が大坂にくれば、すみやかに償金を払ったのち、イギリスの暴挙を咎《とが》め断交する。イギリスが許さぬときは上方《かみがた》で一戦を交え、勝算なきことを、天下の人民に覚《さと》らせる。一敗地にまみれるのは、国内人民の真の奮発を待つためだ。いまの幕府役人どもは、外にはイギリスの気息をうかがい、内には激徒の天誅を怖れるばかりだ。これではほんとうに国は亡《ほろ》びてしまうだろう」

龍馬は手を打ち、笑い声をたてた。

「それも、えい手ですのう。イギリスらあは軍艦で海の通航を塞ぎよるが、陸《おか》にあがってきたら、鉄砲、大砲だけじゃ片づかん。二百万もおる侍相手に戦したら、いずれは音《ね》をあげますろう」

麟太郎は鼻先で笑った。

「たしかにそういうこともあるだろう。鹿児島では砲台築造、弾丸鋳立《いた》てを急ぎ、昼夜のわかちなくはたらいているそうだ。イギリス艦隊も、薩摩隼人《さつまはやと》と陸戦するつもりはないだろう。ひと戦やれば、人爵破れて天爵出《い》ずる代になるというのは、日本にそれだけの底力があると思っているからだよ」

龍馬と肩を並べ、桜吹雪のちりぼう専称寺の縁先に、あぐらをかいている岡田以蔵は、麟太郎の言葉に感じいったように、うなずいている。以蔵は近頃、龍馬と動きをともにしていた。

暮れ六つ（午後六時）の大鐘が鳴りはじめると、龍馬は以蔵にいった。

「おんしは、これから先生の従者になって、身辺をお守りせい。京都では開国とひとこというただけで、首が飛ぶそうじゃきに」

京都では、天誅の経歴を自慢する浪士が多かったが、以蔵は別格である。

長刀を閂《かんぬき》差《ざ》しにした六尺近い上背の以蔵が、高下駄《たかげた》をひきずって歩く姿を見ると、どんな乱暴者も道を避《よ》けるという。

以蔵には、つぎのような伝説があった。

狙《ねら》った男のあとをつけていった以蔵が声をかける。

「もし」

いいつつ刀を横一文字に振ると、切られた首がふりかえり、答えたという。

「何どす」

洛中洛外の桜が満開の三月四日の夜明けがた、将軍家茂は三千余の供揃《ともぞろ》えを率い入京した。

まだ辺りがほの暗かったが、出迎えを禁じられた町人たちは、塀や戸の隙間《すきま》にむらがり、行列を見物した。

夜明けまえに入京したのは、攘夷浪士が過激な公卿と謀り、かねて任命されていた伊勢大廟《たいびょう》への勅使差遣の期日をこの日として、将軍家の行列と往来で行きあい、朝廷の威光によって家茂に侮辱を与えようとした計画を探知したためである。

伊予松山《まつやま》藩主松平《まつだいら》隠岐守《おきのかみ》を前駆として、殿《しんがり》は越後高田《えちごたかだ》藩主榊原式部大輔《さかきばらしきぶのたいふ》がかためる。すべて古式に従った随従の顔触れであるが、かつて三代将軍家光《いえみつ》が、三十余万の供を連れて上洛した故事と比べれば、簡略をきわめている。

三月七日の夜明けがた、麟太郎は三十石船で京都へむかった。二条城へ伺候し、海岸台場築《つ》き立ての打ちあわせを、京都町奉行らとおこなうためであった。

龍馬、以蔵が麟太郎の身辺護衛のため、同行していた。攘夷浪士らは、開国をいう者は執拗《しつよう》につけ狙い、斬りすて、己《おのれ》の名をあげようと血眼《ちまなこ》になっている。

龍馬たちは枚方《ひらかた》でくらわんか餅《もち》を食い、酒を飲み、堤を往来する人馬を眺め、歓談する。浅瀬を通過するとき、曳《ひ》き子が綱で船を曳きつつ川縁《かわべり》を歩いてゆく。

人相の悪い浪人の群れが歩み寄ってきて船内をのぞきこむが、龍馬たちは刀を膝《ひざ》もとに寄せつけ、平然と餅をくらった。

龍馬が小声で以蔵にいう。

「あいつらが船に飛び乗ってきたときは、なんちゃあいわさんずく斬れ。俺は先生を守るきに」

「任しちょき。按配《あんばい》ようやるぜよ。あんまり血もつれにならんように、臑《すね》の辺りへ見舞うちゃるき」

龍馬が聞く。

「おんしは、人を斬るとき、血が騒がんかよ」

以蔵は表情を変えずにいう。

「はじめは刀を構えただけで、目の先がまっくらになったけんど、いまは、剣術稽古《けいこ》より楽ぜよ。相手は頭に血がのぼって、ええ動かん。そこを大根でも切るようにやったらえい」

以蔵は目を細め、土手の満開の桜に手をのばし、はなびらをとって盃《さかずき》に浮かべた。

龍馬たちは八つ（午後二時）頃、伏見に着船し、二条城へむかった。

その日は将軍が参内し、在京の諸侯がことごとく扈従《こしょう》して出払っていたので、京都町奉行永井《ながい》主水正《もんどのかみ》（尚志《なおゆき》）も不在である。

留守居の役人に聞いても、いつ戻ってくるか分からないという。城内の長屋をのぞくが、将軍に随行してきた人馬が溢《あふ》れんばかりで、井戸端には残飯が山盛りになって、蠅《はえ》がたかっている。

軍艦奉行並の麟太郎の接待さえできかねるほどの混雑であるため、やむなく外へ出た。

「旅籠は、どこぞに見つかるだろう。天気もいいし、散りがての桜を見物しながら、名所を見て歩くか」

大路《おおじ》には、鮨《すし》とてんぷらの屋台が多く出ている。各町内に三、四軒もある。

寺社の門前には、粟餅屋《あわもちや》がある。餅を握れば指のあいだから四個の団子が出てくる。それを、さしわたし六尺もある桶《おけ》に投げこむ速さは、目にもとまらないほどである。

桶には砂糖をまぜた黄粉《きなこ》がはいっていて、それをつけて売るのである。

龍馬と以蔵は、酒を飲みながらてんぷらを食い、粟餅を食う。

下戸《げこ》の麟太郎は、さざえの壺焼《つぼやき》、砂糖菓子をかじりながら歩く。

都大路は、どこも人をかきわけねばならない雑踏で、上京している諸大名の家来、人足が、肩をいからせ、諸国訛《しょこくなまり》で話しあっている。麟太郎たちが泊まる旅籠はなかった。

どの店も、大名家の宿を引きうけ、看板を門口に立てている。月代《さかやき》と髭《ひげ》をのばした攘夷浪士が、群れをなして闊歩《かっぽ》し、調子はずれの大声で詩を吟じている者もいる。

鴨川《かもがわ》、高瀬川《たかせがわ》の河原に黒山の人だかりが見え、近寄ってみると、首のない侍、僧侶《そうりょ》の屍体《したい》が転がっていた。

十人ほどの浪人がすれちがうとき、聞こえよがしにいった。

「縮緬《ちりめん》の紋付に、仙台平《せんだいひら》の袴《はかま》をつけているぞ。それに、あの陣笠《じんがさ》を見ろ。幕府の大身《たいしん》に違いない。斬りすてるか」

立ちどまって麟太郎を見つめる。

以蔵が酔った眼《め》をすえ、彼らの前に立ちふさがる。

「まだ明るいうちに、人斬りをやるがかよ。これはおもしろい。土佐の岡田以蔵が相手になっちゃる。遠慮なしに抜きや」

充血した眼で睨《にら》みつけると、浪人たちは怯《おび》えた眼差《まなざ》しを落とし、立ち去った。

龍馬は笑っていった。

「おんしの名を聞いただけで逃げよる。よっぽど怖がられちゅうがじゃのう」

以蔵は聞こえないふりで、麟太郎に話しかける。

「俺らあは知り人のところへ転がりこみますけんど、先生のようなお方は、そうはいかんでしょう。宿は私がちゃんと探しますき、ご安心下さい。そこのぜんざい屋で、一服せんですか」

陽が暮れかけていた。

暮れ六つの大鐘は、さきほど鳴りやんだばかりである。

「千客万来、たいらや」と軒行灯《のきあんどん》を吊《つ》るしたぜんざい屋の縁台に腰を下ろし、三人は熱いぜんざいをすすった。

「こんなに京都に人が溢れているとは、思わなかったなあ」

麟太郎がいうのを、龍馬たちがなぐさめた。

「裏通りの小《こ》んまい宿を探したら、空き部屋がありますろう。ゆっくりやりましょう」

ぜんざいを食った三人は、土塀のつらなる寺町《てらまち》通りへむかった。

人通りのない道端のくらがりから、三人の浪人が突然あらわれ、かけ声もかけず白刃をひらめかせ、麟太郎に斬りかかった。

麟太郎が飛び退《の》くと、以蔵が大きく前へ踏みだし、先頭の男に刃鳴りもすさまじく右袈裟《けさ》に打ち込む。

濡《ぬ》れ手拭《てぬぐ》いをはたくような音がして、相手は首の付け根に一撃をうけ、うつぶせに倒れた。

以蔵があとの二人に叫んだ。

「こんぎゃな弱《まった》いことでどうなりゃあ。さあ、かかってこい」

二人の浪人は気をのまれ、そのまま逃げうせた。

麟太郎と龍馬は、以蔵のすさまじい刀勢に感心した。龍馬がいう。

「おんしはいつのまに、それほど腕があがったがぜ。眼にもとまらんとは、このことぜよ。万次郎《まんじろう》さんがいうちょったがは、ほんまじゃったのう」

以蔵は江戸にいるとき、龍馬に頼まれ、中浜《なかはま》万次郎の身辺を護衛したことがあった。万次郎は江戸谷中《やなか》の墓地に、円形の直径二メートルもある墓をこしらえたので、検分に出かけた。

そのとき、剣客四人が斬りかかってきた。

「国賊め、逃がさんぞ」

以蔵は水を噴くように研ぎすました白刃を抜きはなち、万次郎にいった。

「先生、墓を背にしてまっすぐ立ってつかされ」

万次郎は、以蔵のいう通り墓石を背にして立った。

以蔵は四人の敵にむかいつつ叫ぶ。

「先生、懐の六連発を撃っちゃいかん。かえってつけこまれるぞ。この四人のほかにまだ二人、うしろに隠れちゅうき、そこから動かんでつかされ」

万次郎は短銃を握りしめ、墓石に身を押しつける。

覆面をした四人の敵が、白刃を構え以蔵に迫った。万次郎が、チャリーンという冴《さ》えた刃鳴りの音を聞いた瞬間、眼のまえに大日輪《だいにちりん》のような火の玉がまっかに燃えあがった。

回転する火の玉は、以蔵が斬った二人の敵の体から噴きだす血潮であった。倒れた敵は手足を震わすばかりである。

残る二人は以蔵のいきおいに気力が萎《な》え、逃げ去った。

「先生、まだ動いちゃいかん」

以蔵は剣尖《けんさき》をわずかに下げた残心《ざんしん》の構えを崩さず、鬼のような目つきで気配をうかがう。

万次郎は、自分がもたれていた墓石のうしろから足音が湧《わ》きおこったのに、胆《きも》を冷やした。そこに隠れていた二人の侍が、逃げていったのである。

万次郎は、体じゅうを冷汗で濡らしていた。

「お前んのおかげで助かった。お前んは命の恩人じゃ。この懐《ふところ》鉄砲《でっぽう》を礼にやるき、受けとっておくれ」

以蔵は笑ってことわった。

「あしは、そがなものはいらんぜよ」

龍馬は、万次郎からそのときの様子を聞き、刺客たちは撃剣に熟練した侍ではなく、ごろつきのたぐいであろうと思っていたが、いま眼前に隼《はやぶさ》の羽ばたきのような、以蔵の一撃を見て、心中にうなずいた。

――こりゃ、やっぱり人斬り以蔵といわれるだけのことは、あるのう――

その晩、麟太郎たちは三条小橋の上宿《じょうやど》に空き部屋を探しあて、泊まった。

麟太郎は座敷に入ると、半顔《はんがん》と袖《そで》に返り血をうけた以蔵を、先に風呂《ふろ》に入らせ、あがってくると諭した。

「さっきのような斬りかたは、まったく堂に入ったもんだ。俺にもあんな早業《はやわざ》はできねえだろう。しかし見ていると、お前はどうやら人を殺すのを楽しんでいるようだ。そんな了簡《りょうけん》は、改めたほうがいい」

以蔵はいい返した。

「しかし先生、あのとき俺がやらざったら、先生の首は飛んじょったですろう」

麟太郎は二条城で、兵庫和田岬ほかの緊急に防備を要する場所に、石造堡塁《ほうるい》を築造するため、見積もり徴集を急いでいた。

江戸の勝塾塾頭佐藤与之助《さとうよのすけ》を呼び寄せ、図面、雛形《ひながた》の製作にとりかからせる。

龍馬たち大坂海軍塾の塾生たちも、手分けをして東奔西走し、見積もり金額を算出するためにはたらく。

横浜に逐次集結し、数をふやしつつあるイギリス艦隊が、大坂湾に侵入してくる危険は目前に迫っていた。

堡塁は高さ五間五尺、周囲二十一間、中央井戸一ヵ所、砲門十一、据筒《すえづつ》二段構えとする。

建物は槻《つき》、楠《くす》の巨材で堅牢《けんろう》な構造とする。

龍馬たちは石工《いしく》、大工にかけあい見積もりをさせるが、江戸のように堡塁築造の専門職がいない。

地杭《じぐい》、根石《ねいし》などは、兵庫御影《みかげ》村から切り出させることにしたが、値段が高すぎる。仕方がないので備中《びっちゅう》、備前《びぜん》の島々から切り出させることとした。

幕府普請役《ふしんやく》、御小人目付《おこびとめつけ》、大坂町奉行同心などを派遣して、村役人と交渉させるが、莫大《ばくだい》な費用が算出された。

瀬戸内《せとうち》の島々を、廻船《かいせん》でめぐり歩いてきた龍馬は、陽灼《ひや》けした顔で鱗太郎のもとへ戻り、報告した。

「材木、石工手間、左官、鉄物《かなもの》などの数量吟味をしたところ、堡塁一ヵ所につき二万両余りを要します。湊川ほか二ヵ所の堡塁を建てれば、六、七万両はかかりますろう」

「砲戦になれば、堡塁などは気休めにしかならんが、さしあたって和田岬辺りに、せめて一基は造らねばなるまい」

三月十一日、天皇は攘夷決行御祈願のため、賀茂《かも》上下社に行幸された。将軍家茂は供奉《ぐぶ》を命ぜられた。諸大名も随従し、関白以下の公卿衆も加わる。

公卿、殿上人《てんじょうびと》、将軍以下後見職、総裁職、在京諸大名は長蛇の列をつくり、賀茂社に向かった。

関白、大臣は輿《こし》、他は騎馬で、途中雨が降ってきたので、行列の人々は緋傘《ひがさ》で雨を避け、一幅の絵巻物を見るような光景であった。

天皇は社頭で神事を終えられたのち、将軍を召し寄せられ、天盃《てんぱい》、神饌《しんせん》をお手ずから賜い、ことのほか優渥《ゆうあく》に慰撫《いぶ》されたので、事につけて将軍を軽んじようとした供奉の公卿たちも、目をみはるのみであった。

三月二十日、兵庫沖へフランス軍艦二隻があらわれた。長州藩世子毛利定広が、兵庫和田岬を巡見に出向いていたが、長州兵は砲撃することなく、和田明神の社頭から遠望するのみであった。

長州藩はかねて、瀬戸内海へ異国の軍艦が入りこんだときは幕命をまたず、ただちに撃ち払うと朝廷に申しあげていたので、麟太郎たちは不測の衝突がおこるのではないかと緊張したが、何事もおこらなかった。

フランス軍艦は、生麦事件等の償金支払い交渉に関し、不穏となった横浜居留民保護にむかうものであった。

フランス海軍少将ジョーレスは、二等戦艦ラ・セミラミスに搭乗し、三月九日に上海を出発し、横浜に来航していた。

三月中に、居留民の保護と避難のために、横浜に集結待機するイギリス、フランス、オランダ、アメリカの軍艦は十七隻、商船は六隻に達し、なお増強の動きを示している。

賠償金問題がこじれ、攘夷派の武士が大挙して横浜を襲撃してくれば、英仏両国提督が中心となって、同地を軍事占領する準備をすすめているのである。

京都では、三月十一日の賀茂上下社行幸のとき、先陣の大名行列に加わった長州藩世子毛利定広が、男山《おとこやま》の石清水八幡宮《いわしみずはちまんぐう》への行幸を、学習院を通じ建白した。

「先般の賀茂社へのご参詣《さんけい》は、御親征、御巡狩《ごじゅんしゅ》のご基本であると存じます。その後、時勢はいよいよ切迫し、夷艦が摂海へまもなく襲来するとのこと。実に皇国の安危はこのときであります。

防禦《ぼうぎょ》警衛の者どもは、死闘決戦つかまつるはもちろんなれども、おそれながら至尊におかせられても、膺懲《ようちょう》の御偉業をたてられるため、なにとぞ鳳輦《ほうれん》を男山あたりへお進めになり、天下の士気を振起あらせられたい。されば、畿内《きない》に馳《は》せ参じる防禦の士も、ますます感奮いたすでしょう。そうしなければ、摂海は必争の地ゆえ、夷賊に奪われるかも知れません。神州《しんしゅう》のため、こい願い奉ります」

三月十六日、天皇は御親征のため石清水八幡に行幸され、将軍に大坂防衛を命ずることにつき、鷹司関白を通じ、左大臣一条忠香《いちじょうただか》、右大臣二条斉敬《にじょうなりゆき》、内大臣徳大寺公純《とくだいじきんいと》に所存を下問された。

三公は重大案件であるので、再三御勘考あらせられたいと奉答したが、十九日に至って、四月四日辰《たつ》の刻（午前八時）に石清水行幸あらせられると布告された。

幕府は、莫大な償金支払いをこのうえ延期すれば、イギリス艦隊が武力攻撃に出る態勢にあることを、充分承知していた。

京都では攘夷派の戦意は沸騰し、攘夷実行期限で朝廷側に言質《げんち》を取られた幕府は、自縄自縛の窮地に陥ろうとしていた。

幕府政事総裁職松平春嶽が、辞表を提出したのは、三月九日であった。

春嶽は江戸を出立《しゅったつ》するまえ、朝廷の意向に従い、攘夷論を可能なかぎり受けいれるつもりでいた。

将軍の上京を実現させ、公武合体の効果をあげる算段であったが、京都にきてみると、世界情勢をまったく知らない公卿が、攘夷に熱狂する浪士たちに押される、激派の奔流のようないきおいに、なすすべもなかった。辞表は、つぎの通りである。

「この春、上京してのち、一橋中納言（慶喜）殿と相談し、ひたすら勅旨を遵奉してきましたが、力が足らず、公武一和が徹底しませんでした。

このままでは、下は人民の塗炭の苦しみを救い、上は宸襟《しんきん》を安んじ奉る見込みが立たず、恐れいるばかりです。

さらに奉仕の目途もつけがたく、危急の時節に重職をとてもあい勤められません。すみやかに御役御免下さるよう、伏してお願い申しあげます」

この日、慶喜が春嶽のもとを訪ね、辞職をひきとめた。

「御趣意をさらに深く承らねば、辞表のお取次ぎはできませぬ。拙者一人で万一聞き違えなどあっては不都合であるので、小笠原図書頭（長行《ながみち》）、岡部駿河守《おかべするがのかみ》（長常《ながつね》）らとともに会談したい。

将軍も上京中で、形勢は日増しに険悪を加え、明日の予断もならぬとき、春嶽公のご存念を、しかと承りたい」

老中格、大目付を交えての話しあいを希望した。

慶喜は会談の席で、ひたすら春嶽をひきとめようとした。

「いましばらくの辛抱で、公武御一和は充分整うにちがいない。大樹公《たいじゅこう》（将軍）が御滞京の日数を延べられ、江戸のことは後見職、総裁職のうち一人が戻り、取りはからえと仰せだされたのも、御一和を望まれるためである。

賀茂行幸のときには、皇上が大樹公に天盃を賜り、御直《おんじか》に御酌下されるなど、ご懇篤の待遇であった。

浮浪の輩《やから》はやがて会津に押さえこまれるであろう。三条以下、攘夷の暴論を申す堂上も、近来いささか悔悟の体《てい》である。

この際、幾重にも辞職を思いとどまられ、われらにご尽力を願いたきものである」

三月八日、激徒の横行する京都三条の宿屋で、千屋寅之助《ちやとらのすけ》の兄富之助が、諸国巡遊の途中、病《やまい》に罹《かか》り、悲観し切腹して死んだ。

寅之助は兄の葬儀の費用十両ほどを、同志から借りあつめ、ようやく間にあわせたが、その返済に伯父《おじ》の助力を求めた。

京都、江戸にいる志士たちは金銭に乏しく、食にも窮するほどの生活をつづけていたので、些細な衝動に背を押されるように自害する。

麟太郎は、三月九日朝、京都を出立し、大坂へ戻ったが、道端に斬りあって死んだ五、六人の侍の屍体が転がっているのを見た。

淀川《よどがわ》を三十石船で下る途中、長州藩旗を掲げた若侍が土手のうえに長い縦列をつくり、京都へむかってゆく。人数はおよそ二百人ほどであろうか。

革胴、籠手《こて》、鉢金《はちがね》をつけ、臑当てを巻いた若者たちの隊列のうちには、槍、小銃を担いでいる姿が目につく。

「まるで戦支度だな。いったい何をするつもりだ」

鱗太郎は傍の陽覆いの下であぐらをかいている、龍馬たちにいった。

「皆、命を惜しみやせんです。ひとあばれせんことには、落ちつかん情勢ながです」

龍馬はいつでも命を投げだすと覚悟をきめている、猛々《たけだけ》しい眼差しで酒をあおった。

大坂に戻ったのち、龍馬たちは北鍋屋町専称寺内の勝塾にとどまらず、天保山沖の順動丸に乗り組んだ。

老中格小笠原図書頭が、イギリスへの償金支払い問題協議のため、至急海路をとり江戸へむかうとの連絡が京都からきたためである。

三月十四日、老中水野和泉守《みずのいずみのかみ》（忠精《ただきよ》）から順動丸に、釜焚《かまだ》き支度をして、図書頭が乗船ししだい出帆するよう指図がきた。

十五日、図書頭が大坂東本願寺に到着し、明日乗船するというので、蒸気釜を焚き、待っていると、夕方になって突然乗船が日延べになったといってきた。

十七日には、図書頭が京都に戻ったというので、業を煮やした鱗太郎が東本願寺へ出向くと、家来が出てきて答えた。

「昨夜遅く、京都より呼び出され、今朝二条城へご出立なされました」

鱗太郎は順動丸に戻り、龍馬たちに嘆いた。

「まったくなっちゃいねえぜ。閣老といえども東西に奔走して定まらず、朝令夕変すとは、このことだ。イギリス軍艦が神奈川で戦をおこしかけているのに、京都では議定《ぎじょう》がまったく進まねえ」

京都では、松平春嶽が政事総裁職の辞職を表明している最中、島津久光が三月十四日に入京し、姻戚《いんせき》の近衛忠煕《このえただひろ》邸に伺候した。

鷹司関白、中川宮《なかがわのみや》（もと青蓮院宮）、一橋慶喜、山内容堂も同座するなかで、久光は意見を述べた。

まず、朝廷の攘夷御決議は軽率きわまりなく、時宜を得ていないと、攘夷派公卿を瞠目《どうもく》させる発言をした。

さらにいう。

「後見（一橋慶喜）、総裁（松平春嶽）を奴僕《ぬぼく》のごとく御待遇、浮浪藩士の暴説ご信用もっとも然《しか》るべからず。

かつ御膝下《ごしっか》において、法外の儀これあり候を、そのままに召し置かれ候儀、朝憲暮令もおこなわれざる姿、ただに乱世の基、嘆息に堪えず候」

彼は幕威をないがしろにし、浮浪の暴説を信用した堂上公卿をすべて退け、浮浪藩士どもは幕府で処置しなければならないという。

朝廷は、三条実美らの激派公卿を排し、大政を将軍に委任する。また攘夷の気運をひきおこした長州藩父子の所見は、後見職より質問しなければならないとした。

無用の諸大名、藩士はすべて帰国させ、公卿は浮浪藩士にみだりに面会してはならない。国事御用掛は廃止すべきであるというと、ようやく中川宮が反論した。

「御用掛廃止は、なしがたきことである」

久光の主張を通すためには、攘夷派を制圧する兵力がなければならない。兵力を用いるのは、イギリスの圧迫下に内乱をおこすことになるので、実現不可能なことであった。

久光は京都に長逗留《ながとうりゆう》はできない。彼は攘夷には反対であるが、イギリス軍艦が鹿児島へ到来したときは、武勇の家名をはずかしめないために、一戦を交える覚悟である。

久光は自分の公武一和の意見が用いられないと知ると、三月十八日に京都を去って帰国した。

三月二十一日朝、松平春嶽は政事総裁職辞職の聴許が得られないまま、老中板《いた》倉勝静《くらかつきよ》に届けをさしだし、京都を出て越前に帰った。

その日、順動丸に江戸へむかうよう指図が届いた。幕府勘定奉行、大目付、目付らが、イギリスとの交渉にそなえ、江戸へ戻るのである。

麟太郎は紀州海岸視察の任務を与えられたので、順動丸の船長は、操練所頭取荒井郁之助が務めることになった。

「お前らも、荒郁についていけ」

麟太郎は、龍馬たちにいった。

龍馬たち航海塾生は、荒井郁之助以下の幕府軍艦操練所教授方の指導のもと、順動丸で江戸までの数日間の航海に実地にたずさわれば、貴重な体験を得る。

六分儀の測定実技をおこない、外輪用主機械の起動、停止、及び増減速、前進、後進の切り替えなど、実技の訓練を受ける機会は、経験の浅い龍馬たちにはめったに得られない。

甲板上の展帆、畳帆、縮帆などの帆の扱いかた、索具の取りはずし、取りつけも、艦船の運用に欠かせないものである。

麟太郎は二十二日の日暮れまえ、順動丸が出帆するまで船長室にいて、龍馬にこまかい注意を与えた。

「江戸へ着けば、開国を口にしちゃ危ねぇよ。攘夷かぶれの野郎が、うろついているそうだ。まず大越《だいえつ》（大久保越中守）に会って、俺の手紙を渡し、江戸の様子を詳しく聞いてきてくれ。京都では将軍家が二十日に参内なされたが、主上は御居殿で、お手ずからお菓子などを賜り、ご宸筆《しんぴつ》をお渡し下されたようだ。ご宸筆には、将軍はこれまでの如《ごと》く京都にとどまり、万事に命令せよとお書きなされていたそうだ。

諸大名は危急の際にあたって、あいついで帰国いたし、朝議は落着することがない。幕府老中以下の諸吏は旧習を一歩も踏みだせず、衆議一定し、興国の策を立てる見込みはない。

昨日、春嶽殿はついに領国へ戻られたが、大越に、春嶽殿がこののちいかにすべきか、意見書をしたためてもらい、お前が持って帰り、越前へ届けろ。このままでは、水野痴雲《みずのちうん》の一派が、幕閣を動かしかねねえ。そうなりゃ、いよいよ内乱だ。お前の役目は重いのだぞ」

水野痴雲とは、浦賀《うらが》奉行、長崎奉行を歴任し、日英和親条約、英仏との修好通商条約交渉の全権となった、旗本水野忠徳《ただのり》である。

その他、勘定奉行、外国奉行、軍艦奉行をつとめた。文久元年五月には外国奉行に再任されたが、松平春嶽に開国の国是を定めることを進言して拒まれた。文久二年七月に箱館《はこだて》奉行に左遷されたので辞職、隠居して痴雲と称した。

彼は、長州藩士長井雅楽《ながいうた》の航海遠略策によって、長州藩に国事周旋を委任するなどは、もってのほかであると反対した、強硬派である。

「閣老が上京して、時局に当たるべきである」

と、幕権を重んじた。

水野の主張は、つぎの通りである。

「攘夷は断然不可であるとの幕議をかため、閣老が上京し、朝廷に言上《ごんじょう》して、その迷誤を破らねばならない。

浮浪の徒が跋扈《ばっこ》して公卿の評議を左右する者があれば、これを逮捕し、やむをえずば兵力をもって掃攘すべきである」

幕政改革についての見解も、徹底していた。

「有為の人材は破格の登用をする。幕臣のみではなく、諸藩士といえども任用する。

やがて諸藩にもこの方法をならわせ、ついには日本全国の兵制を幕府、諸藩の合一したものとする。

政治は幕府が中央政府、諸藩は地方政府とし、中央に全国の人材を集める。こうすれば尊王論、攘夷論はおのずから収まり、日本は外国に対し、独立国の体面を保ちうることになる」

彼は文久二年、島津久光が勅使を擁して東下したとき、強硬な意見を述べた。

「幕議の方針によって、外国公使と談判をかさね、和親貿易の条約を結んだのは、国家を保たんがためである。

然るに、今度攘夷の勅諚を奉持して下向した勅使は、和戦の利害を検討することなく、日本全国をあげて焦土となすとも、攘夷をご実行遊ばされたしとの叡慮《えいりょ》であると申したそうだ。

その言葉が虚説流言ならばよし、不幸にして実説ならば、驚き呆《あき》れるばかりである。

たとえその勅使が軽躁《けいそう》なる攘夷家で、つき添った藩士浪人らが煽動《せんどう》したにせよ、勅使がその言葉を発したうえは、聞き捨てにはできない。

幕府はまずその勅使を江戸にとどめ、老中を至急に上京させ、勅使の言葉ははたして真正の叡慮にてあらせられるかと伺い奉らねばならない。

朝廷よりの勅答に、それは叡慮にあらせられずとあれば、その勅使は偽勅の大罪を犯した者として厳科に処すべきである。

もし真実の叡慮とのことであれば、利害得失を陳述して、あくまでも諫《いさ》め奉るべきである。赤心をもって言上すれば、御聡明《ごそうめい》の主上が、ご聴許下さることは疑いがない。

これまでは幕吏が実情をとりつくろうばかりであったので、実情が主上に達せられていなかった。

幕議が攘夷の行うべからざるを知りつつ、承諾の御請けをなし、勅使の言の真偽を問うべきをなさず、黙して帰京させたのは、沙汰のかぎりである。

明春の大樹公御上洛、イギリスの談判、内外の困難並び迫るのは、詐偽虚言を権謀術数といいくるめた徒輩の罪によるものである」

イギリスが要求する、生麦事件についての幕府の無責任な処置に対する罰金は、十万ポンド（四十万ドル）、東禅寺《とうぜんじ》事件の被害者の遺族への賠償金は一万ポンド（四万ドル）である。

幕閣には、この件について三つの意見があった。

第一は、イギリスの要求を拒否し、横浜の艦隊が発砲すれば応戦すべきであるとする強硬論。

第二は、将軍が江戸に帰還するまで、返答延期を申しいれる穏当論。

第三は、償金は当方に落度があったのだから支払うべきである。そのうえで鎖港の談判をして、聞き入れられないときは、攘夷を実行するという、理非曲直を重んじる論である。

このうち、第三の説をとる者が多かった。彼らは内心では開国に応じなければならないと考えている。戦ったところで敗北は眼に見えている。

曲直を重んじることで、攘夷派の反撥《はんぱつ》をかわそうとするのであるが、実際は外国の力を借りても、彼らを武力で壊滅させたい。

水野痴雲が攘夷派一掃をくわだてている強硬派の中心にいて、小笠原図書頭を動かしていた。

順動丸で大坂を出帆した龍馬たちは、好天にめぐまれ、二日後に品川沖へ到着した。

同行したのは望月亀弥太、高松太郎、千屋寅之助、沢村惣之丞であった。

江戸では京都と同様に、攘夷浪士の天誅が盛行するようになっていた。

三月二十七日夜、赤坂裏伝馬町に住む、南北町奉行所見廻《みまわりかた》方手先の丸屋半七の家に、マチ高袴《だかばかま》にぶっさき羽織を着た浪人六人が押し入り、声高に強要した。

「半七に用がある。ここへ出せ」

半七が留守であったので、兄文助五十四歳がことわった。

「いまはどこへでかけたか分かりませぬ。いったんお引きとり下せえやし」

浪人たちは顔を見あわせ、いった。

「それならば、おぬしどもを身代わりに斬り捨てよう。半七は、勤王有志者多数を召し捕り、悩ませし大悪人につき、捨ておけぬのだ」

彼らは文助の五体をばらばらに斬り散らし、半七の妻とみ四十四歳の頭に三寸、背中に七寸ほど斬りつけ殺害して、立ち去った。

横浜にはイギリス、フランス、オランダ、アメリカの軍艦十七隻、商船六隻が集結し、砲門を陸岸にむけていた。

四月二日の朝、龍馬たちは大久保越中守の屋敷へ出向いた。

龍馬は前回の初対面のとき、苦虫を嚙《か》みつぶしたような顔つきで迎えた越中守が、人が変わったように、にこやかに言葉をかけてくれるので、おどろいた。

彼はいう。

「私らあは、先生にご面晤《めんご》いただくのに、しらみや蚤《のみ》をお座敷に落とされん思うて、襦袢《じゅばん》から褌《ふんどし》まで、さらの物に更《か》えてきちょります」

越中守はよく響く笑い声をたてた。

撃剣、槍の達者であると聞くが、武芸者の底力のある声である。

「どうだ、貴公たちは勝麟の弟子になって、ちと操船の術を学んだかね」

龍馬は肩をそびやかせて答える。

「ふつうなら、オランダ語やら算学、地学から教えてもらわんといかんがですが、私らあは釜焚き、帆の扱い、天測、舵輪《だりん》の取りかたまで、いきなりやらせてもろうちょります。今度も、勝先生が紀州の砲台検分にいかれましたきに、私らは荒井頭取の下ではたらき、順動丸できたがです。また大坂へ戻《も》んて帰りますけんど、このたびは、先生に大事なお知らせを持ってきちょります」

龍馬は懐中から麟太郎の書状をとりだし、越中守に渡す。一読した越中守は、舌打ちをした。

「春嶽殿が引きこもったと。勝麟は何と申しておる」

「イギリス、フランスの軍艦が、二十隻近くも横浜にきて、いつ大坂へ押し寄せるか分からんときに、難儀なことじゃと申しちょりました」

「その通り。一橋さまと力をあわせ、皇国のために公明正大の御建白を遂げねば、ご責務は解けまいが、大勇奮発して、京都でおはたらきなさらねばならぬ時節だ」

龍馬が膝を打った。

「その先生のお心持ちを、春嶽さまへ御一封したためて下さりませ。私らあが京都へ戻んたら、さっそく越前へ走って、春嶽さまにお差し出し申します」

「うむ、あい分かった」

越中守は奥へ入り、半刻《はんとき》（一時間）ほど中座して出てくると、二通の封書を龍馬に渡した。

「一封は春嶽殿、一封は横井《よこい》小楠《しょうなん》にあてたものだ。できるだけ早く、越前へ届けてくれ」

「かしこまってござります」

酒肴《しゅこう》が出て、座中が陽気になった。

龍馬が聞く。

「横浜の外国軍艦の数は、十七隻じゃと聞いちょりますけんど、水兵はどればあ乗っちょりますろう」

「まず、五千人はいるだろう」

「償金を払わなんだら、大坂へ大砲を撃ちこんで、焼くいうがですか」

越中守は腕を組んで、考えこむ。

「なにしろ四十四万ドルだから、どうしてもふんだくれぬとなれば、やらぬとはいえまい。そのとき、貴公らは、どうするつもりだ」

「海戦には勝てる見込みがないですろうけんど、陸《おか》にあがってきたときは、戦をして死にますらあ。その覚悟は、決めちょりますきに、イギリス人と相討ちをします」

越中守は、贅肉《ぜいにく》のない、若い獣のようにひきしまった体つきの龍馬たちを、頼もしく見た。

武士階級の底辺に、二百五十余年のあいだ押さえつけられてきた彼らにこそ、真の武士道が生き残っていると越中守は思う。

江戸、京都で暴威をふるっている攘夷浪士でも、江戸の旗本よりははるかに勝っている。着眼の正しい指導者がいないために、頑迷のきらいはあるが、事に臨んで世禄《せいろく》、家族をかえりみず、死を決するいさぎよさは、国威を支える原動力であると、越中守は思っていた。

龍馬、惣之丞たちは、麟太郎の弟子になるだけに現実を理解する力がすぐれている。混乱をきわめている政情の前途を切りひらくのは、彼らかも知れない。

龍馬は、越中守に会っているとき、相手の知識をできるだけ吸収しようと、気を張りつめている。彼はあらためて聞く。

「幕府は、まこと攘夷をやる覚悟がありますろうか」

「それはなかろう。京都の攘夷派に押され、攘夷期限をきめたが、内情では、やる気はない。外国もまた、日本に戦を仕掛ける気はない。ただ脅すだけだ。脅して償金さえ取れれば、あとは今まで通りに貿易をするほうが、得策だからな。しかし、日本から戦を仕掛ければ、話は別だよ。外国人は両刀を帯した攘夷派を怖れているから、日本を降参させるために、佐久間象山《さくましょうざん》のいう通り、江戸湾口に軍艦をつらね、航行を塞ぐ策をとるだろう。幕府はそれをやられるのが怖ろしいので、外国の助けを借りても、攘夷派を潰《つぶ》したいようだ」

越中守は、麟太郎とおなじ推測を口にした。

龍馬は越中守の心中を聞く。

「幕府が外国の助けを借りず、京都の攘夷派を潰せますろうか」

「それはできる。外国の兵の尽力なくして、幕府歩兵、騎兵の力で、攘夷派の柱となっておる長州の人数二千五、六百人を潰すのは、さほど難事ではない。

イギリス汽船を三隻ほど借りうけ、蟠龍丸《ばんりゆうまる》、朝陽丸をあわせ五隻に千四、五百人の歩兵、騎兵、砲兵を乗せて参れば、京都には大樹公に従う三千余人がおる。

幕府歩兵指図役以下の歩騎砲諸隊は洋式装備で、ことに騎兵は洋鞍《ようぐら》を用い、六連発短銃を持っておる。開戦すれば、旧式の長州勢に負けるはずはない」

「ほいたら、越中守さまは、そうするほうがえいと、思いなさっておるがですか」

「英仏は、幕府に汽船を貸し出すだけではなく、銃砲と兵隊を貸したいのだ。そうすれば、幕府は勝つにきまっている。しかし、そうなれば内乱だ」

内乱がおこれば、諸大名は外国と結託し、元亀《げんき》、天正《てんしよう》以前の戦国時代になりかねない。貿易をおこなうどころではなくなる。

「水野痴雲がためらうのも、そのためだ。姑息な小細工を使えば、外国の術中に陥るだろう。いまは、政道を立てる者が、公明正大の筋道を外してはならないのだ」

「それは、どがなことですろう」

龍馬が問うと、越中守の語調にいきおいが乗った。

「公明正大に応対して、外国がこれを聞かぬときは、勝敗をかえりみず戦わねば国威は地に墜《お》ちる。先方が和親というなら、世界に通用する公明正大な策を立て、朝廷に申しあげねばならぬ。万一それが聞かれぬときは、いつも申す通り、大政奉還よりほかに道はない。そうせねば、外国がすきをうかがい、国内は麻のごとく乱れよう」

龍馬は背筋をのばしていった。

「あい分かってござります。すべては幕府の俗吏を退けるが第一と、私は思うちょります。勝、大久保の両先生と、春嶽侯、肥後の長岡《ながおか》（細川《ほそかわ》）侯と、土佐のご隠居で絵を描かんと、世のなか治まらんがですろう」

龍馬は、日頃から気にかかっていることを、ついでに聞く。

「幕府は、物の値があがる一方であるのは、開港して外国との貿易がはじまったためじゃというちょりますが、まことながですろうか」

越中守は、幕府財政に詳しかった。彼は龍馬を見て、口もとをゆるめた。

「貴公は、貿易をやりたいと、勝麟にいっていたそうだが、物の値があがるのは、たしかに外国が生糸、油、蠟《ろう》などを高値で買うためだ。しかし生糸にしても、これまで余るほどできていたものが、全体の一割ほど貿易で売られているだけだ。

ほかに幾つものわけがある」

越中守は、開港によって分かった、内外の金銀比価の差による金貨の流出を阻むため、万延《まんえん》元年（一八六〇）に幕府がとった小判改鋳が、物価騰貴の大きな原因であるという。

「天保《てんぽう》一両小判は三両一分二朱、天保一分金は三分二朱、安政一分金は二分三朱に通用するほどの、値段引上げをしたのち、さらに改鋳をしたのだから、幕府が莫大な益金を得たことはまちがいがない」

日本の金銀比価が一対四・五に対し、外国は一対十五であるという風聞は、龍馬もかつて耳にしたことがあった。

「また世情不穏となってより、幕府諸大名が家臣への扶持《ふち》を減らして、米などを貯《たくわ》えるため、利に聡《さと》い商人どもが買占めをいたす。そのうえ、海防、軍備を急ぐため、幕府諸大名が商人から献上金を召しあげる。商人はそれを皆、物の値に組みいれる。それによって、貿易にかかわりのない物まで値上がりいたした。幕府は物の値上がりは、貿易によるものだと申しているが、そうではない。生糸など、外国の欲しがる物は増産できるのだが、諸大名にそれをさせ、財を貯えさせるのを、幕府は好まぬ。

貿易をやれば、金が儲《もう》かることは、誰《だれ》よりも幕府勘定奉行が存じておる。一昨年の春より昨年夏までの一年半に、貿易によって日本に入った銀が、五百万ドルに達しておるという。幕府は生麦の償金を支払うつもりでいるそうだが、それだけ懐がうるおっているためだよ」

「つまり、貿易をやれば金が儲かるがですか」

「外国人は、売りこむ品の関税を下げさせようなどと、手管《てくだ》を使いおるが、貿易をやれば、世界を顧客として、金も物も、大きく動くようになるのは、まちがいないことだ」

龍馬は胸中に血をたぎらせる。

――やっぱり、俺のゆく道は貿易じゃ。外国まで出向いて射利《しゃり》をはかり、同志らあと力のかぎりはたらいちゃる――

四月九日、龍馬は沢村惣之丞ら同志とともに、順動丸で大坂に帰った。

麟太郎が和歌山へ出向いていたので、彼らは土佐藩住吉陣屋に立ち寄ったのち、一泊せず、紀州街道を夜通し歩き、南下した。

龍馬は住吉陣屋の同志から、勤王党の重鎮である間崎哲馬と平井収二郎が、数日前に土佐へ海路をとり、送還されたことを知らされた。

二人がともに容堂の禁令にそむき、青蓮院宮に、藩政改革の令旨《りょうじ》を願った事実が判明したためである。

哲馬は罪人として檻送《かんそう》され、収二郎はひとまず親類預かりの処分をうけたのだという。

「顎《あぎ》（半平太）はどうしたがぜよ」

「ご隠居（容堂）が、京都の攘夷派に嫌気がさして、海岸防備と藩主後見のために帰国を願い出て、先月の二十六日に馬で京都を出立されたが、顎は四日に京都を出て、あとを追うたがじゃ」

「何の用事ながぜ」

「かねて仲の悪い薩長融和についての、ご相談と聞いたが」

龍馬は吐きすてるようにいった。

「ご隠居は、公武一和ひとすじで、攘夷をいうて幕府を責める奴らは、皆敵じゃと思うちょる。哲馬も収二郎も、高知へ帰されりゃ殺されるぞ。顎も、ご隠居のあとを追うていったなら、戻《も》んてきやあせん。皆やられるにちがいない」

「顎は先月十五日に、京都留守居役に登用されたばっかりじゃ。同志のあいだじゃ、なんであがな大抜擢《だいばってき》をされたかと、いろいろ噂《うわさ》になっちょったが」

京都留守居は、馬廻《うままわり》以上の上士の役職で、半平太は就任と同時に銀五十枚を支度金として与えられたという。

龍馬は腕を組み、考えこんだが、たちまち叫ぶようにいった。

「そりゃ、勤王党を油断させるためにちがいない。京都で騒動をおこされりゃ、難儀するばっかりじゃきのう。間崎、平井ばあの大物なら、長州が放っときやせん。顎は朝廷の公卿衆が庇《かば》うじゃろう。ほんじゃき、土佐へ連れて去《い》んで、息の根をとめるに決まっちゅう。顎もご隠居のあとを追うていったら、京都へ二度と帰りゃあせん。お前《ま》さんらあも、気いつけにゃいかんぜよ。ご隠居に息の根をとめられるぐらいなら、脱藩して長州へ走りや。俺らあは、いまは勝先生の門人じゃき、心配ないが、危ないときは、おめおめと連れ帰られやせんぜよ」

龍馬と沢村惣之丞、望月亀弥太、千屋寅之助、高松太郎は、住吉から和歌山まで十五里の道程を夜通し歩いた。

つつじの紅があざやかな孝子《きようし》峠を越え、早朝に紀《き》ノ川《かわ》を渡り、和歌山城下片原町の福島屋という旅宿に逗留している麟太郎をたずねる。

麟太郎は裃《かみしも》をつけ、藩士数人とともに宿を出るところであった。

「龍馬か、いつ帰った」

「昨夜、順動丸で戻んてきました。大久保さまと、ご内儀さまのご書状をお預かりしてきちょります」

「そうか、これから伝法《でんぽう》御屋敷へ出向き、御家老久野《くの》氏らと友ヶ島砲台のことで談合をしてくるから、お前たちは朝風呂を浴びて、一杯やって待っていろ」

「先生、早う戻んてくださいや。けんど、しょう(かなり)陽に灼けなさったですのう」

鱗太郎は、白く目立つ歯並みを見せて笑った。

「朔日《ついたち》から、海岸巡見を毎日しているからな。上天気つづきで、まあよかった。あさって大坂へ帰るから、お前たちもそれまでここにいろ」

龍馬たちは宿で朝風呂をたててもらい、汗を流したあと腹ごしらえをして、昼過ぎまで眠った。

めざめると、盛り場を見物にゆく。

「高知より三層倍は、大けな町ぜよ」

「いや、もっと大きかろう。住人が九万じゃいうき」

芝居小屋が軒を並べる通りに出ると、役者の名を染め抜いた、派手ないろどりの幟《のぼり》が、暖風にはためいている。

龍馬は海につづく堀川に廻船が幾艘《そう》もつながれ、岸辺に川蟹《かわがに》が爪《つめ》を立て這《は》いまわっているのを見ると、高知の家を思いだした。

――お姉《ねえ》やんに会いたいのう。お田鶴《たず》もえい嬢《いと》になったじゃろう――

惣之丞がいった。

「おーの、何とのうくつろぐぜよ。磯《いそ》の香がしゆうきのう」

麟太郎が、八つ半（午後三時）頃、宿に戻ると、先に帰っていた龍馬たちが迎えた。

「茂承《もちつぐ》侯より忍冬酒《にんどうしゅ》を賜ってきたぞ。さっそく味を見るがいい」

麟太郎は大久保越中守と、妻のたみからの書状をひろげ、たちまち読みおえた。

「江戸もイギリス海軍が押しかけて、大変なようだな。こっちも百鬼夜行さ」

麟太郎は、将軍家茂を崇《あが》めていた。崇めるというよりも好きである。

「あのお方は、生まれついての公方様《くぼう》だ。御前へ伺候してご覧よ。とりわけ才走ったことを仰せられるわけじゃねえが、自然と頭が下がるのさ。何事にも横着な俺が、公方様にならなら犬馬の労を尽くそうと思うんだからな。ふしぎなものだ」

十八歳の将軍は、幕臣のうちでも硬骨な連中に、敬愛されている。

直心影流の名人で、竹刀《しない》で面を打たれた者は面金《めんがね》が曲がり、脳震盪《のうしんとう》をおこすという豪剣の遣い手で、講武所師範をつとめる榊原鍵吉《さかきばらけんきち》は、家茂の護衛役として、いつでも命を捨てると公言していた。

「朝廷では、尊攘激派に手を焼いている。先月二十日に中川宮が大政輔翼《たいせいほよく》の任を辞退し、二十五日には鷹司関白が辞官を願い出た。土佐の山内、宇和島《うわじま》の伊達《だて》もあいついで暇《いとま》を願い、帰国しちまったよ。公方様を守っているのは、一橋慶喜殿と水野、板倉、小笠原の三老中だけだ。このところ形勢はすこぶる危険だ。主上が攘夷御祈願に石清水八幡宮へ行幸なされるとき、公方様も供奉されるだろうが、何事も起こらねばよいがと案じているんだ」

家茂が外出するとき、その命を狙う攘夷派が、いつ暴発するかも知れない危険な状態であるという。

江戸から随行した供衆、京都守護職麾下《きか》の軍兵、慓悍《ひょうかん》を知られる新選組《しんせんぐみ》が護衛しているが、長蛇の行列で通行しているとき、横あいから急襲されると大事になりかねない。

攘夷派公卿のなかでも、とりわけ過激な中山忠光は、三月下旬から出奔して行方不明であった。彼が浪士を集め、家茂を襲うという噂がひろまっている。

麟太郎はいう。

「朝議では、公方様が京都におとどまりになる日数を、十日間と定めている。その日はとっくに過ぎているから、東帰を願い出るのだが、お許しが下らないで、公方様を引きとめる勅旨が下りた。英夷が横浜に渡来して、関東の情勢が切迫しているのは分かるが、公方様は英夷を浪速《なにわ》の港におびき寄せ、みずから精兵を率い戦うべしという勅旨だ。幕臣は皆、狐《きつね》につままれたような気分になったものさ」

一橋慶喜と幕臣たちがおどろいたのは、外国船が兵庫へあらわれたとき、怖れ騒いだ臆病《おくびょう》な堂上公卿らが、大坂にイギリス艦隊をおびき寄せるという、大胆不敵というよりも無謀な勅旨に、何の反応も示さなかったことであった。

「ところがそのあとで、公方様が主上のお召しによって参内した。主上は常御殿に出でまされ、玉座に侍しているのは鷹司関白殿下ひとりであった。主上の詔《みことのり》は、万事を将軍に任せたうえは、なお京都に足をとどめ、諸藩を指揮せよ。公武一和は億兆安堵《あんど》の基ゆえ、朕《ちん》は特に意をこれに注ぐということであった。公方様は聖恩に感激なされ、東帰の意はない旨を奏上した。そのあとで、関白殿下が、いかにもこちらの腑《ふ》におちない言葉を、公方様にかけられたのだ」

　鷹司関白は、家茂にいった。

「かようの叡慮によって、万事を委任あらせられる。英国の償金のことも、もとより委任いたすならば、関東に申しつかわし、いわれなき戦をおこさぬよう取りはからわれよ」

　家茂は不審のあまり、関白にたずねた。

「前に賜りし御勅旨には、英艦を浪速の港に至らしめ、兵端をひらかば、臣みずから指揮して戦えとのことにござりました。いま親しく拝する恩詔と異なるは、前の御勅旨が更《あらた》められしとお受けして然るべきでござりまするか」

　麟太郎が笑みをうかべ、龍馬たちにうなずきかける。

「実に妙なることではないか。このとき関白が口をひらくまえに、主上が親しく仰せられたのだ。浪速は帝都の要港である。万一にも浪速で兵端をひらくごときは、なからしめよ。前のごとき勅旨を下せしは、朕の毫《ごう》も知らざるところなれば、いま親しく汝《なんじ》に命ずるところを、すみやかに奉行せよとな。これで伝奏家から伝えられる勅旨は、真勅ではないと分かったわけさ」

麟太郎は、長州藩が攘夷に名をかりて討幕をおこなおうとする意図を、しだいにあきらかにしていると見ていた。

「関ヶ原《せきはら》の遺恨を、いまになってはらそうというわけだ。だが、長州人は幕臣のように腐ってはいない。なかなかに先を見る眼も持っている。先月末頃に、長藩の志道聞多《しじもんた》ともう一人がきて、海防のことを聞いていった。摂海の警衛の不備なること、対馬《つしま》が英露に狙われていることを話してやったら、翌日桂小五郎と山県《やまがた》狂介《きようすけ》(のちの有朋《ありとも》)というのがきたよ。海軍興起は護国の大急務だ。いま遅れたといっても手を下さねば、後世の興起はないと、おおいに語ってやった」

麟太郎はいった。

「俺は近頃、会う相手には海防の急務を説いているんだ。和歌山にきてからも、重役久野丹波《たんば》をはじめ海防掛たちに、いってやったさ。友ヶ島砲台も、ないよりはいいが、たいして役には立たねえ。何よりも海軍をさかんにしなきゃ、外国軍艦が押しこんできやがったら、とても防げねえとね。今日も茂承侯に申しあげたら、さっそく軍艦を買いこんで、海軍をつくるとのご返事だった。紀州家はやっぱり内福だね。二十万両ぐらいなら、すぐ都合をつけるということさ。それについて、頼まれた」

紀州藩主徳川茂承は、麟太郎に海軍要員の養成を依頼した。

「わが家中には、猪武者《いのししむしや》のあばれ者が大勢いる。ついてはこれらをあなたの塾で学ばせてくれないかということだ。だから、都合二十四人の腕白を預かることになった。ほかにもう一人いる。伊達小次郎《だてこじろう》（のちの陸奥宗光《むつむねみつ》）だ。藩の参政の伊達五郎（宗興《むねおき》）という者が、拙者の弟に小次郎というのがいるので、いっしょに預かって、ひとかどの人物に仕あげて下され、と頼んだので、引きうけたよ」

龍馬は、惣之丞、亀弥太らとうなずきあった。

「その小次郎いうがは、俺らあも知っちょります。伊達五郎は今年の春先まで浪人して京都におりましたき、平井収二郎が粟田口《あわたぐち》のほうに住居を見つけ、世話しよったがです。そののち帰藩して、三百石の身分になったと聞いちょります。五郎らあの父親は昔、藩執政をやったばあの者で、歌学に通じちょるきに、俺も何遍か粟田口へ訪ねていったことがあります」

「そうかい。いずれにしても、塾生の数はそうとうふえそうだぜ」

龍馬は手を打って笑った。

「二百人でも、三百人でもえいですろう。国家の一大海局をこしらえにゃいかんがです」

麟太郎は、胸を拳《こぶし》で打った。

「策は方寸《ほうすん》にありだよ。俺は松勘《まつかん》に兵庫操練所開局の義を、充分に説き聞かせているんだ。松勘はそれを、抜け目なく閣老に通じているさ」

松勘とは、麟太郎と仲のいい、目付松平勘太郎《まつだいらかんたろう》であった。

「龍馬は大坂へ戻ったら、すぐ越前へ出立しろ。春嶽殿に伝えてもらわねばならぬことが、いろいろあるんだ」

「いつでも走りますぜよ」

龍馬は眼を光らせた。

松平春嶽が幕府にことわりなく帰国した咎めにより、逼塞《ひっそく》を命ぜられたのち、越前藩では挙藩上京して、大兵をもって攘夷派を抑えるべきであるとの動きが、高まってきていた。

藩内では前年から銃砲、火薬の増強貯蔵を急ぎ、庶民の壮丁を募り四個大隊を編制して軍備拡大をすすめているという。

麟太郎は龍馬たちに、内情をうちあけた。

「越前家は、肥後、薩摩と加賀、小浜《おばま》の四藩に合力《ごうりょく》を頼み、公武一和に同心する尾張《おわり》、会津と手を組み、京都へ乗りだすつもりだ。いつまでも真勅にあらざる勅旨に、動かされているわけには参らぬからな。

大越《だいえつ》もいっているが、いま外国と一戦いたせば、当方は木っ端微塵にやられるほかはない。いかにも残念だから、公明正大な応接をして開戦とならぬよう、春嶽殿にはたらいてもらわねばならねえ。龍馬は、大越と俺の手紙を早く届けてやってくれ」

麟太郎が龍馬たちを伴い、紀ノ川口を小船で離れ、大坂へむかったのは、四月十三日の夕刻であった。

追風を帆にうけた船は、大坂湾岸を北上し、十四日朝、安治川口に到着した。

龍馬が越前へ出立したのは、十六日の朝であった。彼は機嫌よく沢村惣之丞らに別れを告げた。

「福井まではほんの一足じゃ。お前んら、留守番しちょいてや。なにかと忙しい先生の手助けをやらにゃいかんぜよ」

大久保越中守と麟太郎、松平春嶽の、三人の大立者の連絡役をつとめる龍馬は、晴れがましい思いで足が浮き立つようである。

麟太郎は、宿所に因州藩、紀州藩の使者を迎え、砲台建設についての伺いに詳しく答えていたが、龍馬が出立の挨拶《あいさつ》をすると、顔をしかめ、うなずいた。

「俺はまた風邪をひいたようだ。ぐあいがよくねえよ。兵庫操練所のことは、松勘によくいってるんだが、どうにもはかどりそうにねえ。公方様は石清水行幸のときはご発熱で休まれたが、そのあとも過激の堂上が騒いで、手がつけられねえ有様だそうだ。いい話が、お前の留守中におこればいいんだがな」

「きっと、上首尾に運びますろう。あんまりずつない思いをせんと、のんびりしちょってつかあさい」

龍馬は荷持ち一人を従え、新調の高下駄の歯を鳴らし、颯爽《さっそう》と旅立った。

曙《しょ》光《こう》

龍馬が越前へ出立《しゅったつ》した四日後の四月二十日、大坂北鍋屋町専称寺の自室で寝込んでいた麟太郎のもとへ、目付松平勘太郎からの書状が届いた。

「どうも吉報のにおいがするぜ」

麟太郎はさっそく書状をひらいてみた。

「摂海は枢要の地につき、形勢、御覧置きのため、公方様《くぼう》、明二十一日、此地へ成らせられ候《そうろう》旨仰出《おおせいだ》され候。

もっとも石清水社へ御参詣《ごさんけい》、それより此地へ成らせられ候事に候条、京地老《けいちろう》衆《しゅう》より申しきたり候。

右の趣《おもむき》、向々《むきむき》へ相達せらるべく候。

」

麟太郎は大坂町奉行所の松平勘太郎のもとへ出向き、打ちあわせをした。

「公方様が摂海をご巡覧なされるなら、順動丸へお乗り願うことにしよう。昌光丸も随行させることにする」

昌光丸は鉄製スクリュー式蒸気船である。万延元年にイギリスで製造され、文久二年十二月、幕府が購入した。三月以降、荷物運搬のため、大坂にきている。

四月二十一日朝、家茂は二条城を出て大坂へむかった。家茂の駕籠脇《かごわき》には、両刀を横たえた近藤勇《こんどういさみ》以下の新選組二十余人が、警固にあたった。彼らを率いるのは会津藩士外島《としま》義直（機兵衛《きへえ》）、広沢安任《ひろさわやすとう》らである。

新選組の壮士たちは両眼に殺気をみなぎらせ、前途をさえぎる者は、すべて刀の錆《さび》とする意気ごみをあらわしているので、沿道に堵列《とれつ》する士民は声もなく静まりかえり、攘夷《じょうい》浪士らは嘲罵《ちょうば》することもなく一行を送迎した。

麟太郎は夜五つ（午後八時）、大坂京橋口《きょうばしぐち》御船着場まで、松平勘太郎らとともに出向いて家茂を迎え、城内にて深夜まで家茂の膝《ひざ》もとに摂津一帯の海岸地図をひろげ、今後の海防の要点につき、意見を言上《ごんじょう》した。

——やっぱり公方様は、権現様のお血筋だ。はじめて申しあげる海防談議の要所が、はっきりとお分かりになる。おそれいったぜ——

麟太郎は明快な理解力をあらわす家茂の御前で、海軍増強の計画を言上するのに、思わず力が入り、深夜まで熱弁をふるってのち、退城した。

家茂は難解な西洋軍艦の運用術を聞かされても、飽きることがなかった。

二十二日に大坂城へ登城すると、松平勘太郎が告げた。

「上様は明朝に、兵庫西宮辺りへご巡見にならせられると仰せ出されたぞ」

二十三日は夜明け前までは雨が音もなく降っていたが、まもなくやんだ。

鱗太郎が堂島川《どうじまがわ》の畔《ほとり》へ出ると、警衛の侍が提灯《ちょうちん》を手に、道筋に立ち並んでいた。横丁にも若侍たちが、腕まくりをして刀の柄《つか》に手を置いていた。

攘夷派が家茂襲撃に出てくれば、一瞬のうちに膾《なます》にされてしまうだろう。

鱗太郎は、バッテイラを水夫たちに漕《こ》がせ、天保山沖の順動丸へ乗りつけ、蒸《じょう》気釜《きがま》を焚《た》いている機関の様子をあらためる。煙突から赤い火焔《かえん》が出ていた。

鱗太郎は船内を隈《くま》なく点検して、バッテイラで堂島川の桟橋へ引き返す。

闇《やみ》の底から浮き出るように海面が見えてきて、やがて雲の形があきらかになってくる。

鱗太郎はバッテイラを漕ぐ望月亀弥太、千屋寅之助たちにいう。

「空が晴れてきたな。雨でなくてよかったぜ。ただ西風《にし》が吹いてきたから、ちと揺れるかも知れねえ。龍馬がいれば、よろこぶんだがな。明日には戻ってくるだろうが」

鱗太郎のいう通り、西風が海面を這《は》い、ちりめん皺《じわ》をたて、バッテイラが縦揺れをはじめた。

堂島の桟橋に着くと、陽《ひ》が照りわたるなか、新選組のいかつい面構《つらがま》えの壮士たちが、辺りを睨《ね》めまわしていた。

天幕を張った休息所で握り飯を食い、腹ごしらえをしているうちに、家茂があらわれた。供の人数は、わずかに五、六人であるが、いずれも撃剣家と一目でわかる、練りあげた体つきの若侍である。

――年配の者は、ひとりもいねえ。やっぱり公方様はご英邁《えいまい》だなあ――

麟太郎は家茂のあとからバッテイラに乗りこむ。

天保山の沖へ出ると、バッテイラは舳《へさき》を海面に沈みこませるようにしては、もたげる。

「御服に潮が」

近侍の者が、家茂の紋服の袖《そで》を拭《ふ》こうとするが、「構わぬ」と答えるだけであった。

順動丸に着いたのは、四つ（午前十時）頃《ごろ》であった。

麟太郎は舷梯《げんてい》を登ると、ただちに出帆を命じた。

錨《いかり》がガラガラと捲《ま》きあげられ、外車が騒がしい音をたて潮を掻《か》き、船首が兵庫沖へむいた。

順動丸は向かい風のなか、十二ノット（時速二二キロ強）の速力で動きはじめた。

家茂は快活で、揺れる順動丸の船上でも、敏捷《びんしょう》な足取りである。麟太郎の案内で、三層の船内をすべて見てまわり、汗まみれの釜焚きが、燃えさかる炉のなかへ、スコップで石炭を投げ込む様子も、興味ぶかげに眺めた。

家茂は満足の気分をすなおにあらわし、たびたびいった。

「よし、船の扱いに手馴《てな》れておる。そちの采配《さいはい》に抜かりはない。いい調子だ」

家茂は上甲板を歩くとき、手摺《てす》りにつかまらず、巧みな身ごなしでよろめきもしない。

彼は十一代将軍家斉《いえなり》の孫で、鷹揚《おうよう》なうちに、麟太郎を威服させる英主の風格があった。船がうねりに乗って揺れても、おどろきもしない。

「海には、お慣れ遊ばされておられまするか」

麟太郎が聞くと、いくらか紀州訛《きしゅうなまり》のある返事が戻ってくる。

「六郎右衛門と、加太《かだ》へ鯛釣《たいつ》りに行ったことがあるゆえにのう」

母方の祖父、松平六郎右衛門は紀州藩士である。

「あれは淡路の山か」

家茂は天幕を張るために、甲板に立ててある金具を握り、草履《ぞうり》ばきのまま舷側《げんそく》に登ろうとしたので、麟太郎はあわててとめた。

「それは、お危のうござりまする」

九つ（正午）前、順動丸は和田岬に着船した。

鱗太郎が言上する。

「あの洲崎《すさき》に、石造りの砲台を築造いたしまする」

鱗太郎は、船中では家茂の間近に侍していた。

大坂城や二条城では、拝顔できる機会もめったになかったが、家茂は軍艦奉行並の鱗太郎を、軽んじる様子はまったくなかった。

「和田岬へあがってみよう」

家茂は四、五人の御側小姓を従えたまま、舷梯からバッテイラに乗り移る。

家茂は和田明神社に参詣し、しばらく休息をとったのち、鱗太郎に命じた。

「これより神戸へ案内いたせ」

神戸は七百石の天領である。生田《いくた》の森をうしろに控えた一帯は、道沿いに百姓家がつらなっている漁村の眺めである。

神戸の浜に上陸した鱗太郎は、家茂の前に膝をつき、言上した。

「ここより大坂まで海上十三海里、江戸へ三百五十海里、下関《しものせき》へ二百五十海里にて、海防の要地にござります」

家茂が降り立った辺りは、小野浜《おのはま》と呼ばれる砂浜で、網屋吉兵衛《あみやきちべえ》という者がこしらえた船熮場《ふなたでば》と呼ばれる、船底の牡蠣《かき》などの貝や船食虫《ふなくいむし》を焼きとる乾船渠《かんドック》のような装置が傍《そば》にあった。

　麟太郎は、神戸村の名主生島四郎太夫と、あらかじめ地元を検分して、小野浜に海軍操練所の敷地の地取りを大体きめていた。

　麟太郎は、公方様に直訴する機会は、いまをおいてほかにはないと、頰《ほお》をひきしめた。老中、若年寄を通じ、あらかじめ許されたうえで、言上するのであれば、近侍の人々も承知しているので、順調に運ぶ。

　しかし、神戸に海軍操練所を設ける計画の許可を、手順を踏んで得ようとすれば、実現はいつになるか分からない。

　不敬を咎《とが》められるのを承知のうえで、公方様じきじきに頼み奉るよりほかはないと、麟太郎は思いきって、申しあげた。

「和田岬に砲台を築けども、海軍にあらざれば本邦の警衛は成りがとうございまする。天下の形勢は切迫いたしおりますれば、海軍興起は大急務と存じまする。つきましてはこの地に海軍操練所を置き、生徒に操船の術を教え、かつ土着の者を常時詰め置かせ、摂海の警衛にあたらせ、帝都の守護を固むべきであろうと、勘考つかまつりまする」
　五、六人の近臣たちが、口をさしはさむ間もなく、家茂は麟太郎の意見を許可した。

「そのほうが申し条、もっともである。諸役とあいはかり、早々に操練所を開くべし」

家茂は、麟太郎の希望をことごとく聞きとどけた。

「ありがたきご上意、恐悦至極にござりまする」

麟太郎は、砂上に額をすりつけた。出し抜かれたかたちの近侍の人々は、麟太郎を睨《にら》みつけるが、家茂の英断に口をさしはさむことはできなかった。

家茂はバッテイラを西宮の浜へ漕ぎつけさせ、上陸して附近の地形を眺める。昼過ぎから波が高くなり、家茂が順動丸へ戻る途中、バッテイラに波が打ちこむほどであった。

家茂はまったく動じることなく、機嫌よく笑い声を立てた。

「今日は、まことに心地よく過ごせたのう。一両日のうちに、順動丸に一泊して内海を巡見いたすゆえ、そのほうが供をいたせ」

順動丸は夕方に天保山沖に着いた。麟太郎は家茂の供をして登城し、深夜に専称寺へ戻った。

越前福井へ出向いていた龍馬が戻っていて、惣之丞、亀弥太、寅之助、太郎、昶《ちょう》次郎《じろう》ら塾生たちと、にぎやかに酒をくみかわしていた。

彼は畳に手をつき、麟太郎を迎えた。

「先生、今日は三面六臂《さんめんろっぴ》のおはたらきで、公方様に神戸操練所開局について、万事お許しを得られ、おめでとう存じます」

「そんなに汚い畳に額をすりつけるな」

「いんにゃ、なんぼじゃちすりつけますぜよ。こがな嬉《うれ》しいことは、めったにないですきに。日本の一大共有の海局ができる。攘夷浪士らあの人材も集められる。俺《おれ》は嬉し泣きの涙がなんぼでも出ますぜよ」

龍馬は拳《こぶし》で瞼《まぶた》をぬぐう。

麟太郎は家茂から、操練所に土着の者を詰め置かせるとの許しを得た。土着の者とは攘夷激派浪士の意であった。

草莽《そうもう》の志士たちは、国難に挺身《ていしん》して徒死することを辞さない。麟太郎は彼らを死なさず、操練所に集め、船舶の実地運転を教習して、その才を活用しようと考えていた。

狭隘《きょうあい》な日本から、上海、天津《てんしん》、朝鮮地方に航海させ、ヨーロッパ人の圧迫をうけているアジアの実情を見聞させれば、国家観念はおのずから変わってくる。

龍馬がいった。

「姉小路《あねがこうじ》さまが摂海ご巡見のため、大坂に下られ、西本願寺別院に入られました。早速明朝には今日の先生のご首尾を、申しあげておきますき」

「うむ、明日は登城するから、体が空きしだい参上することにしよう」

翌二十四日、大坂城内御用部屋では、老中、奉行たちが集まり、京坂守備の議論が交わされた。幕府が攘夷実行期限を五月十日とする勅旨を受けたため、重職たちは気をたかぶらせている。

麟太郎は相談の座では、ほとんど無言であった。彼らの議論の内容が空論に過ぎないためである。

夕方になって、老中井上河内守《いのうえかわちのかみ》から麟太郎に、つぎの書付けが渡された。

「明二十五日朝五つ（午前八時）頃より麻裃《あさがみしも》着用、西本願寺内、姉小路少将旅館へ、摂海絵図持参いたし、罷《まか》り越し候よう致さるべく候。

もっとも右の趣、姉小路へは達し置き候事。」

麟太郎は、同時に勘定奉行津田近江守《つだおうみのかみ》、目付松平勘太郎とともに、つぎの二つの下命を受けた。

「　勝麟太郎
摂州《せっしゅう》神戸村、海軍所、造艦所御取建て御用、ならびに摂海防御《ぼうぎょ》向き御用、これを仰せつけらる。」

「　津田近江守
勝麟太郎

松平勘太郎

摂州神戸村海軍所、造艦所そのほか御取建てあいなり候につき、右御入用ならびに絵図、取調べ、差出さるべく候事。」

近江守は経費の積算をする会計担当である。勘太郎は麟太郎と昵懇《じっこん》である。操練所建設の実施は、麟太郎の裁量に任されている。

麟太郎が専称寺に帰ると、龍馬たちが途中まで迎えに出ていた。

「日が暮れるとおとろしげな面相のおんちゃんがうろつきよりますき、用心ばあするに越したことはないと、雁首《がんくび》そろえて来よりました」

前夜、海軍塾の塾生が夜遊びから戻ってきた。

顔色がまっさおで、前庭に立ったまま前後に体をよろめかせている。左手に抜き身を提げていた。

朋輩《ほうばい》が聞いた。

「何をしたんだ」

「いや、そこの辻《つじ》で、いきなり斬《き》りかかられた。追っ払ったが、どうも右手の甲を斬られたらしい」

塾生が懐に入れていた右手を出すと、ふくらんでいた懐中から、鍋《なべ》をひっくりかえしたように血が地面に溢《あふ》れ落ちた。

朋輩たちは月光で疵口《きずぐち》を見て、おどろきの声をあげた。右手首が切れかけてぶらさがっている。

それから、オランダ医学の心得のある者が応急の血止めを施し、緒方洪庵《おがたこうあん》塾から医師を呼び大騒動となった。怪我人《けがにん》はなんとか一命をとりとめる様子であるが、海軍塾の周りにも血を求める狂犬のような浪士がうろつくようになった。麟太郎は片頰をゆがめた。

「俺はたやすくは斬られねえ。それよりいよいよ、神戸村に海軍所、造艦所、お取建ての御用を仰せつけられた。明日は姉小路少将殿と面談だ。公方様の内海ご巡見は日延べとなって、明日は少将殿が、長州などの随従の者百二、三十人を連れて、順動丸で兵庫辺りをご巡見されるようだ。お前たちは、朝っから乗りこんで支度をしておけ」

翌朝五つ、麟太郎は西本願寺別院へ、姉小路公知卿《きんとも》を訪ねた。正月に龍馬に献言書を持たせてやり、国家の最も急務とするところは、海軍興隆のほかにはないと意見をかねて伝えている。

二十五歳の公知は、三条実美とともに攘夷激派であると世に知られているが、海防の急務をよく理解しうる人物であった。

公知は麟太郎を旧知のように迎え、意見を聞いた。

「イギリス、フランスの軍艦が、摂海にいつ押し寄せて参るやも知れぬというが、警衛の砲台を設けねばなるまいか」

「砲台はアメリカ国のロサンゼルスの港口にもたしかにござります。ただその構えが、おそろしきばかりに大なるものにて、砲台を築く石一個が、日本の二階家一軒ほどもござります。さような大石塁のなかに、十五貫匁《もんめ》ほどの破裂弾を、およそ一里半ほども飛ばす大砲を、三百七十挺《ちょう》と、三段構えで備えおりまする。されどもいざ合戦となれば、砲台は動かず、軍艦は前後左右に動きまわり、あらゆる方角より弾丸を撃ちかけまするゆえ、砲台はついには火柱をあげ砕かれるとのことにござりまする。それゆえ、艦隊あらざれば、いつまで時を経るとも、日本国の四海は護《まも》れませぬ」

公知が海防についての質問をすると、麟太郎は立て板に水を流すように、分かりやすく説明する。

「砲台の備えが、まったく不要なりとは申しませぬが、まず軍艦を一隻なりとも多く備うべきと勘考つかまつりまする」

公知は熱心に聞き、中啓《ちゆうけい》で膝を打った。

「あい分かった。それでは即刻、順動丸で内海を巡見いたそう」

公知は昼過ぎに、天保山沖で煙突からさかんに煙をあげている順動丸に乗船した。従う家来百二十余人のうち、七十人は長州藩士である。

空は晴れていたが、蒸し暑く、西風がつよかったので、順動丸の舷側に横づけになったバッテイラが大きく上下して、海に落ち濡れ鼠《ぬねずみ》になる者もいたが、公知は迎えに出た龍馬がさしのべる手をとらず、気丈に甲板へあがった。

風通しのいい上甲板に天幕を張り、椅子《いす》、机を置きならべ、麟太郎は公知に随行する攘夷派の侍たちと議論を交わし、彼らの不明の点をつき、説きあかしてやった。

順動丸は六甲の山なみを右手に見て、西からの向かい風をつき、舳に白波を湧《わ》き立たせ、兵庫へむかった。

姉小路公知に随行する百二十余人の攘夷派志士たちは、かわるがわる麟太郎に問いかけてくる。

「貴公は、アメリカへ渡られしが、かの地に砲台の備えはありまするか」

「ありまする。サンフランシスコの湾に入ると、右手の高き山に沿い、石、煉瓦《れんが》で築いた城のような砲台が見えまする。砲は三層に備え、およそ三百七十挺、山上にも大カノン砲座が幾つかありまする。港のまんなかにアルカトラス島という島があり、そこにも石造りの砲台が、砲二百五十挺を備えおりまする。またメーア島には、長さ四十間、幅十二間、大砲七十五門を備える四十年前に造りし、インデペンデンス号という旧軍艦が、繋留《けいりゅう》されておりまする。それでもアメリカ海軍の提督は申しまする。砲台ごときは気休めにて、海戦には軍艦を用うべしとね」

大刀を膝にもたれさせ、肩をいからせる志士のひとりが聞く。

「砲台の大砲は、どれほどの砲弾を撃ちまするか」

「百三十ポンド、すなわち十五貫ほどの着発弾を放ちまする」

志士は、気を呑《の》まれたように口をつぐむ。

麟太郎は、声を励ましていった。

「イギリス、アメリカの用うる鋳《ちゅう》鉄砲《てつほう》の射程は、五、六十丁。日本の鋳銅砲の射程は十五、六丁なれば、摂海沿岸に砲台をいくらこしらえるとも、気休めに過ぎませぬ。わが沿海を守るには、船艦を一隻なりとも多く建造いたすが急務にござる」

麟太郎の背後を、龍馬、以蔵、惣之丞、亀弥太ら塾生が取り囲むようにしている。攘夷志士が議論のあいだに激昂《げっこう》して、麟太郎に斬りかかれば、一刀両断にするつもりで、身構えていた。

攘夷志士たちは、麟太郎が公知を開国論に誘導するのを警戒していたが、麟太郎は険悪な気配をかまわず、長広舌をふるった。

「方今、アジア州にてヨーロッパ人に抵抗する国はござらぬ。これはすべて規模狭小にて、ヨーロッパ人が遠大の航海経営策に及ばざるためです。いま、日本国が船艦を備え、ひろくアジア各国に説き、縦横連合して海軍を盛大にし、有無あい通じ、学術を研究いたさねば、彼らの足下に踏みにじられまするぞ」

その夜、姉小路一行は兵庫に上陸、一泊した。麟太郎は龍馬たちとともに、順動丸に残った。

「今日は攘夷派の迷妄を吹き払ってやった祝いに、シャンパンを抜こう」

麟太郎は小者に命じ、籠《かご》に入れ海中に冷やしていた数本のシャンパンを、卓上に並べさせた。

「アメリカでは、シャンパンのコップに氷が浮いているが、こっちではそんな器用なまねはできねえ」

龍馬たちは麟太郎とコップを打ちあわせ、乾盃《かんぱい》をする。

「俺が攘夷なんざ、とても無理だと説いてやったから、黒豆（公知）殿の供の連中が怒ってダンビラを振りまわす騒動にならねえかと心配したが、何のことはない。皆開国論に聞きいっちまいやがった。俺はお国のために七、八年も海軍興起を説きつづけてきたが、ようやく、耳を傾ける者が出てきたよ。しかし、天下の形勢は切迫し、国家の財政はゆとりがねえときている。盗《ぬす》っ人《と》を捕まえて縄をなうようなていたらくだ。どうすりゃいいんだえ」

　麟太郎が溜息《ためいき》をつくと、龍馬が励ました。

「ちょうどいま、上げ潮になってきたばあのところでしょう。毛唐には、じきに追いつきますろう。越前家でも、長崎で蒸気船を一隻買いよります。諸藩が工面すりゃ、四、五百隻ばあ揃《そろ》えるに、さほどの年月はかかりませなあ。その船を動かすのは、俺らあの仕事ですき、生きよる甲斐《かい》があるというものです」

　龍馬は麟太郎を冷やかす。

「先生は、事がぐあいよう運びよったら、栄耀《えよう》の餅《もち》の皮みたいに、贅沢《ぜいたく》なことをいいだされる。神戸に操練所と海軍塾を、公方様じきじきにお取建てご下命になり、こがなありがたいことはないですろう」

　師弟は泥酔するまで飲み、波に揺られる船室で熟睡した。

　姉小路卿は、翌朝摩耶山《まやさん》へ登り、午後順動丸へ戻ると、麟太郎に命じた。

「これより紀州加太沖へ参るべし」

　麟太郎はことわった。

「今日は朝より非常なる暑気にて、かならず烈風豪雨とあいなりまする。このまま大坂にご帰船なされて然《しか》るべしと存じまする」

　公知一行は、前日の航行の際、わずかな船体の振動にも船酔いを催したので、異存なく応じた。日暮れまえから、麟太郎のいう通り、海上は風雨となった。

翌日、麟太郎が登城して、姉小路公知と随行の攘夷派に、海軍興隆が第一であると説いたいきさつを、老中格小笠原図書頭に語っていると、松平勘太郎が、御側坊主の貞阿弥《じょうあみ》を連れて御用部屋に入ってきた。

「勝麟は、ずいぶん公方様のお気に適《かな》ったようだな。明朝、堺より順動丸にご乗船遊ばされ、内海をご巡覧なさると、仰せ渡された。ほかにも仰せ渡されしお書付けがある。貞阿弥より受けとるがよい」

麟太郎は書付けを、押しいただいてひらいた。

「　　　勝麟太郎

摂州神戸村、海軍所御取建てあいなり、土着の者、追々御引移りあいなるべく候。ついては、海軍所御入用、ならびに稽古《けいこ》入用として、年々三千両ずつあい渡すべく候あいだ、御取締りはもちろん、御実備あいなり候よう取扱い、年々御勘定仕上げいたし差し出さるべく候。

もっとも津田近江守、松平勘太郎へ掛り仰せつけられ候あいだ、談ぜらるべく候事。

そのほう、拝領高のうち五十俵、摂州神戸村もよりにおいて、地方《じかた》に御引替え下され候あいだ、委細は御勘定奉行に談ぜらるべく候事。

摂州神戸村もよりへ相対《あいたい》をもって、地所借りうけ、家作いたし、海軍教授いたし候儀、勝手しだい致さるべく候事。

神戸村に海軍操練所をひらき、門人たちはそこへ移転させよ。操練所の費用は年間三千両を与える。

津田、松平と相談し、実施せよ。麟太郎の拝領高のうち五十俵は、神戸村で受けとれるようにする。」

また、神戸村に適宜に地所を借り建物を設け、私塾をひらくことも勝手であるという、麟太郎の構想をすべて支持する、家茂の命令であった。

麟太郎は、歓喜に胸をふくらませ、専称寺に帰ってきた。細雨が音もなく降っているなか、方丈《ほうじょう》に燭台《しょくだい》を立てつらね、龍馬と近藤昶次郎が、単衣《ひとえ》の胸もとをはだけ、二人の来客と話しあい、笑い声をひびかせていた。

「お客がきているのか」

麟太郎が座敷へ入ると、客は坐《すわ》りなおし、挨拶《あいさつ》をした。

「長州の桂でござります。しばらくでござります」

「拙者は対州《たいしゅう》藩大島友之允《おおしまとものじょう》と申しまする。先生より朝鮮の儀をご教示いただきたく、参じました」

四月二十八日の夜明けまえ、麟太郎は龍馬たち海軍塾生を伴い、天保山沖から順動丸を堺へ廻航《かいこう》した。

前夜、麟太郎をたずねてきた桂小五郎と大島友之允は、朝鮮、支那との協調につき、立ちいった相談をしたがった。対馬、釜山《ふざん》、天津に海軍拠点を置き、ヨーロッパに対抗する方策を語りあおうとしたが、翌朝は忙しいので、麟太郎は詳しい相談に乗らず、早々に帰してしまった。

淡路の向こうの空に雲がかかっていたが、黒ずんだ雨雲ではなく、白っぽいので雨の気遣いはない。頭上は深く澄んだ青空である。

五つ（午前八時）頃、家茂一行はバッテイラをつらね、堺港から順動丸に乗り込んできた。陣笠《じんがさ》をかぶった家来たちが、大勢随行していた。

舷梯に迎えに出た麟太郎は、白衣に小袴《こばかま》をつけている。龍馬たちはふだんの河内木綿筒袖《かわちもめんつつそで》上衣を、呉絽服《ごろふく》に着替えていた。

麟太郎は龍馬にささやく。

「まえは御側衆が五、六人ついてきただけだったが、こんどは大勢きたぜ。板倉、井上と、老中が二人もきている。また俺が公方様に勝手な直訴を申しあげねえかと、用心しているんだろう」

「俺らあは、ここでお迎えしてもえいですろうか」

「構わねえ。平伏してお迎えしたあとは、仕事で御前を走りまわってもお咎めはねえさ」

江戸城における年頭の賀礼では、大名でさえ将軍を拝顔できないと、龍馬は聞いていたので、痩身《そうしん》の家茂が舷梯をあがってくると、思わず甲板に額をすりつけた。

順動丸は機関の調子もよく、外輪で潮を掻きたて、南下していった。

紀州と淡路のあいだの海峡を通過し、和歌山城が左手に見えてくると、家茂はよろこんで甲板の望遠鏡で城下を眺める。

龍馬は離れた場所に控えながら、家茂が麟太郎に笑顔で、船上の器械の操作を聞くのを見て、口もとをほころばす。

——公方様は、先生と馬があうがじゃ。土佐でいうたら、坊ちゃんじゃのう
——

順動丸は家茂の所望で、紀州藩西浜御殿《にしはまごてん》沖をゆっくりと移動し、和歌浦片男波《わかのうらかたおなみ》の砂浜につらなる松林を遠望しつつ、紀伊日《ひ》の岬《みさき》沖まで南下して戻ってきた。

その夜、順動丸は紀ノ川河口に投錨《とうびょう》した。龍馬たちは、和歌山城下の灯がまたたくのを見ながら、甲板で話しあった。

「先は開けちゅう。千畳敷ぜよ」

「いんん、世界を股《また》にかけにゃ、男になれんきのう」

順動丸は夜があけると釜を焚き、紀伊加太浦へ廻航した。鯛釣りで生計《たつき》をたてている漁師の家が五百戸もあるという漁港の海辺には、名高い淡島《あわしま》神社がある。

家茂は神社に参拝したあと、社殿で鯛、鮑《あわび》、海苔《のり》、うになどを肴《さかな》に昼食をとるまで、曾遊《そうゆう》の地を散策した。

午後に帰船すると、随役の老中以下諸役がいいだした。

「これより友ヶ島から淡路由良《あわじゆら》へ巡見に参らねばなるまい。砲台を置く地を定めにゆこう」

麟太郎は反対した。

「この辺りは島影も多く、池のようで、由良などは目と鼻のように近間《ちかま》に見えまするが、雲ゆきは決してよくありません。暑気がつよく、阿波の辺りの空に、黒雲がじっとしております。風はすこしもありませんが、日が暮れると大荒れになりまする。今日は大坂に戻らねばなりません」

板倉周防《すおう》、井上河内守の両老中がいう。

「海上は畳を敷いたようだし、風もない。海辺の家が見えるほどの近い辺りを、ひと回りするに、何の懸念があろうぞ」

家茂は御側役から事情を聞くと、即座にいった。

「船中のことは、麟太郎に任せておけ。他よりあれこれと申すに及ばず」

順動丸はそのまま、大坂天保山沖へ帰港した。

龍馬は甲板にたたずむ近藤昶次郎にいう。

「やっぱり公方様のご信用は、たいしたもんじゃ。何でも先生に任せちゅう」

昶次郎は眉根《まゆね》をひそめていた。

「まあ、塩飽《しあく》の水夫《かこ》らは、西の空に黒雲が出て、その辺りの色がうす赤かったら、時化《しけ》がくるというが、こなんだら、先生の立場は悪うなる。どうも分かりにくい。二半《にはん》な天気じゃ」

「そがなことは気にせられん。俺も今夜は荒れると見ちゅうがじゃき」

専称寺へ戻り、麟太郎が家茂に従い登城しているあいだ、龍馬たちは箸拳《はしけん》を楽しみながら、酒を飲む。

「公方様は、大坂の町民に二万両を下され、市中をにぎわしたそうじゃ」

「京都には六万両を下されたと聞いたが、上方《かみがた》の者《もん》の機嫌をとるがもひと苦労ぜよ」

六つ半（午後七時）頃から雨戸ががたつくほど風が出てきて、やがて雨が叩《たた》きつけてきた。

龍馬たちは歓声をあげた。

「先生の天気占いが当たったちや」

麟太郎の人気が高くなって、ほうぼうへ出かける用が多くなり、専称寺の居間にいるときがすくなくなった。

西本願寺に泊まっている姉小路公知をたずね、摂津測量図をひろげ、海軍、砲台についての意見を言上する。

登城すれば御用部屋で、対馬、朝鮮に海軍拠点を置く議論をする。老中、若年寄たちは、麟太郎の新知識をうけいれるのみであった。

そのうちに、麟太郎は八幡《やわた》、山崎《やまざき》の関門修築まで命ぜられた。

専称寺にいるときは、龍馬たちが調査してきた、神戸海軍操練所建設に先立つ、海軍塾建設の相談をする。龍馬が説明をした。

「屋敷地は八反あまりで、庭木代をいれて五十二両。建家《たてや》一棟を引き移すので、地ならし共で三十両かかります。塾は三間幅で、長さ十間、建具、畳の新調をあわせて百七十両ですらあ。ほかに台所、雪隠《せっちん》、厩《うまや》、門番所に七十七両」

龍馬は屋敷の外囲いの土手、堀の普請、そのうえに植える芝、枳殻《からたち》の代金から、地元の庄屋《しょうや》、年寄、代官手代への地所借り入れ祝儀まで計算していた。

門、見越しの松、台所道具まで揃えると、四百両を超える。

「今年の秋には、塾だけでも神戸へ移したいからな。すぐ取りかからねば間にあわねえ。出費は、当分の食い扶持雑用《ぶちぞうよう》をいれて千両は支度しておかねばなるめえ。

そんな金は手許《てもと》にねえから、春嶽公に拝借しようぜ。生徒を二、三十人預かることにすれば、ご承知下さるだろう。俺が助力を乞《こ》う書状を、側役の村田あてに書くから、それを持ってお前がいってくれ。お前は、まだ横井小楠に会っていないだろうから、会って話を聞いてくるがいい。よく先の見えた男さ」

「承知いたしました。借金とは、やちもない用事じゃが、貸してくれるまで、坐りこんじゃります」

龍馬は五月二日、姉小路公知が帰京するとき、大きな風呂敷包《ふろしきづつ》みを背負い、護衛の壮士たちに加わり、供をした。

背負った荷物には、麟太郎が咸臨丸《かんりんまる》で渡米したとき入手した、蒸気機関縮図、コノーフ氏散兵答古知幾《タクチキ》という、洋式陸上戦闘法の訳本、近代戦闘の実情を描いたセバストポール戦図が入っていた。

龍馬たちは、五月になると毎日順動丸に乗り組んでいた。

家茂が明石《あかし》から淡路由良の内海巡見をするためである。二日、三日は天候がわるく、四日朝、家茂は天保山沖から乗船した。順動丸は、淡路島北端の松帆崎《まつほざき》とむかいあう、明石舞子浜《まいこのはま》沖に投錨した。

海峡の幅はおよそ一里。西国と大坂をむすぶ海上交通の要所で、東西へゆきかう大小の廻船《かいせん》が、帆をあげつらねており、漁船も胡麻《ごま》を撒いたように出ているので、順動丸は絶えずホイッスルを鳴らし、徐行して、ようやく舞子に着いた。

家茂は明石藩士の操作するカノン砲の実弾射撃を検分ののち、順動丸で淡路由良に廻航し、地元農兵の銃台からの一斉射撃の査閲に臨む。

由良港を出るとき、小雨が降り、薄暮の海上は見通しがきわめて悪くなっていた。

順動丸は、メーンマストと左右両舷に反射鏡をつけたランプを煌々《こうこう》と点じ、最微速で大坂へむかう。

合羽《かっぱ》をつけ、甲板に出ている龍馬に、麟太郎が声をかけた。

「四方暗黒だからな。舵取《かじと》りは昼間の十倍むずかしいぜ。くらがりから頓馬《とんま》な廻船が、ぶつかってきやがるかも知れねえ。荒郁《あらいく》の舵輪《だりん》の取りかたを、よく見ておくことだ。いい勉強になるからな」

無事に天保山沖に戻り、投錨したのは四つ（午後十時）過ぎであった。

麟太郎は、その航海で気を遣いすぎたのか、六日、七日と腹痛で苦しんだ。

八日に登城し、夜になって専称寺へ戻ると、塾生たちを呼んだ。

「皆おいで。いい話を聞かせてやろう」

海軍塾の塾頭である佐藤与之助も、その場にいた。

佐藤は文政《ぶんせい》四年（一八二一）生まれで、龍馬より十四歳年上である。勝塾に入門したのは、安政元年十月であった。

西洋砲術、測量術に長じ、安政二年九月から同六年正月まで、麟太郎とともに長崎海軍伝習所で勉学した。

その後、幕府軍艦操練所蘭書翻訳方出役《らんしょほんやくかたしゅつやく》をつとめ、文久三年二月十九日、摂海御台場御用を仰せつけられ、大坂へ赴任していた。

麟太郎は五十人ほどの弟子たちに取り巻かれ、はにかみながらいった。

「今日俺は周防守（板倉勝静）殿から、諸大夫《しょだいぶ》を仰せつけられるというお達しを受けたが、ご免をこうむってきたよ」

諸大夫は従《じゅ》五位下で、芙蓉《ふよう》の間詰《まづめ》の諸役が受ける官位であった。寺社奉行、勘定奉行、町奉行、大番頭《おおばんがしら》、大目付、駿府城代と同格になる。

麟太郎は、板倉周防守に辞退の意を表した。

「当今は危急存亡のときにて、お上のご厚情は深く肝銘いたしまするが、微臣一介の功もなく、いたずらに高官に進むは、恐縮に堪えませぬ。風雲の機に乗じ、わが身の栄をこうむるは、深く恥じるところにござりまする」

龍馬は心を揺さぶられた。

「土佐じゃ、顎《あぎ》（半平太）が京都留守居役になったがを、大出世じゃと皆大騒ぎしよったが、先生のようなお人もおるがじゃ。藩がどうのこうのいいよるときではないきのう」

麟太郎が九日に登城すると、板倉周防守が御所からの三ヵ条の詔令を手渡した。

一、大坂城は摂海咽喉《いんこう》の地であるため、然るべき大藩を選び、警衛させるべく指揮せよ。

一、堺港は要衝の地で、とりわけて武備を充実させるべく、然るべき大藩に警衛させよ。

一、製鉄所は、長崎に一ヵ所あるが、攘夷について堅艦巨砲が必要である。ついては便宜の地に広大な製鉄所を新規に設け、各藩へも艦砲が十分にゆき届くよう手配すべきこと。

右三ヵ条を、麟太郎に早々にとりかかるようとの詔令である。

このあいだ姉小路公知に海軍、器械製作の必要を説いたのが、天聴に達したのである。

「さあ、これからは忙しくなるばかりだ。お前さんの力を借りなきゃ、進まねえことばかりだぞ」

麟太郎は、龍馬をけしかけるようにいう。

「周防殿が、こんな書付けも下されたよ」

龍馬は書付けに顔を押しつけて読み下す。

「　摂津神戸村へ、製鉄所御取建てあいなり候つもりあい心得、巨細《こさい》の儀、取調べ申し聞けらるべく候事。
　　　　　　　　　　　　　　　　　　　　　　　　　　　　」
　　　　勝麟太郎
　　　　　　松平勘太郎

　麟太郎は、もう一枚書付けをとりだした。

「これは播州《ばんしゅう》明石藩の願書さ。明石海岸四ヵ所の砲台を、早々に改築したいので、万端勝麟太郎様へ御指図の儀、お頼み申されたしだとさ」

「ほいたら、石屋を呼んできますか」

「いや、越前へ借金にゆくほうが先だ」

　麟太郎と龍馬は、上気した顔を見あわせた。

　龍馬が海軍操練所海軍塾の資金醵出《きょしゅつ》を頼むため、松平春嶽をたずね越前福井へ出立したのは、五月十六日であった。

　彼は福井へむかう途中、姉の乙女《おとめ》にあて長文の手紙を書いた。

「此頃は天下無二の軍学者勝麟太郎という大先生に門人となり、ことの外かはいがられ候て、先きやくぶん（客分）《まず》のよふなものになり申候。

　ちかきうちにハ大坂より十里あまりの地ニて、兵庫という所ニて、おゝきに海軍をしへ候所をこしらへ、又四十間、五十間もある船をこしらへ」

この辺りまでは長文をしたためるつもりで、わりあい細かい字で書いているが、しだいに気が激してきたためか、太く大きな字体に変わってくる。

「でしどもニも四五百人も諸方よりあつまり候事、私初栄太郎（高松太郎）なども其海軍所に稽古学問いたし、時〻船乗のけいこもいたし、けいこ船の蒸気《ジョウキ》船《セン》をもつて近〻のうち、土佐の方へも参り申候」

この前後から字はますます太く、心中の躍動を押さえがたい様子である。

「そのせつ御見《(目)》にかゝり可レ申《もうすべく》候。私の存じ付ハ、このせつ兄上にもおゝきに御どふい《(同意)》なされ、それわおもしろい、やれ〳〵と御もふ《(申)》しのつがふ《(都合)》ニて候あいだ」

文字は激情をあらわし、さらに荒〻しく大きくなる。

「いぜんももふ《(申)》し候とふり、軍《いく》サでもはじまり候時ハ夫《それ》までの命。ことし命あれバ私四十歳になり候を、むかしいゝし事を御引合なされたまへ。すこしヱヘンがを《(顔)》してひそかにおり申候。

達人の見るまなこハ、おそろしきものとや、つれ〳〵ニもこれあり。猶《なお》ヱヘンヱヘン、かしこ。

五月十七日　龍馬

乙大姉御本

右の事ハ、まづ〳〵
あいだがらへも、すこしもいうては、見込のちがう人あるからは、をひとり
ニて御聞おき。　　　　　　　　　　　　　　　　　　　　　かしこ」

達人の見るまなこは、おそろしきものとやというのは、麟太郎に重用されているわが身を自慢して、エヘン、エヘンといっているのである。

龍馬がむかう越前では、大兵を率いて上京し、京都を制圧したかに見える尊攘派を、一挙に掃蕩《そうとう》する計画がすすめられていた。

福井藩では、前藩主春嶽が長州藩の助力をたのむ朝廷の攘夷主張に怒り、三月九日幕府に政事総裁職辞職を申し出て、許可されないうちに帰国したため謹慎処分を受けた。

幕府は攘夷派に押され、五月十日に攘夷決行をきめたが、横浜ではイギリス代理公使ニールが、生麦事件の賠償を強硬に要求してきていた。

このような情勢のもと、英、米、仏、蘭の大艦隊がいつ大坂湾に入り、朝廷と直接に談判するかも知れないという、険しい雲行きになっていた。

福井藩で挙藩上洛《じょうらく》を企てた中心人物は、横井小楠であった。

藩の精兵四千余人と、農兵の大部隊を春嶽に従わせ京都に出動させる。出陣は五隊に分かち、一番を率いるのは家老本多飛驒《ほんだひだ》、二番が家老松平主馬《まつだいらしゅめ》、三番が

藩主茂昭《もちあき》、四番が春嶽、五番が家老岡部左膳である。

春嶽は大軍の威力で京都を制圧したうえで、横浜在留の外国公使を京都に招き、将軍、関白、朝廷と幕府の代表者、諸大名の列席のもとで、談判をおこなおうとと考えていた。

外国側の真意を詳しく聴取して、その道理によって、鎖国、開国、和解、決戦の方針を決めれば、双方ともに納得のゆく結果が出る。

大軍を京都へ出動させる藩の方針が定まれば、加賀、熊本、薩摩などの大藩に協力を求めるつもりでいた。

龍馬が福井を訪れたのは、上洛計画で藩論が沸騰しているときであった。

龍馬は城下に着くと、その日のうちに春嶽に謁見を許された。

春嶽は龍馬に笑いかけた。

「先月からちょうどひと月めの対面だな。京都の様子はどうだ」

「お殿さまがお手を引かれましたきに、どうにもこうにもなりませなあ。一日も早う京都へお戻り遊ばされ、衆議をお集めなされんことには、えらいことになりますろう。英仏の軍艦らあに海路を断絶されるなことになれば、国の大恥辱でござりますき。お殿さまが芯《しん》になってなされんと、世間は乱れるばあです」

「うむ、余は間をおかず出京するつもりだ。そのときは、勝殿とそのほうどもも合力いたしてくれ」

「私らあは、いつでも命を投げだす支度《まわり》を、しちょりますき」

春嶽は、神戸操練所海軍塾の運営資金千両の出資には、即座に応じてくれた。

龍馬は春嶽に謁見のあと、城下足羽《あすわ》河畔の横井小楠の寓居《ぐうきょ》を訪れた。小楠は龍馬を旧知のように遇した。

「貴公が大久保越中守の申されし、真の大丈夫か。儂《わし》はその一言によって貴公を朋友のように信じよう。今宵は儂の弟子の三岡八郎《みつおかはちろう》（のちの由利公正《ゆりきみまさ》）と話しあおうではないか」

龍馬は感動した。

「春嶽公には無理なお頼みごとをご承引承り、さらには天下に高名な小楠先生と財政役の三岡殿と、膝をまじえてちくと一杯いたせようとは、この龍馬はまこと果報者でござります」

小楠は三岡のもとへ出向くまえに、龍馬と二刻《ふたとき》（四時間）ほども痛飲した。肴は、北陸の海で採れた珍味がつぎつぎと運ばれてくる。酒の味わいはことのほかにすぐれていた。

小楠はいった。

「酒は鉄瓶《てつびん》にいれ、囲炉裏《いろり》の灰でぬくめて飲もうではないか」

龍馬は感心した。

「先生は、聞きしにまさる酒豪のようじゃ。こりゃ私のほうが先に酔うたんぼになるかもしれんですのう」

龍馬は小楠と話しあううち、湯呑みで酒をあおったが、あまり酔いがまわってこなかった。

小楠の挙藩上洛計画を詳しく聞かされると、周到にゆきとどいた内容に、興味をかきたてられる。

――さすがは天下の横井殿じゃ。幕府と攘夷公卿《くぎょう》、諸外国、諸大名の動きをそれぞれに読んじゅうがは、えらいもんじゃ。頭のえい人は、うちの先生も大久保殿もいっしょじゃが、大事なことばあいうて、いらぬ寄り道をせんき、論議をなんぼ聞いたち、飽かん。酔いも忘れるぜよ――

龍馬が小楠に伴われ、従僕の棹《さお》さす小舟で足羽川の対岸に渡り、三岡の屋敷をたずねたのは、子《ね》の刻（午前零時）に近い深夜であった。

八郎は親戚《しんせき》に招宴があり、遅く帰宅して寝ようとしていると、大声で彼の名を呼び、門扉を叩く者がいる。

「誰だ、いま頃きたのは」

出てみると、小楠が背の高い壮漢を連れてきている。

「土州の坂本龍馬君が、勝麟太郎殿のお使者で、お殿さまにお目にかかるため参られた。用が済んだゆえ、三人で飲みあかそうではないか」

八郎は小楠と龍馬を炉端に迎え、飲みはじめた。龍馬は意気さかんに大盃《たいはい》の酒を干し、喚《わめ》くようにいう。

「当時天下の人物というたら、徳川家じゃ大久保越中守殿とうちの先生。越前にては横井、三岡先生じゃ。両名馬を率いて春嶽公がご出馬あれば、どがな乱れた天下も治まらんことはないですろう」

龍馬は毛深い胸もとをくつろげ、刀疵《かたなきず》のあとを掻く。

「それは、大分手荒くやられなされたな」

八郎が、みみず腫《ば》れのように盛りあがった疵痕《きずあと》に触れる。

「けっこう手強くやられたがです」

「幾人を相手になされたか」

「二人か三人です」

「それでも、殺されはせなんだか」

「なんというたち、まだ年が若いき、手も足も思うように動きますらあ。ほんまは、斬られるまえに逃げるが一番の上手というもんじゃが」

龍馬はいいかけて、横井小楠の前年の事件を思いだし、急いでつけくわえた。

「今度海軍塾に入った紀州の伊達小次郎という若衆は、江戸では喧嘩《けんか》をしかけられりゃ、人ごみをかきわけ、疾風のように逃げうせる稽古ばあしよったということです。頭《ここ》の切れる男で、相撲《すもう》もなかなかに強いが、刀を振りまわすを嫌がるがは、私よりは頭の出来がえいためですろう」

機嫌のいい龍馬は、笑顔でいいだした。

「私が近頃覚えた歌を、一番歌うてみますきに」

小楠たちは手を打ってすすめた。

「それは是非聞きたいものだ」

龍馬は手拍子にあわせ、朗々とうたいはじめた。

〽君がため

　捨つる命は惜しまねど

　心にかかる国の行末

小楠は大きくうなずいた。

「その節まわしは、まことに妙である。われらにも教えてくれぬか」

「ようござります」

三人が、くりかえしうたう声は、初夏の足羽川の水面にひろがっていった。

龍馬が福井にいるあいだに、京都では大事件がおこった。

五月二十日の五つ（午後八時）頃、姉小路公知が暗殺されたのである。

当時の風説書《ふうせつがき》には、つぎのように記されている。

「国事掛参政姉小路殿、すぐる二十日の夜、御所よりお帰りの節、朔平御門《さくへいごもん》辺にて浪人者に出合い、初太刀《しょだち》にて耳より肩をかけ斬りつけられ、二の太刀にて鼻をそがれ候ところへ、いま一人の浪人駆けつけ、眼《め》を刺し通し候。翌日四つ（午前十時）頃、ご落命の由」

公知が襲撃された理由は、勅使として摂海防衛の状況を、順動丸で見聞したとき、勝麟太郎から欧米諸国の戦力の実際を説かれ、開国論に傾いたためといわれた。

公知は坂本龍馬を通じ、麟太郎からセバストポール戦図、オランダ兵書を贈られ、攘夷論の急先鋒《きゅうせんぽう》といわれた態度が急に軟化した。

彼は朝議の席へ、麟太郎から貰《もら》った砲弾二発を持ちだし、同座の公卿たちに説明をした。

「この砲弾は、割れて飛ぶものである。西洋の軍艦とはこういうもの。砲弾はこういうものである。かようのもので攻めたてられては、こなたに充分な要害がないため、危ない」

尊攘激派の志士たちが、公知の変心を知って暗殺したという説である。

公知は二十日に参内し、国事掛の朝議が紛糾したので、予定の時刻を過ぎた五つ頃、退廷した。

彼は公卿門を出ると北の方角にある屋敷へ、急ぎ足にむかった。

月がまだ東山のうえに昇らず、辺りは暗黒である。公知は攘夷浪士に狙《ねら》われているのを知っていて、用心していた。

同行しているのは、護衛役の吉村左京、太刀持ちの金輪勇である。ほかに提灯持ち、草履取り、長柄《ながえ》持《も》ちがついている。

足早に砂利を踏み、朔平御門の前へ通りかかったとき、覆面をした刺客が躍り出て、無言で斬りかかってきた。

公知は初太刀を肩に受けながら、

「太刀を持て」

と叫んだが、今弁慶と噂《うわさ》されていた剣客の金輪勇は、うろたえて公知の太刀を持ったまま逃げ去った。

吉村左京は抜刀して、逃げる敵を追ったが、さらに二人の刺客があらわれ、公知は顔を横に薙《な》ぎ払われつつ、笏《しゃく》をふるって防ぐ。

左京が駆け戻ってきて二人と斬りあうと、相手は逃げ去った。そのとき一人が彼の足に刀を投げつけた。

公知は左京に抱かれるようにして五、六丁を歩き、玄関にたどりつくなり「枕《まくら》」とひとことといったまま絶命した。

その夜、三条実美は五つに公卿門を出たのち、姉小路公知の屋敷とは反対の南の方角にある梨木町《なしのきちょう》の屋敷へ帰っていった。

実美は四人の陸尺《ろくしゃく》が担ぐ駕籠に乗り、駕籠脇には護衛として従者の戸田雅楽《とだうた》（のちの尾崎三良《おざきさぶろう》）といま一人がつき、提灯持ち、傘持ち、下男ら十数人が従っている。

梨木町の角へさしかかると、実美が駕籠のなかから聞いた。

「もう何刻《なんどき》になったかのう」

戸田雅楽は、実美が帰邸のまえに中川宮を訪ねるつもりになったのであろうと察した。

暗殺者が横行する、危険きわまりない夜中に、なるべく早く帰ったほうがいいと判断した戸田雅楽は、とっさに偽って答えた。

「間なしに子の刻になりましょう」

駕籠はそのまま屋敷へむかったが、清和院御門《せいわいんごもん》の辺りに三人の人影がたたずんでいるのを、陸尺たちが眼にとめた。

実美が屋敷に帰ったのち、陸尺、従者たちが様子を見るため清和院御門へ引き返すと、はだしで股立《ももだ》ちをとり、襷掛《たすきが》けの侍が三人、寺町通りを東へ駆け去っていった。実美も、刺客に狙われていたのである。

実美は床に就いてのち、公知の横死を知ると、はね起きて姉小路屋敷へむかった。帯刀の者、六、七人に駕籠脇を護られ、訪ねると、公知はすでに遺骸《いがい》となっていた。

夜が明けそめてきた頃、戸田雅楽らは、公知が襲われた現場である朔平御門へ、検分に出向いた。

現場には冠の紐《ひも》、切断された笏、黒ずんだ血溜《ちだ》まりがあり、そのなかに、脇差《わきざし》の鞘《さや》につける鉄の笄《こうがい》が落ちていた。

吉村左京が足に投げつけられた刀は、柄頭《つかがしら》の鉄に藤原と高彫りがある。縁《ふち》に鎮英《しずひで》、そのうらに英という銘が刻まれ、銘は奥和泉守忠重《おくいずみのかみただしげ》であった。

笄と刀は、いずれも薩摩物である。

公知暗殺の報をうけた、肥後の轟木武兵衛、宮部鼎蔵、土佐の土方楠左衛門《ひじかたくすざえもん》（久元《ひさもと》）らが刺客の探索をおこなううち、土佐脱藩の那須信吾《なすしんご》が、刀身をあらためていった。

「これは田中新兵衛《たなかしんべえ》の差料《さしりょう》に、違いなし」

町奉行所では、京都守護職を通じ、薩摩藩邸へ捕吏をさしむけた。

新兵衛は他出《たしゅつ》していたが、行方をつきとめられ、町奉行所へ引き渡されると、犯行に覚えはないという。だが現場にあった刀を見せられると、しばらくうなだれていたが、いきなり脇差を抜き、わが腹を刺し、首の血脈を切って自殺した。

刀は、事件の数日前、三本木《さんぼんぎ》の料亭ですり替えられており、新兵衛は濡れぎぬを着せられたのだといわれた。

龍馬は京都に戻ると、ただちに越前藩邸をたずね、春嶽側用人中根雪江に会い、決起を促した。

「さきに水戸慶篤《よしあつ》さま、さらに後見職一橋中納言さまが江戸に戻られ、攘夷鎖港の事は運ばず、この節では引き籠《こも》っておられると承っちょります。いまさらできもせんがを、過激の堂上が草莽の暴議に躍らされ、真勅ならざる偽りの勅旨を発して、手におえませぬ。いまにして、春嶽公のご意見が行われずんば、帝都は累卵の危機にのぞむことになりますろう」

彼は声をひそめていった。

「私は勝先生から聞いたがです。このたび最期をお遂げなされし姉小路卿が、先月百二十余人の攘夷諸士を連れ、順動丸で摂海の巡見をされたがは、公方さまが摂津辺りの海を見廻《みまわ》りに出られ、そのまま江戸へ戻《も》んてこられると噂が立ったためじゃというがです。姉小路卿は公方さまを逃がすまいと見張りにきて、西風でちっとばあ船が揺れたら、びっくりなさって、蒸気船とはこがなものかと分かったき、攘夷はは無理じゃとうちの先生に説かれて、たちまち聞きいれなさった。堂上公卿衆は、海を泳ぐこともできん子供のような方々じゃき、ここらで春嶽公が騒動を鎮めなさらにゃいかんがです」

雪江は答えた。

「儂は朝幕要路の方々、尾張、紀伊、長州、肥後、薩摩の主だったお人らに会ったが、越前一藩が総力をこぞって出るときがきておるか否か、いまだ見極めがつかぬ。イギリス軍艦七隻が鹿児島にむかうという風説もあり、まことにむずかしいところじゃ。貴公も身辺を用心されよ。いつ何者に狙われるやも知れぬわ。清河八郎もやられたゆえにのう」

雪江は情勢の判断に迷っていた。

攘夷派が国事掛の公卿を抱きこみ、無謀な行動に出れば、いずれは自滅するであろうという見通しは、雪江も抱いていたが、熟柿《じゆくし》が枝から落ちる時機が、まだ分からないのである。

龍馬は大坂北鍋屋町の専称寺にある海軍塾へ帰る途中、常に油断しなかった。

麟太郎門下で数十人の塾生の束ね役をしている龍馬を、見知っている攘夷浪士とゆきあえば、斬られるかも分からない。

荒々しい所業で名を売ろうとしている彼らは、わずかな理由で人を斬り、世間で怖れられる存在になろうとする。

龍馬は自分を大胆であると思ったことはないが、京坂の夜道を、彼のようにひとりで歩く者はいない。数人連れだって通行しなければ、とても夜歩きできる情勢ではなかった。

京坂では諸物価が暴騰していた。不穏な世情を利用して、まとまった資本を動かせる商人たちが、買い占め、売り惜しみで値を吊《つ》りあげた。攘夷浪士のうちにも、尊攘に挺身するための資金稼ぎと称し、悪辣《あくらつ》な暗躍により利を稼ぐ者がいる。困窮するのは、庶民ばかりである。安政四年春には米一石が銀九十八・二匁であったのが、文久三年のいまは、銀百八十三・七匁になっていた。

龍馬が大坂の専称寺に帰ると、福井へ出向くまえよりも、塾生がさらにふえていた。大和《やまと》の乾十郎《いぬいじゅうろう》、水戸の兜惣助《かぶとそうすけ》などという、名の聞こえた激派浪士もいる。

惣助は龍馬より十七歳年上で、剣術の腕が冴《さ》えていて、斬人《ざんじん》の数をかさねているという、鏡のように光る眼の男である。

麟太郎は、居間に龍馬を呼び、内密の話を教えてくれた。

「図書頭殿が、横浜でイギリス公使のニールに生麦の償金を払ったらしいよ。イギリスの兵隊どもは、横浜の砲台を取り巻き、奉行のなかには鉄砲の筒先をむけられ、顔色を失い、膝を震わせ、腰を抜かした者もいたようだ」

五月七日の横浜では、イギリス艦隊の攻撃がいまにも始まるとの風説がひろまり、大騒動になったという。

横浜の日本貿易商は、商品を捨値で売り払い、家財を荷造りし、閉店して立ち去る者が多かった。

路上には商品家財が散乱して、火事場のようである。大工、左官などの人足は、これまではたらいた賃金を外国商館に請求し、喧嘩腰で、手斧《ておの》、鍬《くわ》、鳶口《とびぐち》などをふりまわし、乱暴をはたらく者もいた。

夜になると、横浜居留地には一人の日本人もいなくなった。

このような情勢のもと、イギリスとの交渉のため、四月に江戸へ戻っていた老中格小笠原図書頭が、朝廷の命令に違反する責任を一身に負う覚悟で、五月八日、蟠龍丸《ばんりゆうまる》で品川から横浜におもむく。翌九日午前九時、三十万両（四四万ドル）の償金は、イギリス公使館に輸送された。

麟太郎は、さらに声を低めた。

「いま京都、大坂にいる閣老方は、まだこのことをご存知ない。俺は、ある早耳筋から聞いたんだ。これで、イギリスと戦端をひらくおそれはなくなった。さて、この先どうなると思うかえ」

「どうなりますろう」

龍馬が聞くと、麟太郎は鼻先が触れるほど顔を近づけ、ささやく。

「イギリス、フランスは、京都の攘夷浪士とその尻押《しりお》しをしている長州勢を征伐するために、軍隊を出したいといってきているんだ。だが図書頭殿は、イギリス蒸気船二隻を、借用する約定をしただけだ。図書頭殿は、蟠龍丸、朝陽丸、鯉魚門《ライモン》の幕府軍艦に、イギリス二艦を加え、洋式装備の歩兵、騎兵千四、五百人を乗せて、大坂へくるつもりさ。騎兵はすべて洋鞍《ようぐら》で、鞍袋には六連発のピストルがついている」

洋式装備の精鋭部隊が大坂に到着して、将軍家茂に随行している三千余人の旗本と合流すれば、四千四、五百人、それに京都守護職の率いる会津藩兵を加えれば、兵力は優に五千人を超える。

京都の尊攘勢力の主柱である長州藩の兵力は、二千五、六百人で、彼らは刀槍《とうそう》を中心とする旧式装備である。

幕府が一挙に京都を軍事制圧できる可能性は、充分にある。

麟太郎は、淡い笑みを見せた。

「しかし、これはたぶんなるまいよ。京都にいる老中、若年寄には、戦《いくさ》をおこす度胸など、もとよりないのさ。図書頭殿を叱《しか》りつけて、然るべき罰を申しつけるだろうさ。それでいい。朝廷はいつ戦がおこるかも知れねえ騒ぎになったら、公方様を京坂の地に無理強いに置くのが薄気味わるくなって、江戸へお帰し申しあげるだろうさ。そんな筋書きが目に見えていらあな。海軍操練所は、この際一日も早く開所して、海防を急げとのお沙汰《さた》が出るだろう。お前さんは、明日からでも西国へ下り、もっと大勢の過激の徒を集めてこい」

「承知しました。ほいたら、広井磐之助《ひろいいわのすけ》の面倒は、見ちゃって下さい」

「それは任せておくがいい」

広井磐之助は、高知城下小高坂《こだかさ》に住んでいた郷士、広井大六の子であった。

龍馬より五歳年下で、幼時からの顔見知りである。磐之助は安政二年十六歳のとき、父大六が魚釣りの帰途、酒に酔った上士の棚橋三郎に斬られて死んだ。

彼の不幸な生活は、そのときからはじまった。

家禄《かろく》が没収され無収入となった。もとの身分に戻るには、仇討《あだう》ちを仕遂げねばならないが、彼がどうしても世話しなければならない義母がいた。

磐之助は義母に仕え四年を過ごし、安政六年十二月、書置きを残し出奔した。諸国をめぐり、父の仇《かたき》棚橋三郎を探す旅に出ようとしたが、降雪のなか道に迷い、国抜けすることができずに捕えられた。その後三年間、四ヵ村禁足を命ぜられ、文久二年冬に、ようやく罪を許された。

義母はその後他家へ嫁いだので、磐之助は藩庁に槍術修行の願書を出し、旅に出た。

彼は長谷川英信流《はせがわえいしん》の居合をよく遣うが、路銀を持たず旅に出たので、乞食《こじき》のような姿になった。

龍馬に出会ったのは、江州海津《ごうしゅうかいづ》か大坂であったといわれている。龍馬は磐之助を麟太郎門下生として、仇討ちの本懐を遂げさせようとした。

麟太郎は、磐之助のために、つぎの書状をしたためた。

「拙者門人広井磐之助、父の仇これある者にて、右仇見当り次第打ち果たさせ候あいだ、万事御作法の通り御作配下さるべく候。

月　日

御軍艦奉行
勝麟太郎

各国御役人中」

磐之助は、大坂の裏店《うらだな》がある長町《ながまち》に住み、駕籠かき人足をしながら、仇の行方を追及していた。

龍馬は不運な七年の歳月を送った磐之助が哀れであった。彼は塾生たちにいう。

「あれは、親の仇のために、若い盛りを楽しめもせず、乞食暮らしをしてきよった。まっことかわいそうな奴《やつ》じゃ。皆で助けちゃっとうせ」

龍馬は、岡田以蔵の身のうえも心配していた。

以蔵は姉小路公知を襲った刺客のひとりであると噂がたち、土佐勤王党の同志からも疑いの目をむけられていた。

以蔵は龍馬にいった。

「俺がなんで黒豆さんをやらにゃいかんがぜよ、ねや。顎《あぎ》との仲を知らんとでもいうがかよ。俺が黒豆さんの側についちょったら、あがなことにゃならざった。田中新兵衛がもしやったがなら、刀を落とすいう、やちもないことをするか。ほかの者がやったに決まっちゅう」

半平太と平井収二郎が京都を去ったのち、以蔵は金に困っていた。人斬り以蔵の名が洛中に知れ渡っているので、藩邸に住めず、暮らしむきがどうしても派手にならざるをえない。

以蔵は半平太の一番弟子で、剣の手練に自信があるだけに、勤王党同志のうちで離れ狼《おおかみ》のような立場になっていた。

以蔵が京都にいては危ないと、龍馬は読んでいるので、海軍塾へ入れとすすめるが、応じない。

以蔵には女がいたので、規律のある生活を嫌う。このままでは間崎、平井らと同様に、何らかの罪に問われ、土佐へ送り返されることになる。

　麟太郎は、以蔵を江戸へ旅立たせるのがいいという。

「俺の氷川下の屋敷に置いてやってもいい。そうすりゃ土州の横目《よこめ》らは手をつけられねえが、あいつは意固地で、どうにもいうことを聞かぬ。近頃は博打場《ばくちば》にも出入りしているようだな。困ったものだ」

　以蔵は仲のよかった田中新兵衛が自害してのち、気がすさんでいた。

　酒を飲むと、反っ歯の口もとをゆがめて笑った。

「ご隠居が国許へ帰ってからは、大抵《たいて》変わったと聞くけんど、顎と収二郎が京都におらんなったき、俺は淋《さぶ》しゅうて、たまらん。水《みど》みたいに酒くろうて、京都屋敷の上士らあを撫《な》で斬《ぎ》りにしてから、こじゃんと（みごとに）腹を切っちゃるきに」

　麟太郎も、彼をなんとか庇《かば》おうと配慮していた。

　以蔵は麟太郎の前に出ると、膝を崩さず、頭を深く垂れ、いいつけを神妙に聞く。麟太郎は諭した。

「俺は京都、大坂の町奉行にも、お前のことを頼んでいるがね。助けようとしたって助けられねえこともある。行状が乱れていちゃ、どんな難癖をつけられて、捕縛されねえとも限らぬ。それで、土佐へ送り返されちゃおしまいさ。塾に腰をおちつけて、俺のために旨《うま》いカステラを焼いておくれよ」

以蔵は、麟太郎に教えてもらったオランダ式のカステラをつくるのが、上手であった。

玉子百匁、うどん粉七十匁、砂糖百匁で、やわらかく味わいのあるカステラを焼きあげる。前垂れを玉子やうどん粉で汚し、はたらいている以蔵は、短銃をむけられても動じることなく、一刀のもとに敵を斬り伏せるときの、豹《ひよう》のような気配をひそめ、少年のような横顔であった。

龍馬が西国へ旅立って間もない六月二日、広井磐之助が仇討ちを遂げた。

仇の棚橋三郎は、紀伊加太浦の砲台普請場で人足としてはたらいていた。麟太郎は海軍塾塾頭佐藤与之助を紀州藩へ出向かせ、三郎捕縛を要求した。

三郎は六月二日、紀州と和泉《いずみ》の国境、山中《やまなか》村境橋で追放され、磐之助と斬りあい、殺されたのである。

波《は》濤《とう》

文久三年六月六日の朝、龍馬は塾生募集に出向いていた岡山から、便船で大坂へ戻った。

梅雨《つゆ》があけ、海上を渡る風が乾いて心地よい。専称寺の山門をくぐると、やかましく蟬《せみ》が啼《な》いていた。

海軍塾の塾生たちは、風通しのいい縁側で寝転び、雑談していた。碁、将棋に興じている者もいる。

龍馬が汗のにじんだ旅装のまま縁先に立ち、声をかけた。

「えい天気じゃに、どういて、ここにおるぜえ。軍艦に乗らんがか。神戸村の普請場手伝いは、どうなっちゅう」

帷子《かたびら》をつけた佐藤与之助と、新宮馬之助が、奥から出てきた。

「おぬしが留守のあいだに、いろいろ大騒動がおこった。先生は昨夜、京都へのぼられた。いまごろは、二条城で評定《ひょうじょう》しておられるだろう」

与之助がいう。

「どがな大騒動ですろう。アメリカやフランスの軍艦が下関を攻めちょると、備前牛窓《うしまど》の湊《みなと》で聞いたけんど」

「それもある。しかし、もっと大層なことがおこったから、先生は塾生たちに禁足を命じられた」

「それはまた、どういてですろう」

「図書頭さまが、三大隊の洋式歩兵、騎兵を連れて、海路大坂にお着きなされ、六月一日に勢揃《せいぞろ》いをして、京都へ向かわれた。いまは淀《よど》に宿陣して、いつ入京するやも知れぬ形勢だよ」

「ほいたら、長州の御親兵らあと戦《いくさ》になるろうが」

「そうだ。幕兵が京都を制することになるだろう」

「水野痴雲《みずのちうん》もきちゅうがですか」

「きている。江戸町奉行、神奈川奉行、目付らと同行しているよ」

佐藤与之助は、詳細を語った。

「はじめは一橋（慶喜）殿も、同行するといい、鯉魚門《ライモン》艦を品川へ回させたが、いざ乗艦という日になると、急病さ。例の日和見《ひよりみ》の病気が出たんだ。そこで蟠《ばん》龍《りゅうまる》丸が歩兵を乗せて五月二十四日に先発した。翌二十五日に鯉魚門に図書頭さまが乗って出たが、途中で機関が故障したので、朝陽丸に乗り替えた。二十七日、二十八日にはイギリスより借り入れの汽船が歩兵、騎兵を乗せ出帆した」

佐藤与之助は、沢村惣之丞、望月亀弥太らとともに順動丸で、紀伊由良《きいゆら》湊に碇《てい》泊《はく》する二隻のイギリス汽船に分乗している、幕府軍隊を収容するため、出向いたという。

「イギリスの船を雇ったことが、京都に聞こえてはならぬゆえ、大坂より順動、咸臨《かんりん》と、江戸から先着していた蟠龍の三艦で、迎えにいった。いずれも人目についてはならぬので、定まった航路をとらず、前後して疾走し、大坂へ戻ったのだ」

小笠原図書頭は、六月一日、水野痴雲らとともに軍隊を率い、京都へむかった。

「図書頭さまは、攘夷《じょうい》の勅諚《ちょくじょう》に対する諸外国代表の返書をたずさえておられた。それを証拠として、攘夷をしいておこなえば、皇国の破滅を招く事情を説き、開国の勅諚を仰ぐつもりだよ」

「そがなことを国事掛の公卿《くぎょう》衆が、聞きいれやせんですろう」

「そのときは、開国を拒む者を流罪とするつもりだ。償金を払うも、攘夷致さざるも国家のためと、申されたそうだ」

図書頭が償金を独断で支払ったため、江戸、横浜は外国軍艦の砲火から免れた。

いま、横浜港に集結している外国兵力の、恐るべき現状を与之助は口にした。

「軍艦はイギリス十六隻、フランス三隻、オランダ四隻、アメリカ一隻の、計二十四隻。その乗組員と、英仏歩兵をあわせれば、兵数は八千人に達するそうだ。さほどの大敵を目前に控えれば、青公卿どもが攘夷を口にできるはずもないだろうがね」

龍馬は呻《うめ》くように、嘆声を洩《も》らした。

「図書頭さま方は、一日に枚方《ひらかた》まで行軍し宿泊したところ、二日の朝には二条城より若年寄稲葉《いなば》（正巳《まさみ》）殿が早馬で駆けつけ、入京をはばかるよう説かれた。しかし、図書頭さまは聞かれず、なお進んで淀に向かわれたんだ」

淀城下には大部隊を収容する旅宿はない。人馬は雑踏して、盛夏の暑熱のなか、町家、農家で休息をとる。

淀には家茂の使番《つかいばん》松平甲太郎が待っており、いま図書頭が大兵を率いて入京すれば、大混乱がおこると説いた。

水野痴雲は説得をうけいれず、ただちに入京を主張したが、図書頭はためらった。

「今夜は淀にとどまり、明朝には土屋、向山《むこうやま》の両目付を登城させ上様にお目通りのうえ、お下知《げち》を承るとしよう」

朝廷では、三日になって突然、将軍家茂に帰東の暇《いとま》をたまわるとの沙汰《さた》を下した。

攘夷実行のため、京都に人質のように滞在させていた家茂を、一刻も早く江戸へ帰さねば、幕府の精兵が朝廷へ乗りこんでくると怖れたのである。

六月四日、京都から老中水野忠精《みずのただきよ》が淀に駆けつけ、勅命、台命《たいめい》（将軍の命令）によって、京都に入ることを差しとめると、図書頭に伝えた。彼は終夜激論をまじえたのち、ついに折れた。

「このうえ別段の沙汰なきときは、上京なされてもようござろう」

だが翌日、使番がつぎのような将軍の親書を届けた。

「いずれともいま一応、沙汰に及び候《そうろう》までは、まず見合せおり申すべし」

随行の陸軍幹部らは、思いまどう図書頭を叱咤《しった》した。

「朝廷が上京をとどめ給《たも》うは、われらを乱臣賊子と見なされるためであります。いまその意を奉じ、ここを退かば、乱賊に甘んじることになる。後代に至るまで、徳川家の臣に乱賊の名を残してはなりません」

彼らは京都へ押しのぼれば、攘夷派がかならず違勅を理由として発砲すると予期していた。そのときはただちに応戦し、鎖国攘夷論者を一掃すればよい。

抵抗を受ければ、朝廷へ火をかけ、玉座を彦根《ひこね》城へ移し、なお異論をとなえる公卿はすべて捕縛するという、強硬な方針をつらぬき、傾いた幕威を一挙にさかんならしめようという意気ごみである。

図書頭が上京を決断すれば、長州藩を中心とする攘夷派は、戦っても勝てる見込みはすくなかったであろう。だが、彼は淀にとどまり、老中板倉勝静《いたくらかつきよ》らの一日延ばしの慰留をうけるばかりであった。

九日の朝、麟太郎が専称寺へ戻ってきた。彼は汗で肌に張りついた下着をぬぎすて、水風呂《みずぶろ》を浴びると、褌《ふんどし》ひとつで縁先にあぐらを組み、龍馬たちに告げた。

「騒動はすべて落着した。公方《くぼう》様は、今日のうちに大坂に着御《ちゃくぎょ》なされるよ。これまで幾度東帰を願い出ても、長州藩などが尻押《しりお》しして許されなかったが、物騒な連中がにわかにあらわれたので、京都に公方様がいては危ねえと公卿たちが見たためさ」

龍馬が聞いた。

「図書頭さまは、なぜ無理に京都へ入らざったがですか。負けるかも知れんと思うちょったがですか」

麟太郎は、よく光る眼《め》をむける。

「そうは思っていなかったさ。長州人を追いだせる心積もりは持っていただろうが、戦をおこすのは、誰《だれ》でもためらうさ。大砲を撃ちあえば、大火事もおこるだろうし、後始末が大変だろう」

龍馬は政治の複雑な裏面を、麟太郎に教えられた。幕府は、英仏両国から軍事支援をするとの意思表示をうけたが、軍隊輸送の商船二隻を借用するにとどめた。両国が横浜に集結している兵力の援助を受ければ、幕府は簡単に攘夷派の息の根をとめることができる。

しかし、そうすれば日本は外国の植民地のようになってしまう。

図書頭が、兵力を行使する最後の段階に至ってためらったのは、その懸念があったためだという。

「図書頭殿は、京都の攘夷浮浪どもをびっくりさせ、公方様を手離させりゃ、それでよかったのさ。本人もお供をして大坂へ戻ってくるが、まあ退役を仰せつけられるぐらいで、罰は受けねえだろう。朝廷では、断首いたすべきか、他藩へお預けのうえ吟味などといっているが、強くは押してこられねえ。大坂には図書殿の連れてきた軍隊がいるから、とにかく一日も早く公方様の東帰を望んでいるんだ。いまはそれよりも、下関のほうが大変だろう」

その日、麟太郎と長崎海軍伝習所でともに学んだ幕府医師松本良順《まつもとりょうじゅん》が、長崎から大坂にでて、専称寺をたずねてきた。龍馬たちは、良順から長州の噂《うわさ》を聞いた。

長州藩は、五月十日の攘夷実行期限の当日、下関田《た》の浦《うら》沖で、海峡の潮流が変わるのを待っていた、二百トンのアメリカ商船ペンブローク号を砲撃した。

軍艦庚申《こうしん》、癸亥《きがい》の二艦に挟撃されたペンブローク号は豊後水道《ぶんごすいどう》に逃れ、船体に損傷をうけたが航海をつづけ、上海に到着したのち、賠償金一万ドルを幕府に要求してきた。

ついで長崎にむかうフランス通報艦キャンシャン号が、五月二十三日の夜明けがたに下関海峡を通過するとき、長府《ちょうふ》藩の諸砲台から砲撃を受けた。

キャンシャン号の書記官が、ボートで砲台に乗りつけ、抗議しようとしたが、陸岸から小銃の集中射撃をうけ、水夫四人が死亡、書記官も負傷した。

キャンシャン号の艦体も砲弾をうけ、蒸気機関が破損し、浸水してきた。艦長は錨《いかり》をあげる余裕もなく、鎖を切って逃れ、ポンプで浸水を排出しつつ、二日後に長崎に到着し、奉行所に被害を届け出たのち、上海へむかった。

五月二十六日、オランダ軍艦メデュサ号が、日本に赴任する総領事を乗せ、下関海峡を通過しようとして、砲台と、癸亥、庚申二艦の砲撃をうけ、艦体に被弾したが、佐賀関《さがのせき》沖へ逃走した。

この報復に、アメリカ軍艦ワイオミング号が、下関へ攻撃におもむいたのは、六月一日であった。

松本良順は、ワイオミング号が、六月一日早暁からの海戦で、長州藩軍艦壬《じん》戌丸《じゆつまる》、庚申丸を撃沈した様子を語った。

「アメリカ船は、まえの晩から闇《やみ》にまぎれて、下関に忍び寄っていた。夜があけると、長府城山や壇《だん》の浦《うら》の砲台から撃たれたがものともせず、長州の三艦が並んで錨をおろしている観音崎《かんのんざき》の沖へ突進して、砲戦をはじめたそうだ。

たがいに烈《はげ》しく撃ちあい、アメリカ船はいったん浅瀬に乗りあげたが、危地をのがれた。およそ半刻《はんとき》（一時間）のあいだに五十五発の砲弾をはなち、舷《ふなばた》がふれあうほど近づいていたため、無駄玉はなかったようだね。庚申は吃水《きつすい》の辺りに数弾をうけ、壬戌は蒸気釜《じょうきがま》が破裂し、沈没したということだ」

龍馬は塾生たちと、歯嚙《はが》みをする思いで聞いた。

「なんというたち、海戦の場数を踏んじゅう奴《やつ》らじゃき、仕様ない。こじゃんとやられたがか。そがな弱《まつた》いことでどうすりゃ。この仇討《あだう》ちは、俺《おれ》らあがせにゃいかんぜよ」

大坂に下った将軍家茂は、麟太郎の指揮する順動丸で、江戸へ帰還することになった。

幕兵を率い、攘夷派を威嚇《いかく》した小笠原図書頭は、御役御免のうえ、大坂城代へ身柄を預けられた。切腹を命じられるおそれはなくなり、百人の供を連れ、駕籠《かご》で城代屋敷へ入る有様は、威風堂々としていた。

十一日の夕方、麟太郎が下城して専称寺へ戻ってくると、龍馬が告げた。

「塾中で大義をくわだてゆう者が、同志を募ろうとしよります」

麟太郎はするどい眼差《まなざ》しになった。

「誰だ、そいつは」

「大和の浪士、乾十郎《いぬいじゆうろう》です。乾が紀州藩からきた塾生を誘いゆうがを、兜惣助《かぶとそうすけ》が聞きつけて、斬《き》りすてるといいゆうがです」

「ほう、それは捨ておけぬ話だな。塾中でそんな騒動をおこされては、なにもかもおしまいになりかねぬ。塾を廃されては、いままでの骨折りも水の泡だ。お前さんと佐藤で、即刻かたをつけろ」

「承知いたしました」

龍馬は、佐藤与之助と相談した。

「乾にそがなことはさせられんし、兜に刃傷沙汰《にんじようざた》をおこさせてもようないですきのう」

「そうだ。いずれにしても、激徒の巣窟《そうくつ》と世間から見られている海軍塾に、傷がつく。乾にいい聞かせて、追い放つのが上策だろう」

龍馬と佐藤の考えは一致した。

「まず、乾を外へ呼びださにゃならんが、兜が見張っちょるき、俺らあが呼びにはいけん。馬之助にいかせましょう」

龍馬は、部屋で寝ころんでいた新宮馬之助を廊下へ呼びだす。

「おんしは、乾の一件を知っちゅうろう」

馬之助はうなずく。

「兜が狙《ねら》うちゅうき、紀州の伊達小次郎がなんとかせんといかんと、気を揉《も》んじょります」

「今夜、乾は他出《たしゅつ》しちょらんかのう」

馬之助は部屋に戻り、伊達小次郎を連れてきた。

「乾はいま、北鍋屋町の料理屋へ出ちょります。場所は、小次郎が知っちゅうです」

瘦身《そうしん》の小次郎が、歯切れのいい江戸弁でいった。

「折よく兜も朋輩《ほうばい》らと他出しています。乾を逃がすのは、今夜をおいてほかにはありません」

「よし、すんぐに案内してくれ」

乾十郎は、塾生数人と料理屋で茶碗蒸《ちゃわんむ》しをつつきながら酒を飲んでいたが、小次郎に呼ばれて出てきた。

小柄な乾は、龍馬たちが闇のなかに立っているのを見て、一瞬立ちすくんだが、肩をいからせ、虚勢を張って近づいてきた。

「坂本はんに佐藤はんが、お揃いで何事だす」

龍馬はふだんと変わらないゆるやかな口調でいう。

「乾さん、あんたは塾中で大義を企てる同志を誘いゆうそうじゃが、そがな了簡《りようけん》違いをすると、狂犬に嚙みつかれるぜよ」

「え、何のことやろ」

「俺らあは、お前《ま》さんが兜惣助に斬られるがを見殺しにできんきに、教えにきたがじゃ。いまからまっすぐ大和へ帰りや。そうせにゃ、今夜にもお前さんは死ぬるぞ」

「なに、兜惣助が」

乾は声を震わした。

「おのおの方、まことにかたじけのうござった。拙者はさっそく仰せに従うことにしましょう」

乾は小心者ではないが、獰猛《どうもう》な兜が自分を狙っていると聞くと、幾度か低頭したのち、たちまち闇中へ駆け去った。

翌朝、兜惣助が血相を変え、寝ている龍馬を起こしにきた。

「なんじゃ、眠たいがやに。なんで起こすぜ」

「貴公は昨夜、乾十郎を逃がしたな」

「そのことか。お前さんのいう通りぜよ」

龍馬は起きあがった。

龍馬は兜にいった。

「お前さんは、俺より十七も年上の爺《じん》まじゃ。剣術の腕は立つろうが、人を斬りたがるがは悪い癖ぜよ。乾は見逃しちゃってつかされ。お前さんも乾も、ともに国事に奔走しゆう仲間ですろうが」

「それにはちがいないが、あやつは塾中で同志を誘う不埒者《ふらちもの》ゆえ、成敗してやるのだ。どこへ逃がしたか、いえ」

「いえんきんねえ。いまごろは、どこぞ遠方までいったろう。それよりお前さんが乾を目の敵《かたき》にしゆうがは、わが内情を知られたためじゃろう」

兜は額際に刀創《とうそう》のある、神楽獅子《かぐらじし》のように大きな顔に、動揺の色を見せた。

彼は水戸天狗党《てんぐとう》の生き残りで、斬った相手の数が知れないという、凶暴な男である。

塾中でも酒に酔うと、気味のわるいことをいう。

「斬り味は、体の大きな筋骨すぐれた若い奴がいちばんだな。爺さんは骨が固くなって、刃こぼれができやすくて、いけない」

龍馬は、兜が両眼に殺気をあらわすのを見て、つめたい笑みを浮かべる。

「お前さんは塾に入って、安治川台場をのぞきにいくけんど、何のはたらきもしちょらん。国事に奔走しよるだけじゃ。お前さんが塾におるがは、先生を狙うためじゃろう。先生が攘夷論者を阿呆《あほう》扱いしゆうがに腹をたてちゅう浪士は、京坂の間に掃いて捨てるばあおる。姉小路殿を斬ったがは、お前さんらあの知りあいじゃろう。お前さんがうちの先生を斬ったら、おのれの値打ちがあがるき、狙うのも無理はない。その気持ちは分かるけんど、乾に秘事を知られたいうて斬るいうがは、愚策じゃ。そがなことをやって、わが身が安泰でおれると思うがか。まわりを見てみいや」

兜は、うしろをふりむく。

いつのまにか高松太郎、近藤昶次郎《こんどうちょうじろう》、望月亀弥太、新宮馬之助、沢村惣之丞、安岡金馬《やすおかかねま》らの土州人と、因州鳥取の剣客黒木小太郎が、刀を提げ、忍び寄っていた。

龍馬はいい聞かせるように告げた。

「お前さんのような爺まを、斬りとうはないが、先生を狙うなら一議に及ばず斬りすてるぜよ。何もいわず、ここから出ていきや。いかざったら俺がお前さんを刀の錆《さび》にしちゃるきのう」

斬人《ざんじん》の数をかさねた兜惣助は、龍馬の言葉が脅しではないと察し、黙って立ちあがり、部屋を出ていった。

乾十郎と兜惣助の企みを龍馬に知らせたのは、伊達小次郎であった。

小次郎は専称寺にいるが、まだ正規の塾生ではなかった。彼はいう。

「私が塾へ入れていただくのは、勉学するためです。いま入塾しても、私のような新参者は軍艦にも乗れず、安治川台場で人足仕事をやるだけですからね。塾中では国事を論ずるか、相撲《すもう》をとるか、酒を飲むほどのことばかりです。私は海軍塾が神戸に移り、勉学できるようになったとき、門人帳に名をつらねさせていただきます。それまで、人足仕事はご免をこうむります」

そういうが、塾中でははたらき者で、汗をかいて廊下の雑巾《ぞうきん》がけをしている姿が、よく目につく。

昶次郎が龍馬にいった。

「あいつは江戸にいるとき、吉原《よしわら》の女郎の間夫《まぶ》をして、金をみつがせていたくらいの男じゃき、顔が陽灼《ひや》けするがをいやがり、砲台普請にいきたがらんがです」

「そうか、なるほど色男じゃきのう。大坂でも女子《おなご》がおるがかよ」

「おるどころか、町家の娘までひっかけちゅうと噂です」

「おもしろい奴じゃ。箒《ほうき》のたちじゃな」

箒というのは、つきあう女性を転々と変えることである。

「お前《ま》さんとは反対ですろう」

祖次郎が笑った。

龍馬は大坂で、たまには祖次郎に誘われ妓楼《ぎろう》へ足をむけることもあるが、稀《まれ》であった。彼はひとりの相手と情を交わし、惚《ほ》れこむたちである。

お琴《こと》、千葉佐那、お田鶴《たず》の俤《おもかげ》が、いつも胸中に揺曳《ようえい》している。

麟太郎が将軍家茂の乗る順動丸で、江戸へむかったのは、十三日の四つ（午前十時）頃《ごろ》であった。

龍馬たちがバッテイラで天保山沖まで見送ったあと、専称寺へ帰ると、住吉陣屋から望月清平がきていた。

「清平さん、しばらくじゃのう」

龍馬が笑顔でいうと、清平は暗いまなざしをむけた。

「龍やん、悪い知らせが国から届いたぜよ」

「えっ、何事じゃ」

「健太、収二郎、哲馬が、この八日に殿さんの直命で、腹を切らされたちや。正月に藩風改新のため、青蓮院宮に令旨《りようじ》を頂戴《ちようだい》したことの咎《とが》めをうけたがじゃ」

望月清平は、平井収二郎の従兄《いとこ》であった。彼は弘瀬健太、間崎哲馬と収二郎の最期について語った。

「半平太さんは三人が入牢《にゅうろう》と聞くと、すぐに容堂公に目通りして、あれらあは私心ありて動きしにあらず、憂国の情によってなせしものなれば、なにとぞ恩赦のおはからいを賜りたしと願うた。容堂公は機嫌よう、含みおくであろうというたというけんど、その場かぎりの返事じゃったがよ。

収二郎と健太は見事な最期じゃったと聞いたが、哲馬は酒に深酔いして、従兄の卓一郎に介錯《かいしゃく》してもろうたがじゃ。半平太さんはその晩は眠られんと、せめて肩衣《かたぎぬ》でも着せて、立派に死なせてやりたかったと、いいつづけちょったそうじゃ」

「京都やら江戸で、諸藩に名を知られた智恵者《ちえもの》らあが、どういてそがな目に遭わされるろう。やっぱり顎《あぎ》もやられやせんかよ。それも近いうちじゃ。上士らあは勤王党ばあ目の敵にしゆう。叩《たた》きつぶしたいがじゃろ」

龍馬は三人の俤をしのびつつ、こみあげてくる悲哀をおさえた。

苦難をわかちあってきた彼らは、遠いどこかへ去っていった。

腕を組み、縁先の柱にもたれていると、庭先に黒影が近づいてきた。兜惣助の朋輩の水戸浪士である。

「坂本氏はおられますか」

「俺はここにおるぜよ」

「この先の東堀の川端まで、ご足労願いたいと兜が申しています」

「よし、淡路町《あわじまち》の通りをまっすぐ北へ上るき、待っちょりや」

水戸浪士は闇に消えた。

沢村、望月、高松らがいった。

「まっことしつこい爺《じん》まじゃ。龍やんと果たしあいするつもりじゃろう。相手にせられん」

だが龍馬は立ちあがり、麟太郎の居室へはいると、刃渡り二尺八寸にある大《おお》業物《わざもの》を手につかんできた。

「先生にことわりなしに借りるのは悪いけんど」

彼はそういいながら、重たげな刀を腰に差し、庭に下りる。

小丸提灯《こまるぢようちん》を提げた沢村、望月、高松、黒木、新宮が龍馬についてきた。

「大層なことにはならんき、おんしらはこんでもえい」

龍馬がいうが、沢村たちは聞きいれない。

「伏兵いうこともあるき、用心せにゃならん」

宵のうちであったが、世間が物騒なので、商家は大戸を下ろし、道筋の縁台で人影が団扇《うちわ》を使いながら、夕涼みをしている。

蝙蝠《こうもり》の舞う東堀筋へ出ると、人の気配のない土蔵の並ぶ辺りに、提灯の光が幾つか見えた。

「あれじゃ」

龍馬が歩み寄ってゆく。

両肩の張った兜惣助が、近づいてきた。

「坂本か」

「そうじゃ。何の用事じゃ」

「儂《わし》は乾を逃がした貴様《きさん》を許せぬ。果たしあいをしろ」

龍馬は低い声で応じた。

「おおかた、そがなことじゃろと察しはつけちょった。人目につかんうちに早うやろうぜよ。見届け人は、双方不足のない数がついちゅう」

惣之丞がとめた。

「龍やん、こがな阿呆と命のやりとりをするがか。やめちょき」

龍馬は応じなかった。

「ここで惣助とけりをつけざったら、いつまでもあとを引くき、やろうぜ。おんしらは、まわりにおって見届けよ」

龍馬よりいくらか背丈に劣る惣助は、静かに刀を抜き、下段青眼《せいがん》にとった。たがいの間合は五間、惣助は爪先《つまさき》に砂を噛み、腰をおとし前に出てくる。惣助は撃尺《げきしやく》の間合に入ると、すくいあげるように大剣を振りあげ、相手の刀を下からはねとばし、打ちおろす技が得意である。相手は落雷のように激烈な一撃で、体を断ち割られる。

龍馬は惣助より遅れ、麟太郎の居間から無断借用してきた大業物を、高めの中段にとり、切先《きつさき》をいくらか右へ寄せ、むぞうさに歩み寄ってゆく。

右足を常に前に出す、右半身の体勢をとった二人の間合が、一間を切ろうとした。

惣助が気合とともに剣尖《けんさき》をあげかけたとき、龍馬の刀が、惣助の刀の棟を一撃した。道場での竹刀稽古《しないげいこ》のとき、相手の竹刀を叩き落とす要領である。

チャリンと冴《さ》えた音がして、惣助の動きがとまった。彼の刀身が、鍔《つば》もとから三寸ほどを残して折れ、地面に落ちた。

龍馬はすかさず踏みこみ、刀を上段にふりかぶった。

惣助は飛びさがって、差し添えの脇差《わきざし》の柄《つか》に手をかけたが、龍馬の太刀先《たちさき》を胸もとにつきつけられ、観念した。

兇惣助は静かにいった。

「儂が負けたよ。何とでもせい」

龍馬は油断なく惣助の動きを見守りつつ、答える。

「あと腐れがないようにするなら、ここでおんしの頭の鉢を粉みじんにするところじゃが、俺は虫やら殺しとうないたちじゃきのう。見逃しちゃらあ。塾の邪魔さえせざったら、それでえい。先生をまた狙いくさったら、そのときは命がないと思うちょき」

「分かった、貴様の前には二度と姿を見せぬことにしよう」

惣助は朋輩たちを連れ、本町橋《ほんまちばし》のほうへ去っていった。

惣之丞、亀弥太らが龍馬を取り巻く。

「龍やん、ひと打ちで惣助の刀を打ち折ったがは、えらい手のうちぜよ」

「まっこと見事じゃった。しょう強うに打ったがじゃろうが、刀は刃切れせざったかよ」

龍馬は笑った。

「これは、ただの刀じゃないきんのう。先生が大坂町奉行から貰《もろ》うた、捕物《とりもの》に使う鉄刀じゃき、刃切れらあしやせん」

惣之丞たちは眼を見張った。鉄刀とは、刀の形をした鍛鉄の延棒《のべぼう》で、刃はついていない。

なみの刀の二倍をこえる重みがあり、刃筋を立てることなく、あらゆる方向から打ちこみ、敵の刀や手足を折ることができる。刀身の重量は五百匁もあるので、人の頭蓋《ずがい》を砕くのはたやすい。

惣之丞は龍馬から鉄刀をうけとり、振ってみておどろきの声をあげた。

「こがな物で殴られりゃ、折れん刀はなかろう。惣助もびっくりしたろうのう」

龍馬は兜惣助を追いはらった翌日、高知の姉に千葉佐那を紹介する手紙を送った。

「此《この》は（な）しハ、まづ〳〵人にゆハれんぞよ。すこしわけがある」

という前書きがある。

「此人《このひと》ハおさなというなり」という文字は、気恥ずかしいのかちいさい走り書きであるが、すぐに気をとりなおしたかのように大きな字になる。

「本《もと》は乙女といゝしなり。今年廿六歳ニなり候《そうろう》」

闊達《かったつ》な筆跡は、いよいよ大きくなる。

「馬によくのり、剣も余程手づよく、長刀《なぎなた》も出来、力《チカラ》ハなみ〳〵の男子よりつよく、先《まず》たとへバうちにむかしをり候ぎんという女の、力料《りきりようばかり》斗もご座候べし。かほかたち平井（加尾《かお》）より少しよし」

千葉佐那の紹介は、なおつづく。

「十三弦のことよくひき、十四歳の時皆伝《カイデン》いたし申候よし。そして ゑもかき申候。

心ばへ大丈夫ニて男子などをよばず、夫《それ》ニいたりてしづかなる人なり。ものかずいはず、まあ〳〵今の平井〳〵。

○先日の御文難《ありがたく》レ有拝見、杉山へ御願の事も拝見いたし候。其《その》返しハ後より〳〵。

十四日　　龍

乙様　」

この手紙は、かつて龍馬と仲がよかった平井加尾を引きあいに出し、佐那が現在の意中の人であることを、乙女に知らせたものである。

当時、龍馬は麟太郎の門人として、京都と江戸のあいだをしばしば往来していたので、千葉道場へ寄宿する機会も多かった。佐那との交情が、深まっていたのであろう。

文中、杉山へ御願の事というのは、龍馬より六歳年下の同志池内蔵太《いけくらた》の母親杉山氏への頼みごとであった。

内蔵太は用人であった父才右衛門の没後、三人扶持《ぶち》切米《きりまい》七石で家督を継いだが、公用で江戸へ出府した帰途、文久三年五月二十六日、大坂で行方不明になった。土佐藩を離れ、勤王激徒の群れに身を投じたのである。

公用途上の脱藩であるため、家禄《かろく》は没収され、母、若妻と幼い娘は先祖伝来の家を追われ、親戚《しんせき》を頼る窮境に陥った。

龍馬は、悲嘆にくれているであろう内蔵太の母、杉山氏をなぐさめる長文の手紙を送った。

「いさゝか御心をやすめんとて、六月十六日に認《したため》候文」

という書きだしの文章は、藩侯批判からはじまる。

「いま、朝廷の思召《おぼしめ》しをつらぬくこともせず、土州はじめ諸藩の殿様がたは、皆帰国しています。

土州の殿さまもそうだが、江戸、京都でへらへらと国家を憂えるの、すべったのとやかましくいい、情勢がむずかしくなってくると、国許《くにもと》を固めるとか理由をつけて逃げます。

将軍さえ江戸へ帰り、神州と口先でいうばかりで、天子さまをどの地に置くかも定められない有様です。

そのため、数ならぬ身のわれわれが、何としても天子さまの御心をやすめ奉らねばならない。朝廷は、国よりも父母よりも大事にすべきものである。

内蔵太の御親類、母上は、国抜けをし、父母や妻子を見捨てるのは、大義ではないとお考えかも知れないが、それはヘボクレ役人や、ムチャクチャおやじの我国ヒイキ、我家ヒイキで、男子としていうべきことではありません。奥さんがたも、ヘボクレ意見に同意して、メソメソ泣いては、内蔵太をはずかしめるものです」

京坂では、攘夷浮浪の徒の傍若無人のふるまいが、日を追い激しくなっていた。横浜貿易に関係して利益を得ている町人たちが、彼らの暴行をうけた。人を殺し、火をかけるという張り紙をして、白昼に数十人が集まり、家屋を打ちこわし、物を盗みだし、捕吏をはばかる様子もない。

富商の所有する貸家などは、ここからここまでと印をつけ、火を放つ。火消人足が消火しようと出向くと、浪人どもはたちまち刀を抜き、斬りすてるので、手のつけようがない。

攘夷浪士に目をつけられた町人たちは、家財を捨て、身を隠さざるをえなくなった。

京都守護職預かりの浪士団新選組が、この頃から洛中《らくちゅう》取り締まりに威力を発揮しはじめた。彼らはいずれもひとかどの剣術の遣い手で、命しらずの乱暴者が揃っている。

新選組局長近藤勇が定めた「局中法度書《はっとがき》」はつぎの五カ条であった。

「一、士道ニ背キ間敷事《まじきこと》

一、局ヲ脱スルヲ不許《ゆるさず》

一、勝手ニ金策致不可《いたすべからず》

一、勝手ニ訴訟取扱不可

一、私ノ闘争ヲ不許

右条々あいそむき候わば、切腹申しつくべく候也」

という簡単きわまりないものである。敵と斬りあい倒すことなく、後ろ傷をうければ、もちろん切腹である。

このため、彼らの攘夷浪士の取り締まり、市中巡察は殺気に満ちていた。京都の町人たちは、彼らを「壬生浪《みぶろ》」と呼び、恐れた。

世情不穏の折柄、六月二十六日の朝、海軍塾の玄関が騒がしくなった。

「なんじゃ。誰ぞきよったか」

龍馬が部屋で寝ころび、筆をひねって土佐の乙女あての手紙を書きかけていると、近藤昶次郎が駆けつけてきた。

「龍やん、一大事じゃ。長州の侍らあが五十人ばあ押しかけてきて、塾頭に会いたいいゆうぜよ」

うつ。

大勢の若侍が庭にまで溢《あふ》れている。家内に籠《こも》っている暑気で、人いきれが鼻を

龍馬は丸腰で玄関に出た。

「ほいたら、しかたない。会うちゃるき」

「いま他出しちゅう」

「佐藤さんは、おらんがか」

——誰ぞ、わきがの奴がおるがか——

龍馬は顔をしかめ、突然の訪客の前へ立ちはだかった。

長州藩士の主立った者は、龍馬が玄関の衝立《ついたて》を背に端座すると、睨《にら》みつけていった。

「いま勝殿は将軍家を海路江戸へお連れいたしておられると聞くが、塾長殿に是非にもご面晤《めんご》のうえ、お頼みいたしたき儀がありまする」

「塾長佐藤与之助はただいま他出して塾にゃおりません。ご用の趣《おもむき》は私が承りましょう」

「失礼だが、ご尊名を承りたい」

龍馬は、単衣《ひとえ》の襟《えり》をくつろげ、胸毛を撫《な》でながら答えた。

「そちらから名乗らず、俺の名を聞かれるがか。まあえい、俺は萩《はぎ》の城下、下関

へたずねたこともある、坂本龍馬という者で、勝先生の留守中は、佐藤氏といっしょに塾を預かっちゅう者です。尊藩の久坂氏、桂氏らあとも面識があります」

筋骨たくましい若侍は、うなずいた。

「これはご無礼しました。私は大音龍太郎《おおどりゅうたろう》という者です。今日おたずねしたのは、いま大坂城代屋敷に身柄を預けられておる、小笠原図書頭を斬る同志を、募るためです」

龍馬はふだんの通り、ゆるやかな口調でいった。

「図書頭長行《ながみち》殿は、このたび幕府より老中格を免ぜられたが、そのうえの罰をこうむってはおられぬ。唐津《からつ》藩世子たる図書頭殿を、貴公らが斬るとは、おだやかな話ではありません」

大音は険しい声音でいった。

「坂本さん、あんたも土佐勤王党の同志なら、図書頭が京師《けいし》へ兵隊を連れ乱入を企てたことはご存知でしょう」

「よう知っちょります」

「朝廷を覆し、主上を彦根へ移し奉ろうとはかりし大逆人を、生かしておいていいものですか。われらは許しておけません。そのため、貴塾中の尊攘の志ある方々をお誘いに参ったのです」

龍馬は大音と壮士たちの気配をうかがいながら、答える。

「そがなことは、幕府が裁決することですろう。あなた方がおやりになされば、私闘じゃき、弊塾の者は一人もお力添えはできませなあ。もしあなた方についてゆくと申す者がおれば、俺がとめます」

若侍のひとりが叫んだ。

「こやつは幕府の犬か。斬れ、斬れ」

龍馬は悠然と細い眼差しを、声のほうへむけた。

「この龍馬は、ただじゃ斬られやせん。塾中にも血の気の多い者が、三十人ばあ、ごろごろしゆうぜよ。お前《ま》さんらも、相手を見てものをいいや」


龍馬は六月二十八日と二十九日の両日に、乙女へ書状を送った。

二十八日のものは、天下に事をなすほどの人物であれば、潮時を見はからい行動しなければならないという、内心をうちあけたものである。

「天下に事をなすものハ、ねぶともよく〳〵はれ《（腫）》ずてハ、はりへハうみ《（膿）》をつけもふさず候」

尊攘激派の連中が見れば、どのような誤解をうけるかも知れないので、龍馬は末尾に付記する。

「此《この》手がみ、人にハけして〱見せられんぞよ、かしこ」
二十九日にしたためた書状は、激動する時勢のなかで、いかに生きるべきかを率直に語り、乙女が夫岡上新甫《おかのうえしんすけ》との不仲を嘆くのをなぐさめた、長文である。
「この文ハ極《ごく》大事の事斗《ばかり》ニて
けしてべちや〱シヤベクリにハ
ホ、ヲホ、ヲいややの、けして見せられる《（ぬ）》ぞへ」
という前書きである。

「六月廿日あまりいくか《（幾日）》ゝ、けふのひハ忘れたり。一筆さしあげ申候。先日杉の方より御書拝見仕《つかまつり》候。ありがたし。

私事も、此《この》せつハよほどめ《（芽）》をいだし、一大藩（ひとつのをゝきな大名）に、よく〱心中を見込てたのみにせられ、今何事かでき候得《そうらえ》バ、二三百人斗《ばかり》ハ私し預候得バ、人数きまゝにつかひ申候よふ相成《あいなり》、金子《きんす》などハ少し入よふ《（用）》なれバ十、廿両の事は誠に心やすくでき申候」

土佐藩郷士の弟という、とるに足らない身分の龍馬が、麟太郎の門人としてしだいに頭角をあらわし、松平春嶽の知遇を得るようになったのは、日本が存亡の危機に至ったためである。

攘夷をいちはやく実行した長州は、諸国艦隊に攻められ、敗北を喫していた。

「然《しかる》ニ誠になげくべき事ハ、ながと《(長門)》の国に軍《ユクサ》初《はじま》り、後月《あとげつ》より六度の戦に日本甚《ハナハダ》利すくなく、あきれはてたる事ハ、其長州でたゝかいたる船を、江戸でしふく《(修復)》いたし、又長州でたゝかい申候。

是《これ》皆姦吏《カンリ》の夷人《イジン》と内通《ナイツウ》いたし候ものニて候。右の姦吏などハよほど勢もこれあり、大勢ニて候へども、龍馬二三家の大名とやくそくをかたくし、同志をつのり、朝廷より先ヅ神州《しんしゅう》をたもつの大本《タイホン》をたて、夫《それ》より江戸の同志（はたもと大名其余段々）と心を合セ、右申所の姦吏を一事に軍いたし打殺、日本《ニッポン》を今一度せんたく《(洗濯)》いたし申候事ニいたすべくとの神願《ガン》ニて候」

六月五日の朝、フランス東洋艦隊旗艦セミラミス号とコルベット艦タンクレード号が、下関を砲撃した。

搭載砲三十五門のセミラミス号は、六十ポンドライフル砲を咆哮《ほうこう》させ、圧倒的な火力で砲台を沈黙させたのち、陸戦隊七十人、水夫百八十人が上陸した。

彼らは砲台の砲口《つつぐち》に鉄釘《てつくぎ》を打ちこみ、斧《おの》で砲車を砕き、火を放ち、火薬庫の火薬弾丸を海に投げこんだ。

長州藩は、甲冑《かっちゅう》をつけた武士たちが、外国軍艦の火力のまえに、まったく無力であることを知らされた。

龍馬は、幕府が外国勢力と通じている噂を耳にして、怒りを乙女への書状に記した。

彼は夫との間柄がわるく、悩んでいる乙女に、ひやかすような軽い調子であるが、真情のこもった返答をしている。

「○先日下され候御文の内にぼふず《（坊主）》になり、山のをくへでもはいりたしとの事聞へ、ハイハイヱヘンをもしろき事兼而《コトカネテ》思ひ付おり申候。今時ハ四方そふぞし《（騒々）》く候得ども、其ぼふずになり太極《はなはだごくごく》のくされ〳〵たルけさごろも《（袈裟衣）》をかたにかけ、諸国あんぎや《（行脚）》にでかけ候得バ、西ハながさき《（長崎）》より東ハまつまへ《（松前）》よりヱゾ《（蝦夷）》までもなんでもなく、道中銀ハ一文も用意におよばず。

それをやろふと思へバ、先《まず》つねのシンゴンしう《（真言宗）》のよむかんをんきよふ《（観音経）》、イツカヲしう《（一向宗）》のよむあみだきよふ《（阿弥陀経）》、これハちとふしがありてむ（づ）かしけれど、どこの国ももんと《（門徒）》がはやり申候あいだ、ぜひよまねバいかんぞよ。おもしろや〳〵、をかしや〳〵。（中略）それでしんごんの所へいけバしんごんのきよふ、いつかふしうゑいけバいつかふしうのきよふをよみ（これハとまるやどの事ニて候。ほふだん《（法談）》のよふな事も、しんらんしよふにん《（親鸞上人）》のありがたきおはなしなどする也）いたし、まち《町》を。ひる。おふらい《（往来）》。すれバ、きよふ《（経）》よみ〳〵ゆけバ、ぜに《（銭）》ハ十分とれるなり。

これをぜひやれバ。しつかり。をもしろかろふと思ひ申候。

なんのうきよ《（浮世）》ハ三文五厘よ。ぶんと。へ《（屁）》のなる。ほど。やつて見よ。死だら野べのこつハ白石（チ、リやチリ〳〵）

此事ハ必〻一人リで（中略）いたりやこそ（龍ハはやしぬるやらしれんきに、すぐにとりつく）それハ〳〵おそーしいめを見るぞよ。これをやろふと思へ《ヱ》バ、よく人の心を見さだめなくてハいかん。おまへもまだわか《（若）》すぎるかと思ふよ」

龍馬は、世間には詐欺師盗賊のたぐいが横行している状況を、乙女に知らせる。

「又けしてきりよふ《（器量）》のよき人をつれになりたりいたしたれバ、ならぬ事なり。ごつ〳〵いたしたるがふぢよふ《（強情）》ばんバ《（老婆）》のつよ《（強）》ばんバでなければバいかん。たんほふ《（短砲）》。をバ。さんゑぶくろ《（三衣袋）》の。内にいれ、二人か三人かででかけ万〻《マンマン》一の時ハ、グワンとやいて、とふぞく《（盗賊）》の金玉までひきたくり申候」

幾人かの仲間と旅に出なければ、ひとりでは危ない。頭陀袋《ずだぶくろ》に短銃を入れておき、万一のときは、悪党を撃ち殺す心構えでなければならないという。

「私しおけ《（決）》してながくあるものとおぼしめしハやくたい《（益体）》ニて候。

然ニ人並《ナミ》のよふに、中〻めつたに死なふぞ〳〵。

私が死日《シヌルヒ》ハ天下大変にて生ておりてもやくにたゝず、おろんともたゝぬよふニならねバ、中〻こすいいやなやつで死ハ《シニワ》せぬ。

然ニ土佐のいもほり《（芋掘）》ともなんともいわれぬ、いそふろふ《（居候）》に生《ウマレ》て、一人の力で天下うごかすべきハ、是又天よりする事なり。
かふ申ても、けして／＼つけあがりハせず、ますます、すみかふて、どろの中のすゞめがい《(蜆貝)》のよふに、常につちをはなのさきゑつけ、すなをあたまへかぶりおり申候。御安心なされかし。穴かしこや。

弟　直陰《なおかげ》

大姉　足下《そっか》

今日ハ後でうけたまハれバ六月廿九日のよし。天下第一おふあら《(大荒)》くれ先生を初めたてまつり、きくめ《(菊目)》石の御君ニもよろしく、むバ《(乳母)》にもすこし、きくめいしの下女（とくますや《(徳枡屋)》へいて《(行)》をりた、にしざいごのこんやのむすめ）にもよろしく。

そして平井の収次郎ハ誠にむごい／＼。いもふと《(妹)》おかを《(加尾)》がなげきいか斗《ばかり》か、ひとふで私のよふすなど咄《はな》してきかしたい。

まだに少しハきづかいもする。　かしこ」

彼はあばたのある姪《めい》の春猪《はるい》と徳枡屋へ奉公に行った下女にも、よろしくと記す。

彼は勝麟太郎、大久保越中守、松平春嶽、横井小楠らに信頼され、一人の力で天下を動かそうという抱負を抱くようになっていた。もとより死の危険にさらされているが、しぶとく生きる自信があると語っている。もっとも信頼する姉に、功名心と危惧《きぐ》をこもごも打ちあけたわけである。

七月になって、攘夷御親征を断行し、国論を統一するという計画を実行に移すため、長州藩を中心とする尊攘派の活動は、火に油をそそぐように激しくなってきた。

御親征によって鳳輦《ほうれん》を男山にすすめ、関東へ勅使を下し攘夷の勅命を伝え、幕府が違勅をすれば討滅する。天皇は都を大坂に移し、王政復古を天下に布告し、大艦を建造し、摂海の防備をかため、兵威をかがやかすというのが、浪士の巨頭真木和泉《まきいずみ》（保臣《やすおみ》）の計画である。

越前に逼塞《ひっそく》している松平春嶽は、近臣青山貞《あおやまてい》と村田氏寿《むらたうじひさ》（巳三郎《みさぶろう》）を京都に先発させた。越前藩兵四千は、六月四日に番頭牧野主殿介《まきのとのものすけ》に率いられ、出京している。

春嶽は尾張、金沢《かなざわ》、小浜、熊本、鹿児島の諸藩と連絡をとるため、松平正直《まつだいらまさなお》、三岡八郎らを派遣した。

尊攘派がこのまま暴走して動乱をひきおこすときは、公武合体派が協力して実力で阻止する準備をするためである。

村田氏寿は、七月四日、前関白近衛忠熙《このえただひろ》に謁し、攘夷親征は叡慮《えいりょ》によるものではないという実情を確認した。

さらに、右大臣二条斉敬《にじょうなりゆき》、内大臣徳大寺公純《とくだいじきんいと》が、鷹司《たかつかさ》関白にさしだした、攘夷親征は自重すべきであるという意見書の内見を許された。

近衛忠煕は村田氏寿にいった。

「越前藩の君臣が、大挙上京して公武一和の実をあげ、国是を定めたいとする存念はよく分かるが、急げば仕損じる。いましばらくはおちついて成り行きを静観しておれ、機が熟せば朝廷より応分の沙汰があるので、そのうえで春嶽が上京、斡旋《あっせん》の尽力を願うべし」

村田はただちに京都を出立《しゅったつ》し、七月六日に帰藩し、春嶽、茂昭《もちあき》父子の上京を延期するよう、進言した。

公武合体派の上級公卿、会津、薩摩両藩が、攘夷親征派の勢力を一挙に排除する方策を、ひそかに練っているという秘密を、うちあけられたのかも知れない。

尊攘派は、越前藩兵四千の実力によって、攘夷実行の変更を企てているとして、春嶽を威嚇する行動に出た。

七月二十七日の夜明けがた、春嶽父子の旅館として借りいれた名刹高台寺《めいさつこうだいじ》を、神火と称し焼き払い、八月十二日、西本願寺用人松井中務《まついなかつかさ》を、姦賊春嶽の策略に通謀したとして、市中で殺した。

龍馬は村田氏寿が京都藩邸に滞在していた六月二十九日、麟太郎の贈物である騎兵銃一挺《ちょう》をたずさえ訪問し、幕府が外国軍艦の攻撃をうけている長州を援《たす》けず、かえって外国と通謀していることを怒った。

　龍馬は村田氏寿と激論を交わした。

「方今天下の形勢を見れば、防長二州は外国に取られますろう。いったん取られりゃ、取り返すがは難儀です。ほんじゃき、いまは有志者がよそごとに眺めていたら、ようない。外国人と談判をして立ち退《の》かせ、国内を整理せにゃならんですろう。そのためには、春嶽侯父子が早う上京なされ、関東の俗吏を退けにゃならんがです」

　村田はいう。

「長州は軽挙をいたし、事を誤った。たとえ外国人が談判に応じ退去しても、償金は払わねばならぬ。そうでなければ、万国に対し日本の不義無道の汚名は残り、永世安全の道をとれぬ。然《しか》るに朝廷では、かえって長州の一挙をお褒《ほ》めなされるほどであれば、償金を払うめどは立たぬ有様じゃ」

「そがな条理もありますろう。けんど、長州は国家のため死を決して攘夷を実行したがですき、援けにゃならんです。防長の地が外国人に奪い取られりゃ、長州人らあは関東へ走って江戸を焼き、横浜を砲撃するかも知れん。そうなりゃ、国難はいまの何層倍にもなりますろう。いまのうちに退去の談判をひらくべきではないですろうか」

「外国人がもし、退去はいたさぬといえばどうする」

「そがなときは、全国一致の力で防戦せんといかんですろう」

「そうか、長州が軽挙をしたため、全国あいともに倒れてもいいというのか」

村田は龍馬を睨みつけていった。

「たとえていえば、朋友数人が同行するうち、その一人が短慮のふるまいにて他人に暴行を加え、争闘となったとせよ。同行者がその一人を助け、他人と戦うは、朋友の義ということかも知れぬ。しかし、一国の臣民が外国の臣民に暴行を加うれば、その君主は理非を鑑別して、公平の処置をとらねばなるまい」

龍馬はなおも反撥《はんぱつ》した。

「長州はたしかに軽挙をいたしたがです。けんどそれよりもまず、度しがたき幕府の姦吏を処置するため、勝、大久保先生に取り急ぎ使いをお出し下され」

龍馬は開国論者であるが、胸中に倒幕の意志を秘めている。

村田とはついに、あいいれるところがなかった。徳川親藩の越前藩士から見れば、龍馬も不穏な考えを抱く激徒であった。村田は朝廷内部でまもなくおこるであろう政変の秘事については、一言も洩らさなかった。

三条実美ら激派公卿がさかんに活動して、大和行幸、外夷親征の勅諚が発せられたのは、八月十三日であった。

天皇は攘夷御祈願のため、神武《じんむ》天皇山陵、春日《かすが》神社に御参詣《ごさんけい》、しばらく御逗留《ごとうりゅう》、御親征の軍議ののち、伊勢に行幸される。親征は、幕府の存在をまったく無視した行動である。

親征に反対しているのは、上位の公卿、薩摩、会津のほか、鳥取藩、岡山藩、米沢《よねざわ》藩、阿波藩である。

八月十四日、薩摩藩士高崎左太郎《たかさきさたろう》（正風《まさかぜ》）が、会津藩公用方秋月悌次郎《あきづきていじろう》、広沢安任《ひろさわやすとう》、大野英馬《おおのひでま》らと三本木でひそかに会合した。

左太郎たちは、大和行幸が、三条実美と長州人らが仕組んだ陰謀で、御親征の途中から幕府に詔勅を下し、天下の政権を手中にせんとするものだが、叡旨《えいし》をほしいままに矯《た》めた偽勅であろうとも、いまに至ってこれを停《と》めるには、兵力を用いるしかないという意見において一致していた。

両藩の実力で、攘夷派公卿と堺町御門《さかいまちごもん》を守衛している長州藩兵を、宮中から追放しなければならない。

天皇が宮中から外出されたのは、上下賀茂社行幸が最初で二度めが石清水行幸であった。淀川をはじめてご覧になり、かような広き流れもあるものかと、驚かれたほどで、御親征となれば、銃砲弾の飛んでくるところへ出ることもあるのかと、ご憂慮されていた。

京都市中は、いまにも戦争がおこり大火事になるかと、戦々恐々としている。

長州藩士らは、貿易商人を脅して軍資金を出させようとした。布屋市蔵から一万五千両、丁字屋吟三郎から一万両などである。

新選組も混乱に乗じて、強盗のふるまいをあえてした。葭屋町《よしやまち》一条通りの大和屋庄兵衛という貿易商に、隊費の借用を強要したのである。押しかけたのは芹沢《せりざわ》鴨《かも》であった。八月十三日、隊費借用を申しいれて断られたので、その晩に大砲を曳《ひ》き出し、焼き玉を土蔵へ撃ち込み焼いてしまうつもりであったが、容易に焼けない。

近所に飛び火して火事になったので、所司代、月番《つきばん》大名の火消しがきたが、隊士が鉄砲を構えていて近寄れない。

翌日の八つ(午後二時)過ぎに土蔵全部を打ちこわし、引きあげた。

このような状況のなか、八月十八日子《ね》の半刻(午前一時)、勅命が下った。

「九門は固くとざし、諸門に警衛の人数をふやせ。守護職、所司代、因州、備前、阿波、米沢は入るを許す」

三条実美、三条西季知《さんじようにしすえとも》、東久世通禧《ひがしくぜみちとみ》ら十三人の激派公卿は、参内を禁じられた。

八月十八日の政変により、長州藩家老益田右衛門介《ますだうえもんすけ》が、三条西季知、三条実美、東久世通禧、壬生基修《みぶもとなが》、四条隆謌《しじょうたかうた》、錦小路頼徳《にしきこうじよりのり》、沢宣嘉《さわのぶよし》の七卿《きょう》を連れ、兵をまとめて立ち去った。

先手は毛利元純《もうりもとずみ》、二番手は岩国勢《いわくに》、三番手は七卿と親兵、殿《しんがり》を固めるのは益田の率いる長州藩兵である。

総勢およそ二千六百人、秋雨の降りしきるなか、洛東妙法院《みょうほういん》に入り、協議のうえ、畿内《きない》で義兵をあげることなく、長州に帰国をきめ、続々と西下していった。

龍馬は、政変のおこったとき、江戸の麟太郎の屋敷にいた。

彼は七月以降、大坂町奉行松平大隅守《まつだいらおおすみのかみ》を佐藤与之助とともに訪れ、攘夷の実行についての意見をおおいに述べた。

「勅命によって、誠実な人らあは奮激し、奸佞《かんねい》の者らあは虚に乗じるたくらみをいたしちょります。イギリス、フランス、オランダ、ロシアと、夷船であれば相手かまわず、わけもなしに撃ちはらえば、皇国は衰微するばかりです。

まず政事をただし、賞罰をあきらかにし、奸物をしりぞけたうえで、懇親すべきものと仇敵《きゅうてき》を弁別したうえで、戦うべきであると存じます」

龍馬たちは、貧弱きわまりない日本の火砲、軍艦の装備を思うと、なんとしても攘夷の実行をこのうえおこなわないよう、要路の人々に説かねばならないと、気が焦った。

龍馬は摂海監察使として、明石に滞在している四条隆謌をたずね、慎重な行動を説いた。

隆謌は三条実美に同調する激派公卿であるが、戦闘についての知識は皆無である。龍馬は、隆謌に謁して、外国軍艦の砲弾のすさまじい破壊力を説明した。

「イギリス、フランスなどの軍艦は、ライフル砲というものを、三、四十挺も積んじょります。砲座は左右いずれにも回転し、椎《しい》の実《み》のように尖《とが》った砲弾を撃ちまする。砲弾は二貫匁から九貫匁で、およそ七十丁は飛びまする。わが砲台の砲弾は旧式にて、八丁ばかり飛び、敵艦に命中したち信管いうものがないきに、すんぐには爆裂せんがです。そがな有様で外国軍艦と撃ちおうたら、小半刻《こはんとき》（三十分）もたたんうちに、砲台は火柱をあげて崩れよります」

砲台に石材を積む人足たちは、安い賃金で酷使されるので、ろくにはたらかず普請は遅々として進んでいなかった。

龍馬はさらに越前福井におもむき、京都の攘夷派の反撥により開国論がにわかにいきおいをひそめた越前藩を奮起させ、松平春嶽の上京実現をはかった。

越前藩政治顧問、横井小楠の時局打開の方針は、公明正大であった。彼はいう。

「外国に対し、理由の立たない攘夷はおこなうべきではないが、天下に攘夷を布告したうえは、その条理を立て、国家の体面を保たねばならない。

そのためには各国公使を京都に招き、将軍、関白をはじめとする朝廷、幕府の枢機に参与する者がすべて出席して談判をおこなう。

その結果、彼我《ひが》の所見を考えあわせ、公明正大に至当とされる条理を決すべきである。

また方今、幕府の秕政《ひせい》（悪政）が百出し、矛盾する政令があいついで出され、治安がおおいに乱れ、人心が動揺するのは、幕府に人材が乏しく、権威が地に墜《お》ちたためである。

こののちは朝廷が万機を主宰され、親藩、譜代、外様《とざま》の差別をせず、国政に参与させ、諸有司も諸藩から適材を選抜任用すべきである」

龍馬は小楠の持論に、手を打って賛成した。

「拙者は以前より、国難を挽回《ばんかい》するため、春嶽侯御父子、長岡良之助（細川護《ほそかわもり》美《よし》）殿と容堂の四人が上京し、大策をあぐべしと申しよります。いまはどがな脅しをかけられても、開国策をつらぬかにゃ、ならんですろう」

龍馬は、小楠に伴われ春嶽に謁し、開国の大義を説いた。

春嶽は、ゆるやかな口調で、ひとを笑わせる諧謔《かいぎゃく》のつぼをこころえている、土佐の壮漢と語るのが好きであった。

「お殿さまが、お腰をおあげになって、廻《まわ》り舞台をお回しなさらにゃ、天下は傾《かや》ぶくやも知れませんき、なにとぞ早急のご出馬を願いあげ奉りまする」

春嶽は龍馬と小楠、三岡八郎らと酒盃《しゅはい》をあげるうち、迷いを捨て、上京するつもりになった。

だがその矢先に、京都の宿所高台寺を攘夷派に焼かれ、また出京をためらった。

龍馬はそのまま江戸へ出て、麟太郎と大久保越中守に、現況打開の策をたずねた。

江戸市中にも、無頼の浪士が横行していた。かつて清河八郎に率いられ京都へゆき、また江戸に戻ってきた浪士組は、傍若無人のふるまいをする。

豪家に押し借り強盗をする。茶屋料理を無料で飲食する。なかには両国《りょうごく》の見世物小屋に連れてきていた、象の鼻を切ると脅した者もいた。

象の鼻を切るといって、興行師を脅迫したのは、大坂で剣術道場をひらいていたという二人の浪人である。

彼らは浪士組に加入を申しこんだが断られ、その後江戸にとどまっていた。

象が鼻を切られると死ぬので、興行主はひたすらあやまって、事を穏便に済まそうとした。浪士たちは、金子を所望した。

「斬らすことができないと申すなら、然るべき挨拶《あいさつ》をしろ」

彼らは幾らかの金を脅し取り、吉原の妓楼《ぎろう》にでかけ、象の話をした。廓《くるわ》の娼妓《しょうぎ》たちは、廓外に出るのを禁じられているので、珍しい象を見てみたいという。浪士たちは酔いに乗じて答えた。

「よかろう、それならば皆に見せてやるぞ」

彼らは屋形船三艘《そう》を雇い、数十人の娼妓を乗せ、山谷堀《さんやぼり》から漕《こ》ぎだして両国に出て、象を見せてやった。

娼妓らはよろこぶ。

「こんな生きものが、この世にあろうとは、知らなんだ。ほんに眼の法楽《ほうらく》でありんす」

浪士たちはしだいに放埒《ほうらつ》な気分になってきた。

「ここまできたついでに、深川《ふかがわ》まで遊山《ゆさん》に参ろう」

二人は河岸に軒をつらねる料理屋へ屋形船を乗りつけ、酒、刺身などあらゆる料理を注文して代金を払わない。

乱暴のかぎりをつくすが、ことわれば斬り捨てられるので、誰も苦情をいわず、唯々《いい》として求めに応じる。

浪人たちの所業があまりに世間の評判となったので、浪士組の有志が二人を捕え、首を刎《は》ねて、両国広小路《ひろこうじ》の酒屋の前で、梟首《きょうしゅ》にした。

こんな事件がおこるのは、幕府町奉行所の声威が地に墜ちているためであった。幕府役人に、命を捨てても職務を遂行しようという気魄《きはく》のある者は、まったくいないので、攘夷派の尻馬《しりうま》に乗って、悪党たちが騒ぎまわる。

龍馬は、物騒な夜中でも単身で歩きまわるので、千葉重太郎は門人一人を常に彼と同行させた。重太郎はいう。

「おぬしは腕に覚えがあると思っているかも知れねえが、斬りあいばかりは出た所《とこ》勝負で、ふだんの地力を出せずに死ぬ者もいる。うしろには眼がないんだから、ひとり歩きはつつしめ」

麟太郎は残暑のなか、ひぐらしの声に送られ登城してゆくと、夕方下城して、龍馬を相手に心中のいらだちを口にする。

「今日、中納言（慶喜）殿はじめ老中、目付が大勢集まり、鎖港談判がこじれて戦争となれば、いかに防禦《ぼうぎょ》すべきかとの相談をやったよ」

「どがな意見が出ましたろうか」

「あいもかわらず、役立たずの空論ばかりだ。二十四隻の四カ国艦隊を目前にして、打つ手があれば、こっちが聞きたいよ。俺はいってやったさ。戦争はやってみなきゃ分からねえ。兵は拙速を貴ぶというから、前もっていろいろ相談すれば、かえって機密が敵に洩れて害になるとね。勝算はもとよりない。朝廷からの勅命でよんどころなく横浜鎖港をやるんだから、上下《しょうか》ともに死ぬ覚悟をきめなきゃしかたがねえだろう」

幕閣要路の人々の海陸警衛方針は、武事をまったく知らない者の空論であるため、麟太郎が思わず憤激して口調が荒くなると、「勝は暴戻《ぼうれい》の徒だ」と陰口をきかれる。

麟太郎は気苦労の絶え間がなかった。

八月十六日、大目付松平備後守《びんごのかみ》が軍艦奉行を命ぜられたので、軍艦操練所頭取荒井郁之助以下教授方が、病気と称し退役を願い出た。海軍の事を理解できない奉行のもとでは、はたらけないというのである。

麟太郎は、荒井たちを翻意させねばならない。

「すでに上様には鎖港談判御決定になり、各々が必死の覚悟で戦闘準備をすべきとき、頭取以下ことごとく病気で引き籠るとは何事か。

もし俺ひとりが事態切迫の場合、軍艦のすべてを動かさんとすれば目が届きかね、故障がおこるときは切腹しても申しわけが立たぬ。早々と翻意せよ」

十九日に登城した麟太郎に、龍馬は警固役として従った。御用部屋から出てきた麟太郎は、歩きながら、龍馬に小声で話した。

「密談は、歩きながらするに限る。天皇が春日神社から伊勢へ鳳輦《ほうれん》をすすめられるそうだ。攘夷の遅滞を責められ、関東征討に及ぶかも知れねえというんだ。俺は一切、評定の座ではしゃべらなかったぜ。幕府の腰が砕けず、長州ら攘夷派と一戦するつもりなら、そのときはいかようにもはたらくさ」

長州との交渉は極度に緊迫していた。いまにも戦争になりかねない状況である。

幕府は長州が関門《かんもん》海峡を通過する外国船を砲撃し、アメリカ、フランスの軍艦から大打撃をこうむった事件が、日本側の秩序を乱す行動であるとして、問責の使者を乗せた朝陽丸を派遣したが、長州に拿捕《だほ》されたのである。

朝陽丸の事件は、問責の正使として長州へむかった旗本中根一之丞の従者が、八月二十一日に江戸城に戻りつき、事情を報告して、はじめて分かった。

朝陽丸が品川沖を出帆したのは、七月十三日であった。長州藩では、下関の対岸の小倉《こくら》藩領に押しいって、砲台を築く無法をおこなったので、幕府は見逃せなくなった。

中根のほかに、小人目付《こびとめつけ》中縫鉄助、鈴木八五郎が随行した。朝陽丸は七月二十三日、下関にさしかかると、長府藩城山砲台が号砲を発したので、戸崎青浜《あおはま》沖に碇泊《ていはく》した。

翌二十四日、朝陽丸が青浜から下関に到着したが、そのあいだ、諸砲台から威嚇砲撃をうけた。下関に入港し、錨を下ろすと、奇兵隊士《きへいたいし》らが小舟に乗り、四方から取りかこむように押し寄せてきた。

下関には、高杉晋作《たかすぎしんさく》の率いる奇兵隊と、上士で編制された先鋒隊《せんぽうたい》がいた。彼らは中根に来意を問い、艦内に小倉藩士を乗せていないかと詰問する。

小倉藩士二人が乗っていたので、火薬庫に隠し、小人目付中縫、鈴木が上陸して、将軍の書状をたずさえてきたので、藩主に取りついでもらいたいと申し入れた。

長州藩主は小郡《おごおり》で、将軍の書状をうけとるということである。小郡の本陣まで、朝陽丸か長州藩船でくるよう指示してきた。

交渉しているあいだに、長州藩兵が護衛と称し、続々と乗りこんできて、艦は占領されたも同様になった。

二人の小倉藩士は、船底の火薬庫にひそんでいたが、追いつめられ自殺した。

奇兵隊士らは、中根一之丞に強要した。

「幕府は攘夷をなされぬからには、軍艦は無用の長物でござろう。弊藩に拝借いたしたい」

一之丞は陸路をとり、小郡に出向いた。随行の中縫、鈴木と従者たちも同行した。旅館に到着したのち、一之丞がもたらしたのが将軍直書《じきしょ》ではなく、老中の沙《さ》汰書《たしょ》であると分かったので、藩主毛利慶親《もうりよしちか》は会わず、郡奉行《こおりぶぎょう》が応対した。

詰問書をうけとった長州側は、朝廷の御沙汰により攘夷を実行したまでで、幕府に落度を指摘されるいわれはないと、はねつける。

下関の朝陽丸は、長州藩兵に乗っ取られてしまった。

中根らは、小郡の旅館に逗留していたが、ある夜、数人の壮士が斬りこみ、小人目付鈴木八五郎ら三人を斬殺し、違勅の罪人に天誅《てんちゅう》を加えたと称した。

一之丞は、朝陽丸を取り戻すのをあきらめ、便船で江戸へ帰ろうとしたが、彼もまた壮士たちに斬られた。

麟太郎は下城して、龍馬に事情を語り、慨嘆した。

「中根ごとき者に、老中の詰問書を持たせていけば、取っつかまってひでえ目に遭わされるのは、目に見えていることさ。いまになっても、長州藩が幕府の威光に恐れいると思っているんだから、念の入った馬鹿者が揃っているのさ。朝陽丸を分捕られて、それを取り返そうという者がいない。まもなく戦争がはじまると大いに恐怖するばかりだ。まったく情けねえていたらくさ」

八月二十三日、登城した麟太郎は、夜が更けて下城した。

龍馬は八月十八日におこった、京都でのおどろくべき政変についていろいろと聞かされた。

「薩摩が主になって、会津と力をあわせ、国事掛の公卿たちを朝廷から追っ払い、長州藩も堺町御門の守衛を免ぜられ、京都から立ち退いたそうだ。攘夷派はこれで総崩れだが、朝威、幕威はともに地に墜ちてしまったな。一雄倒れて一雄おこるだ。俺はそっと周防《すおう》殿に秘策を申しあげておいた。

このときにあたり、公方様が日を置かずご上洛なされ、赤心誠実をもって天朝を警衛すべきだとな。

公方様が天下の大道を説かれ、旧弊をあらため、大坂城におとどまりなされ、天下に誠実を披瀝《ひれき》すれば、奸雄どもが頭をもたげることはできねえよ」

周防殿とは、老中板倉周防守である。

龍馬はいった。

「ほんなら、公武一和か。先生と大久保さま、春嶽侯、それに土佐のご隠居のおはたらきなされるときが、きたがです。しかし、土佐勤王党はこれで息の根をとめられますろう」

龍馬の、よみあざ（そばかす）の目立つ陽灼けた顔に、憂いの濃い影が宿った。

麟太郎がうなずく。

「武市半平太は在国しているゆえ、ただではすむまい。京坂にいる勤王党は、長州へ逃げるよりほかに、手はなかろう。以蔵はまだ京都にいるのか」

いた。


「そうじゃろうと思いますが」

「あれを、なんとかできねえものか。以蔵をかばう武市がいなくなれば、捕縛されるのは、目に見えているからな」

神戸に建てている海軍塾は、まもなく完成する。操練所の普請も、はじまっていた。

麟太郎はいった。

「俺の門下生には、土佐藩から一指も触れさせせねえよ。かくまってやりたい者がいるなら、もっと連れてこい」

龍馬は九月二日、麟太郎に従い順動丸で品川沖を出帆し、大坂へむかった。順動丸には老中酒井雅楽頭《さかいうたのかみ》、大目付渡辺肥後守《わたなべひごのかみ》、目付戸川鉡三郎《とがわばんざぶろう》、高力直三郎《こうりき》、禁裏付小栗下総守《おぐりしもうさのかみ》、奥御祐筆《おくごゆうひつ》小野田吉次郎、ほか酒井家家来が乗船する。

酒井は幕府の使者として上京し、事変の実情を調査する役目を帯びている。麟太郎が酒井に意見をくりかえし述べるのを、龍馬は隣室で聞いた。

「ただただ京師の事変ご訊問《じんもん》を主とし、上様の御意向をご誠実にあいつらぬくのみにて足り申すべく、かねて関東にて相談いたしおる鎖港などの儀は、臨機応変にお答えなされ、然るべし。何事もお取りつくろいなく、ご誠実の旨に叶《かな》うがようござりまするる」

順動丸は、途中機関が故障し、浦賀船渠《ドック》で修理、夜出帆した。

三日は遠州灘で大西風《おおにし》を受けたので、針路を変え、鳥羽安乗《とばあのりのみなと》湊に避難、碇泊した。

四日に安乗を出て、機関を動かし、紀州大島《おおしま》に着船したが、荒天のため七日まで碇泊し、八日に紀州沖に達し、九日に天保山沖へ錨を下ろした。

龍馬は沢村惣之丞、近藤昶次郎らと同様に、船酔いをめったにしない。酔うと舷側《げんそく》から嘔吐《おうと》を数回すれば気分がさわやかとなり、作業にさしつかえるようなことはなかったので、釜焚《かまた》きの荒仕事もやってのけた。大坂の専称寺へ戻ると、佐藤与之助以下の塾生が、荷物をまとめ、転居の支度をはじめていた。望月亀弥太が龍馬にいった。

「龍馬さん、この二十四日の晩に神戸の塾へ宿替えをするぜよ」

「普請はもう済んだかよ」

「厩《うまや》がまだできちょらんけんど、ほかは皆できちゅう。塾は三間に十間の手広いものぜよ」

「京都で国事御用掛の公卿衆と、長州勢が、追い払われたそうじゃのう」

「いん、土州者では吉村虎太郎《よしむらとらたろう》、那須信吾、池内蔵太《いけくらた》らが、御親征のさきがけに大和へ出かけ、十津川《とつがわ》衆らあを糾合《きゅうごう》して天誅組《てんちゅうぐみ》と唱え、五条代官の首を斬ったり、高取城《たかとり》を攻めたり、戦《ゆくさ》のようなことをやりよるげな」

「そがなことをしよっても、自滅じゃろ」

「勤王公卿の中山忠光が画策に乗せられたがよ」

龍馬はしばらく黙っていたが、やがて溜息《ためいき》をついた。

「どれもこれも、猪武者《いのししむしゃ》じゃき、気がせきよるばあじゃ。大勢を読みとれんき、仕様ないがじゃ。こんどは顎《あぎ》らあがやられる番ぜよ」

雨が降るたびに風が肌につめたくなってゆく季節であった。

龍馬は麟太郎に従い、あわただしい日を過ごしていた。順動丸を兵庫へ廻航《かいこう》し、漏水箇所修復の作業を、荒井郁之助のもとでおこなう。

作業のあいだに、船内で塾生田中万蔵が短銃をいじっているうち誤って暴発させ、弾丸が頭を貫き、即死する事故がおこった。

麟太郎は老中、大坂町奉行、熊本藩、薩摩藩の使者と会談し、席のあたたまる間もない有様である。

彼は霖雨《りんう》の降る日暮れどき、塾生数人に護衛させ駕籠で専称寺へ帰ってくると、龍馬にいった。

「今日は長州の桂小五郎と会って、こんなに長え手紙をもらったよ。あとでゆっくり目を通すがね。あの男も商売気があって、頭のいい奴だね。近頃、鎖港攘夷は、尊攘激徒の連中も、できやしねえと知っているといってたぜ。ただ、それを口実として国内を動揺させ、風雲の機会に乗じようとしているだけだというんだ。すなおに本音をいうじゃねえか」

龍馬たちは、毎日専称寺から神戸海軍塾へ、引っ越しの荷物を運んだ。

鱗太郎も、西宮、湊川、和田岬の砲台普請場を検分にゆく途中、木の香もあたらしい塾へ立ち寄る。

「これは、海が一目に見えて、いい眺めじゃないか。この辺りは、いつきてもじめじめしていないのが気にいってるんだ。陽が照ると、眺めがカラッとしてきて気分がいい」

沖合に、幾艘も蒸気船が碇泊している。

操練所の普請作事《さくじ》も、はじまっていた。建物の土台をかためる、胴突き作業を、褌《ふんどし》ひとつの人足たちが、長く尾をひく掛け声をかけ、おこなっている。

龍馬は、大坂から神戸へ通う廻船のなかで、塾生の伊達小次郎から、おもしろい草稿を見せられた。

小次郎は二十歳であるが、長い刀を落とし差しにして、見るからに才気走った顔つきで塾内をうろつくので、塾生たちにきらわれていた。

痩《や》せていて、腕力がないと思えば、大兵《だいひょう》の薩摩藩士と相撲《すもう》をとり、投げとばしてみせる。いつも大きな態度をして多弁であるので、いつからか、「嘘《うそ》つきの小次郎」と呼ばれていた。

彼がそう呼ばれる理由を、龍馬は知らないが、利発な青年に、はじめから好意を持っている。

小次郎は、廻船の艫屋形《ともやかた》の外壁にもたれ、海風に鬢《びん》の毛をなびかせながら、懐中から一束の草稿を取りだした。

「坂本さん、これをお読み願えませんか」

龍馬が受けとると、表題に「商法の愚案」と書かれていた。

「なにやら、おもしろそうな題じゃねや」

最初の見出しには、「商船運送のこと」と記されていた。

「商船運送には両様あり」

店引受けと船為替《ふながわせ》である。

店引受けとは、たとえば荷主よりなにがしかの金高の品物を、船に積み運送するとき、定まった運賃を払いおえれば、船主より破船の際の引負《ひきまけ》(損害賠償)の券書を出す。

船為替というものは、船主が荷主の求めに応じ、荷物の値段の七、八割相当の金子を渡し、先方まで送り届けたうえで、運賃はもちろん、為替金の元利ともに受けとるものである。

しかし、万一海上で破船に及ぶときは、船主の出した為替金は、船持ちの損失となる。

「船為替は、淡路船《あわじぶね》をはじめ、諸国の運送船において、すでにおこなわれきたれり。

これは荷主においては運賃のほか高利の為替を借るゆえ、はなはだ高運賃のように思えるが、実は大いに便利なものなり。

そのわけは、およそ東西に品物を運び、利得を千里の外に取らんとする者は、万金をもって万金の商売をするにあらず。

万金の商売は、およそ三、四千金の元手にて弁じ、千金の商売は四、五百金にて足るべし。

その不足を補うために、かならず船為替を要す。

ゆえに船に為替金をたくわえざれば、運送すくなし。運送すくなければ、空しく雑費失却して港内に滞泊すること多かるべし。

これ当今商船を所持すといえども、はなはだ利益を見ざるゆえんなり。

為替金なくば、船あるとも運送の商いふるわざるは当然なり」

龍馬は、草稿を読んでみて、小次郎に笑いかけた。

「おんしは、まっこと商人《あきんど》のことを、よう知っちゅうのう。塾の者らあは、蒸気船の運転を血眼《ちまなこ》で稽古するか、天下国家を論じて時を過ごすか、女郎屋で寝よるばあじゃ。おんしのように、商いのことをまともに考えゆう者はおらん。これは、もっと書くがかよ」

小次郎はうなずく。龍馬は彼の背を打った。

「しっかりやりや」

龍馬は忙しく立ちはたらくあいまに、筆まめに故郷への便りをしたためる。

「（前略）先日大和国ニてすこしゆくさ（戦）のよふなる事これあり。其中《そのなか》に池（内）蔵太、吉村虎太郎、平井のあいだがらの池田のをとをと、水通《すいどう》のをさとのぼふ（坊）ず（主）など、先日皆〻うちまけ候よし。

これらハみな〳〵しよふ（仕様）がわるいニつき、京よりうつてを諸藩へおふせ（仰）つけられ候ものなり。

皆〻どふもゆくさする事をしらず、唯ひとまけにまけ候よし。

あハれ私がすこしさし引《ひき》をもいたし候時ハ、まだ〳〵うつての勢ハひとかけ合セにて、打やぶり候ものをと、あわれに存中候。

先《まず》ハ早〳〵　頓首《とんしゅ》

龍より

乙様
春猪様
足下
（後略）」

大和行幸に先駆して、八月十四日に前侍従中山忠光が四十人ほどの浪士を率い、船で堺に上陸し、河内に入り、千早《ちはや》峠を越え大和へ入った。

彼らの目的は、数千の義民を募り、御親征を迎えることである。彼らは天誅組と称していた。

八月十七日の夕方には、幕領七万五千石を支配する五条代官所を襲撃し、代官鈴木源内以下五人を斬り、梟首した。

その翌日、政変がおこり、長州藩を中心とする攘夷派勢力は、京都から放逐された。だが、天誅組は十津川郷士千余人を糾合し、意気さかんであった。

天誅組には、吉村虎太郎、那須信吾、安岡嘉助《やすおかかすけ》ら土佐脱藩浪士十七人が参加していた。

彼らが幕命をうけた紀州藩兵らの攻撃をうけ、潰滅《かいめつ》したのは、九月下旬であった。

「池田のをとをと」は、平井収二郎の親戚池田忠兵衛の弟、土居佐之助《どいさのすけ》。「水通のをさとのぼふず」は、高知城下水通町にいた茶道家で、剃髪《ていはつ》していた上田宗児《うえだそうじ》である。

池内蔵太と上田は逃れて長州へ走り、吉村は戦死、安岡は捕縛された。

世情はきわめて不穏であった。動乱の波に乗って封建制度のしがらみを、一挙に打ち砕こうとする動きが、武士だけではなく百姓町人のあいだで、炎をゆらめかせはじめた。

十月なかばに、公卿沢宣嘉《さわのぶよし》、平野国臣《ひらのくにおみ》らが但馬生野《たじまいくの》で、皇威発揚の義軍をおこしたときは、数日のあいだに、鉄砲、竹槍《たけやり》で武装した百姓二千余人が集まった。出石《いずし》、姫路《ひめじ》などの藩兵に追い散らされたが、反抗の火種はどこにでも転がっていた。

武蔵《むさし》国血洗島《ちあらいじま》の農家の青年、渋沢篤太夫《しぶさわとくだゆう》（のちの栄一《えいいち》）が、同志を集め、高崎《たかさき》城を奪ってのち、横浜外国人居留地を焼き打ちする計画をたてたのは、文久三年のことである。

幕府はまったく実行力を失い、腐敗しているが、百姓などがどれほど才智があっても、徳川の天下では階級順序が定まっているので、国政はおろか一部の政治にもあずかれない。いまの世に功名をあらわすには、大騒動をおこし、幕府が倒れ、国家が混乱しなければならない。そのときに乗じて忠臣英雄が出る。混乱によって、国運が隆昌《りゅうしょう》をとりもどすのであれば、わが身を犠牲にしてもかまわない。篤太夫はそのように考える。

富裕な地主の息子である篤太夫は、安穏な生活を送れる環境にある。それが動乱をおこそうと考え、じっとしていられない。

「国を混乱させるには、一揆《いっき》をおこし、兵をあつめ横浜を焼き打ちにすれば、かならず外国人が兵を動かし、日本を攻める。戦端がひらけると幕府は支えきれないから、真の英雄があらわれ、転覆した幕府にかわり、国政をとることになる。われわれはその捨て石として命をなげうつのだ」

篤太夫のような、現実を冷静に判断しないで、暴発しようとする者が、全国の下等人民のうちに満ちあふれていた。

そのような世情に反して、国政の主導権を握った公武合体派は、全国の尊攘激派を捕縛弾圧する指令を発した。

政変ののち、薩摩藩、土佐藩は、朝廷につぎのような建白をした。

「禁裏御守衛兵については、これまで規則もなかったので、暴論の徒が兵力を借りて高貴の御方に迫り、暴威をふるい、斬奸《ざんかん》と称して無辜《むこ》を殺すなどして、ついに叡慮を矯《た》め、京師の騒擾《そうじょう》を招いた。

このような国家の妨害をふたたびさせないよう、御守衛兵はすみやかに各藩へ差し返すようにしたい」

土佐藩では、容堂側近の後藤象二郎《ごとうしょうじろう》、乾退助《いぬいたいすけ》が中心となり、在京の土佐勤王党を高知へ引き揚げさせた。一部は長州へゆき、京坂に残留しているのは、住吉陣屋守衛の人数だけであった。

文久三年九月二十一日の早朝、土佐藩庁は勤王党の島本審次郎《しまもとしんじろう》のもとへ、出頭せよとの召喚状を届けた。

情勢を機敏に察した審次郎は、いよいよ容堂の弾圧がはじまったと判断し、妻子に訣《わか》れを告げ、今後の生計《たつき》をたてる方針は、かねて打ちあわせていたので、多くを告げず、涙をおさえて門を出た。

秋冷の路上に、尾長鶏《おながどり》のしわがれた啼き声がひびき渡るのを聞けば、この往還を目にするのも最後であろうかと、胸がいたむ。

彼は途中、同志岡内俊太郎《おかうちしゅんたろう》の住まいをたずねた。

「朝早うから、どこへいくぜよ」

俊太郎は笑みを見せたが、審次郎の思いつめたような表情に、顔をひきしめた。

「役所から、なんぞきたがか」

審次郎は渇いた喉《のど》に唾《つば》を飲みこんでいう。

「きたぜよ、召状《めしじょう》じゃ。めぼしい同志は皆やられるぜ。俺が腹を切らされるときは、おんしが介錯《かいしゃく》してくれ。それを頼みにきたがじゃ」

「よし、分かった。俺はいまから南会所へいってから、捕縛されることになった者の名と、処置のやりかたを聞きだしてくるぜよ」

「なにぶん頼んだぜよ」

審次郎はその足で、新町田淵《しんまちたぶち》の半平太の道場へ急ぎ足に出向いた。

門前でおとなうと、妻富子が出てきて、告げた。

「今朝は早起きして家を出ちょりますが。馬をひと責めしてくると、遠出しましたぞね。なんぞ急ぎの御用でございましたろうか」

「いんにゃ、さほどのことでもないき、またお邪魔いたしますきに」

審次郎は、いぶかしげに見送る富子に事情をあかさず、隣家の島村寿之助の宅をたずね急を告げた。

「寿やん、俺はこれから藩庁へいかにゃならんき、ぐずついちゃおれん。すぐ半平太さんを呼んできとうせ」

寿之助は、道場にきていた槍術《そうじゅつ》の弟子に、半平太を呼び戻してくるよう、命じた。

「うちの馬へ乗っていきや。おおかた九反田の辺りへいきゆうろうきに」

半平太は、まもなく戻ってきた。彼はいう。

「俺は先月六日にご隠居に謁して、君臣一致して尊王攘夷をおこなうとの、お言葉をいただいちゅうき、大事ないと思うがのう」

審次郎は半平太の言葉をさえぎった。

「そがなことを、いうちょったら、埒はあかんぜよ」

審次郎は口早にいう。

「ご隠居は京都の尊攘派のいきおいがつよいあいだは、しかたないき、お前《ま》さんを京都留守居加役の上士にして、六百五十石の役料をくれたがのう。心中では公武一和しか考えちょらん。天朝に対し奉り、尊攘派の力が落ちたいまになっては、俺らあを屁《へ》とも思いやせんき。不審の者どもはそのままに置きがたく、取り締まり申しつくべし、との指図が下ったがよ」

半平太は、容堂の違約を怒って当然である。家中の郷士をこぞって藩庁と対立し、実力によって藩政を改革するため、武力で容堂を威嚇できる立場にある。

だが彼は、藩主にそむく意志はなく、茫然《ぼうぜん》と長い溜息をつくばかりであった。

島本審次郎は、藩庁へ出頭するまえに半平太に警告した。

「同志の口供《くきょう》は、かならず一致せにゃいかんぜよ。もとより勤王の大義は青天白日じゃ。なにをいいつくろうこともない。しかし、事が堂上家、山内家連枝《れんし》にかかわるものは、いかに牢問《ろうど》いをしかけられ、責めたてられようとも、決して一言も洩らしちゃいかんぜよ」

「よし分かった。その手筈《てはず》はととのえにゃいかん」

半平太はただちに四方の同志に連絡をとった。

岡内俊太郎は役所の知友からひそかに、藩庁が捕縛入牢を命ずる者の名を探りだしてきた。

半平太、島村衛吉《しまむらえきち》、小畑孫二郎《おばたまごじろう》、孫三郎《まごさぶろう》、河野万寿弥《こうのますや》（のちの敏鎌《とがま》）、島本審次郎の六人であった。

島村寿之助、安岡覚之助《やすおかかくのすけ》は親類預かり。土佐勤王党の支援をおこなった大監察小南五郎右衛門《こみなみごろうえもん》は、勤事控《きんじひかえ》（自宅謹慎）になるという。

島村家に集まった同志たちは、たがいに訣別《けつべつ》の言葉を交わした。半平太は審次郎にいった。

「事のここに至ったがは、天命じゃ。おんしとは黄泉《よみ》でなけりゃ、また会えまいが、同志の大節は守りぬき、俗吏の胆《きも》っ玉《たま》を冷やしちゃれ」

半平太が自宅に帰ると、上士の捕手が門前にたたずんでいて、つぎの召状をさしだした。

「　　武市半平太

右者京都へ対せられ、そのままにとどめられがたく、其余《そのよ》御不審の廉《かど》これあり。藤岡勇吉、南清兵衛、関源十郎、島村団六、仙石勇吉、町市郎左衛門、岡本金馬へ御預け。追って揚《あが》り屋《や》入り仰せつけられ候こと。」

半平太は、おちついて藤岡らに告げた。

「つつしんで君命を奉じまする。しかしまだ朝飯を食べちょらんき、ちっくと待ってくれんか」

半平太は妻富子に食膳《しょくぜん》をととのえさせ、そのあいだ、藤岡らとふだんのように言葉を交わしていた。

半平太を迎えにきた人々は、いずれも武芸の達人である。島村団六は、半平太の親戚であった。

半平太は、この朝外出するまえに、座敷で書類を焼くなど、とりかたづけをしていたので富子は不審に思っていた。

それで富子は夫にたずねた。

「何か大事が出来《しゅったい》したのではございませぬか。とかくふだんのご様子とはお違いのように存じます。おさしつかえなくば、私の安心のために、おうちあけつかあさい」

半平太は答えた。

「いずれ、お前に話そうと思うておった。俺は揚り屋入りを仰せつけらるるやも知れぬ。もしそがなときに至っても、俺の妻女として未練のふるまいをしてはなるまいぞ」

富子は、波立つ胸をおさえていった。

「そうなれば、もはや何事もおしまいでござりますな」

半平太は一言答えた。

「そうじゃ、おしまいじゃ」

富子が半平太に胸中をうちあけられてから、半刻もたたないうちに、七人の身柄預かり人がきたのである。

半平太は彼らを座敷へ招きいれ、襖《ふすま》をしめてしまった。

襖の奥から、千葉、桃井《もものい》など剣客の名が聞こえてきて、笑い声が湧《わ》きおこる。

富子は、離れに住む半平太の姉奈美と顔を見合わせる。

「あのように武芸のお話がはずんでおりまするが」

「まっことさようじゃ。入牢などということにはならぬやも知れぬぞね」

富子は来客の膳を座敷へ運ぶと、半平太がうながした。

「俺の膳も出してくれ」

富子は夫に事情を聞くため、半平太の膳を出さなかったが、預かり人たちはすでに家族と会うことをさしとめていた。

七人が引き揚げるとき、半平太は駕籠に乗せられた。富子は夫が大小を取りにくるのを待っていたが、預かり人がとりにきた。

富子は、夫が駕籠へ乗る後ろ姿を、屏風《びょうぶ》のかげから見送った。これがながの訣れとなった。


九月二十四日の夜、大坂海軍塾の塾生は、便船で神戸生田神社に近い場所に新築された、神戸海軍塾へ移った。

塾生は土佐人がもっとも多い。近藤昶次郎、高松太郎、望月亀弥太、千屋寅之助、新宮馬之助、安岡金馬、沢村惣之丞、広井磐之助らである。

龍馬は塾が神戸へ移ってのち、佐藤与之助にかわり、塾頭となった。しだいに数をふやしてくる諸藩からの塾生を統率するため、龍馬の指導力が必要となってきたのである。塾中には諸藩の藩士と、無頼浮浪の徒といわれる脱藩浪士が入りまじり、塾頭が目をゆきとどかせていないと、いかなる騒動をおこすか、予想もつかない。

武市半平太が国許で投獄されたのち、藩庁はつぎの布告を発した。

「このたび、上士以下六、七人が勤事控、揚り屋入り、御預かりの処分を仰せつけられた。

万一、同類の者どもが暴挙をはかり、隠謀のくわだてをするようなことがあれば、召し捕る。反抗する者は、討ちとってもかまわない」

半平太ら幹部が捕縛された翌日の九月二十二日から二十四日にかけて、千屋菊《ちやきく》次郎《じろう》、松山深蔵《まつやましんぞう》、上岡胆治《かみおかたんじ》、大利鼎吉《おおりていきち》らが、あいついで脱藩した。

龍馬のもとに、同志の動静が続々と伝えられてくる。

「高知じゃ、顎《あぎ》が揚り屋に入れられたきに、党の者が、ひと戦をおこしかねんばあの形勢になっちゅうぜよ。

藩庁の目付は、党の者らあが寄りあい、相談しゆうところへ踏みこみ、片っぱしから捕えよる。手向こうたら容赦なしに斬るがじゃと。長州へ脱走した者は、三十人をこえたそうじゃ。この塾におる俺らあも、隙《すき》を見て捕縛して、帰国させようと狙うちゅう」

十月になって、天誅組総裁吉村虎太郎の最期の様子が伝えられた。高取城攻めのとき銃弾で負傷した虎太郎は、畚《もっこ》で担がれて山中を移動していたが、担いでいた人夫たちが逃げ、進退窮まって藤堂《とうどう》藩兵の乱射を浴びて倒れた。

暗い知らせのあいつぐなか、天誅組に参加していた池内蔵太が、ただひとり脱出して、京都で望月亀弥太、千屋寅之助、安岡金馬と会い、戦の様子を語ったという朗報が伝わった。

龍馬はよろこんだ。

「内蔵太は武運がつよいねや。一日も早う長州へ逃げよというちゃりや」

遠い光芒《こうぼう》

文久三年十月二十八日の朝、龍馬は多数の塾生とともに麟太郎に従い、順動丸で兵庫沖を出帆し、江戸へむかった。

西風が吹き荒れる季節であったが、海上はうねりが大きいだけで、荒天ではなかった。合羽《かっぱ》をつけた龍馬は、高松太郎、千屋寅之助、新宮馬之助らと、舷側《げんそく》にもたれ、遠ざかってゆく、港の家並みを眺めた。

空は薄曇りで、六甲《ろっこう》の山なみをうすく雪がいろどっている。

「陸を離れたら、命拾いをしたような気がするちや」

馬之助がいう。

龍馬が鼻先で笑った。

「腰抜け役人らあに、土佐へ連れ戻されてたまるか」

土佐出身の海軍塾生たちに、藩庁から帰国の命令がきていたが、応じる者はいない。

「光次（中岡慎太郎《なかおかしんたろう》）は、国抜けして長州へいったそうじゃ。内蔵太《くらた》も、もう京都にゃおらん。周防の三田尻《みたじり》へいきよった。俺《おれ》らあは先生の羽交《はがい》の下にいるかぎり、藩庁は手が出せん」

帰国命令にそむけば脱藩者となる。麟太郎は龍馬に、「土州様御目付衆」と宛名を記し、署名した書状を預けていた。

「江戸につけば、この頼み状を土州江戸屋敷へ届けるがいい。俺の頼みをむげにもことわるめえ」

書状の要旨は、つぎのようなものであった。

「小生かたへつかわされ、航海術修業をしている坂本龍馬につき、ひとまずお国《くに》許《もと》へ帰るようとのご内意があったようです。

しかしこの節順動丸乗組みの手が足らず、乗組みを申しつけているようなことです。また尊藩より修業を依頼されお預かりしている塾生たちは、かねて容堂さまにも申しあげた通り、憤発勉励して航海術に熟達しています。坂本は塾頭をもつとめています。

この者どもをいましばらく修業年数延期させれば、有用の人材となりますので、ご事情もあろうかと存じますが、まげてご許容下さい。

いま世上はなはだ騒然としており、過激の徒輩が暴発の動きもあると聞き及んでいますが、小生の塾中にある者は、そのようなことには、一切かかわっていません。

小生も、心づく点については精々説得しますので、どうか塾生の帰国延期をご承諾下さい。

なお容堂さま御上京の節は、折をみて拝謁申しあげたいと存じています」

麟太郎が江戸へむかうのは、将軍家茂の海路上京の供を命ぜられたためであった。

八月十八日の政変ののち、京都へ公武合体派諸侯が続々と入京した。

勅命により十月三日に入京した島津久光は、小銃隊十二隊、大砲隊二隊、総員一万五千と称する大部隊を率いてきた。

熊本藩世子長岡護久《ながおかもりひさ》、護美《もりよし》兄弟は九月十八日、福岡藩世子黒田長知《くろだながとも》は十月十九日、前宇和島藩主伊達宗城《だてむねなり》は十一月三日に入京した。

さきに幕府政事総裁職を辞し、無断帰藩して朝譴《ちょうけん》をこうむった松平春嶽は、麟太郎、大久保越中守らに上京を切望されていたが、十月六日に、つぎの朝廷の沙汰《さた》をうけた。

「春来ふつつかの儀これあるにつき、今般御詫《おわ》び状さしだし、叡聞《えいぶん》に達し候《そうろう》ところ、聞こしめされ、勅免仰せいでられ候」

春嶽は十月十三日に福井を発し、十八日に京都東本願寺内に宿をとった。

麟太郎は、十九日に京都へ出て春嶽に謁し、政事に憤発するよう激励した。

「当今の形勢は朝政因循《いんじゅん》にして、事ここに至りました。真にご憤発なされ、天下万般の難事にあたり、正大の道をおひらき下さい。さもなくば、日本は割拠の近きこと疑いをいれません」

江戸にいる将軍後見職一橋慶喜には、十月七日、上京の朝命が下った。

将軍家茂が上京すれば、公武合体の国是を討議できる。

麟太郎は、今度の将軍上洛《じょうらく》が、前回と同様に東海道を陸行する予定であると聞くと、ただちに閣老に建議をした。

「日本は海国にて、国防のためには海軍を起こさねばなりません。そのためには上様が率先してこれをご奨励下さらねばなりません。ゆえに、このたびのご上洛には諸藩の軍艦を従え、海路をおとりなさるべきでしょう」

閣老たちは、無難な方針をとりたがる。

「さようの申し条は至極もっともではあるが、諸藩に艦船を出させるのは、難儀ではなかろうか」

麟太郎は、すかさず答えた。

「さようの手続き一切は、私がきっと引きうけます。しかし、いったんお任せあったうえは、些細《ささい》のことにまでお指図下されては、迷惑いたします」

閣老たちは、航海についての一切を麟太郎に任せるといった。

麟太郎は、龍馬たちに計画をうちあけていた。

「こんどの航海は、十二隻の艦隊を組んでいくんだぜ」

十月三十日七つ（午後四時）、順動丸が相州《そうしゅう》城ケ島《じょうがしま》沖にさしかかると、鯉魚門《ライモン》が朝陽丸に曳航《えいこう》されているのが見えた。長州藩兵に乗っ取られていた朝陽丸は、九月下旬にようやく返還された。

麟太郎が龍馬に命じた。

「様子を聞いてこい」

鯉魚門は蒸気機関が故障したのであろう。

龍馬が水夫たちとともにバッテイラを漕《こ》ぎつけると、士官が答えた。

「浦賀に運んで修繕するつもりだが、重くてなかなか進まぬ。手伝ってくれ」

「よし分かった。待っちょき」

龍馬は順動丸に戻り、方向を変え、朝陽丸とともに鯉魚門をロープで曳航して、日没まえに浦賀港に入った。

港内には蟠龍丸《ばんりゅうまる》が碇泊《ていはく》していた。一橋慶喜が乗っているというので、麟太郎が伺候する。

慶喜はいった。

「余は二十六日に江戸を出たんだが、荒天で鯉魚門と順動丸が戻ってくるのを待っていたんだ。供を三百人連れて東海道をのぼるつもりだったが、どうにも長州の暴徒が斬《き》りこんでくるかも知れぬので、海路をとることにした。そのほうは順動丸で余の供をして参れ」

「拙者はこれより上様御上洛の支度に、江戸へ帰らねばなりません。順動丸は、どうかお使い下さい」

彼は慶喜に問われるままに、京坂の情勢を語った。

「西国の諸侯は、将軍家の上洛を待ち望んでおられまする。いまは親藩、外様《とざま》の御差別なく、いささかの嫌忌は打ちすてられ、ご胸懐をおひらきなされ、善なるものを容《い》れ、ともに皇国盛大の御大挙を決定なされますよう、小拙のごときも日夜希望しておるところにござります」

慶喜は麟太郎の報告を聞きながら、どこか皮肉な表情を見せている。

いつも二股膏薬《ふたまたごうやく》で、煮えきらない動きでわが責任を逃れようとする慶喜を、麟太郎は内心で嫌っていたが、西国大藩の諸侯を抑える貫禄《かんろく》をそなえているのは、幕閣のうちで彼のほかにはない。

龍馬たちは、浦賀から朝陽丸に便乗し、十一月三日の夕刻に江戸へ戻った。

麟太郎は、今度の将軍上洛に、幕府艦船翔鶴丸《しょうかくまる》、朝陽丸、千秋丸、第一長崎丸、蟠龍丸を参加させることにしていた。

ほかに福井藩の黒龍丸《こくりゅうまる》、薩摩藩の安行丸《あんこうまる》、佐賀藩の観光丸《かんこうまる》（幕府より借用）、加賀藩の発起丸、南部《なんぶ》藩の広運丸、福岡藩の大鵬丸《たいほうまる》、因州藩の八雲丸を同行させる。

諸藩の艦船のうち、外海の運行に未熟で応援を頼むものには、麟太郎の部下の操練所役方《やくかた》、神戸海軍塾生らを数人ずつ乗り組ませることにした。

翔鶴丸は原名を揚子江《ヤンツェ》という木造外輪蒸気船であった。安政四年、アメリカ、ニューヨーク市で建造されたもので、三百五十トン、三百五十馬力の高速船である。

麟太郎が半日運転して、機関性能が非常によかったので、十四万五千ドルで購入した。

龍馬たちは諸藩船手組《ふなてぐみ》の家来と連日、蒸気船運転についての打ちあわせをする。十二隻の大坂までの航海に要する石炭百五十万斤、油類は江戸では払底しているので、大坂から取りよせる。

諸藩に乗り組ませる軍艦組士官、水夫《かこ》、火焚《ひた》きの人数を割りあてねばならない。

支度をすすめている最中、十一月十五日に江戸城本丸、二の丸が炎上、焼け落ちた。おそらくは放火されたのであろう。

この前後、江戸城では火災があいついでいた。安政六年十月に本丸が焼けた。文久三年六月に西の丸が焼失して、まだ半年もたっていない。

幕府では、この火事を理由に、将軍上洛をしばらく延期すべきであるとの意見をいう者が多かった。

麟太郎は下城して、龍馬に内情を洩《も》らした。

「これまで二百年間、将軍家上京はなかったのを、いまの公方様《くぼう》は二度めのご上京だ。将軍家は天下兵馬の権をなげうって、島津三郎（久光）のような外様の者とならび、位だけは高いが、ご勅旨によって動くことになる。

それを嫌がる者が、幕府には大勢いるんだよ」

島津三郎は、大兵を率いて上京し、幕府と対等の立場にいるつもりで行動していた。

薩摩藩は、表向きの政治行動はすべて会津藩にさせ、知らぬ顔をしながら京都、大坂、兵庫に兵力を充満させ、威力を誇示していた。

藩士たちは百姓町人を畏怖《いふ》させる一方、物品をことさらに高く買いあげ機嫌をとりむすび、京都四条辺りの芝居小屋では、役者が薩摩武士の風俗をとりいれ、舞台に立つほど、人気があがっていた。

麟太郎はいう。

「慶喜さんは、島津がお嫌いだが、外国に肩を並べてゆくためには、薩藩の力がいる。公方様がご上洛なさらねば、国じゅうがいつまでも治まらねえんだ。それが、石頭の老中たちには分からねえ。近頃《ちかごろ》は幕府でも、天下のいきおいに押されて下剋上《げこくじょう》になってきた。目付衆が総裁、閣老の命を聞かなくなって、議論百出の有様だそうだよ」

龍馬は江戸に滞在するあいだに、土佐藩鍛冶橋《かじばし》藩邸へ出向き、麟太郎が山内容堂にあてた書状を留守居役に差しだした。

高松太郎、千屋寅之助、新宮馬之助、近藤昶次郎、沢村惣之丞、望月亀弥太、安岡金馬ら、海軍塾生が同行した。

藩邸の上士は、龍馬たちを捕縛しようと考えたが、麟太郎の保護をうけている彼らに、うかつに手を出せない。

龍馬たちも、座敷に通されると油断せず、いかなる異変にもただちに対応できる身構えをゆるめない。上士らはひるんだ。

「あいつらは、懐鉄砲《ふところでっぽう》を持っちゅうき、あばれよるかも知れん」

江戸留守居役は、麟太郎の書状を読み、目付らと相談したのち、ことわった。

「ご隠居さまは、おんしらの勝手なふるまいを許すなと、仰せられた。勝先生のお頼みじゃが、とても聞きいれなさるまい」

「あいわかってござります」

「ほいたら、国許へ帰るかよ」

「いや、それはご免こうむります。勝先生の家来となって、しばらく航海術の稽《けい》古《こ》をやるつもりでおりますき」

「脱藩者として扱われてもえいがか」

「そがなことは、気にしちょりません」

龍馬たちは藩邸を出るまで、辺りに気を配っていたが、何事もおこらなかった。

龍馬は高松太郎たちにいった。

「これからは、俺らあは土州藩とは縁を切り、天下の浪人になるぜよ。日本のためにはたらけばえい。こんまいことばあいよる奴《やつ》は、放っちょき。ご隠居をありがたがっちゅう奴らは、世間に遅れるだけじゃ」

十二月二十六日、将軍家茂が翔鶴丸に乗船、大坂へむかうとの下命があった。

龍馬たちは、連日ほとんど眠らず、艦隊出帆の準備に没頭した。

二十六日朝、空は晴れわたり、風はなくあたたかい日和《ひより》であった。麟太郎は御浜御殿へ参上し、家茂の供をして翔鶴丸へ迎えた。

翔鶴丸はイギリス商人から買いいれたばかりで、きれいに塗られたペンキははげておらず、金鍍金《きんめっき》をほどこした金具も、無疵《むきず》でなめらかな光沢を放っていた。

家茂はその日、品川沖で一泊し、二十七日の朝出帆して、浦賀港に入った。

龍馬たちは、家茂が麟太郎を深く信頼しているのを、あらためて知った。

甲板で、麟太郎が附近の地勢を言上《ごんじょう》しているとき、家茂が彼に手ずから目貫《めぬき》、小柄《こづか》を引出物に与えたからである。それは異例のことであった。

翔鶴丸に従う十一隻の蒸気船、洋帆船は、つよまってきた西風のなか、二十九日の夕刻下田港へ入った。家茂は上陸して海善寺に泊まった。

正月元旦になったが、連日強い西風が吹き荒れ、港内に碇泊していても、艦体が動揺した。

朝五つ（午前八時）、港内の艦船が元旦を祝い、殷々《いんいん》と発砲する。奥詰諸番の役人たちが、老中、若年寄らにすすめた。

「かように荒天なれば、上様大切の御身をもってご航海はいかがにござりましょう。ここより陸行あそばされて然《しか》るべしと存じまする」

空は晴れわたり、夜になると星がよく光った。

二日朝、烈《はげ》しいむかい風のなか、艦隊は下田を出帆したが、石廊崎《いろうざき》から西伊豆の方角へまわりこみ、子浦《こうら》に入港し、家茂は地元の西林寺に泊まった。

乗組みの奥御番衆は、麟太郎を責めた。

「かような辺地で滞船とは不手際なことじゃ。釜を焚き、すぐに艦を出されい」

麟太郎は応じなかった。

「いま風は凪《な》いでいますがね。明日の昼過ぎから、きっと荒れてきます。ここで二日間は見合わせたほうがいい」

だが御側衆は聞かず、家茂に陸行をすすめた。麟太郎は、家茂に直接言上した。

「いったんは出帆いたしますが、もし西風がおこったときは、戻らねばなりませぬ」

艦隊は子浦を出たが、麟太郎の予測の通り、西風がつよまってきて、ただちに港へ戻った。

十二隻の艦船を無事に大坂へ到着させるためには、慎重な判断が必要である。船酔いをする麟太郎が、マストの上に登り、艦隊の状況を見渡していなければならない。

その夜、御側衆は騒然と議論をして、麟太郎を罵《のの》った。

「貴公は上様に万々一のことがあっても船行するつもりか。見通しが立たねば、じきじきにご陸行をおすすめいたせ」

そのとき、家茂がいった。

「いまさら陸行はいたさぬ。海上のことは軍艦奉行に任せようぞ。他の者が決して異議あるべからず」

日頃、傲慢《ごうまん》な言動を諸臣に憎まれている鱗太郎が、子供のように大粒の涙をこぼして泣いた。龍馬は朋輩《ほうばい》にいった。

「上様は、先生に体を預けておられる。えらいものじゃ。あの親玉が達者でいるかぎり、俺らあは安泰ぜよ」

三日の夜があけそめた頃、鱗太郎は甲板に出て天候を観測した。

西方の空は一面に暗黒の雲に覆われているが、海上は畳を敷きのべたようにおだやかで、富士山は朝陽《あさひ》をうけ、輝くように青空に浮き出ている。

「これはむずかしいのう。ご出帆に決するかどうか迷うところだ」

鱗太郎のいう通りだと、龍馬も思った。はるか西方の黒雲が問題である。

まもなく老中、若年寄、御側衆を従え、家茂が甲板に出てきて、鱗太郎を呼んだ。椅子に腰をおろした家茂が聞く。

「今日の景況は、いかがであるか」

鱗太郎は言上した。

「午前はかならずおだやかに航海いたしまする。午後にはかならず風が起るでござりましょう。伊勢安乗《いせあのり》まで海上およそ五十里、風のおこるまえに港に達するは無理かと存じまする。あと三日も待てば好天に恵まれるやも知れませぬが、あらかじめ言上なりがたく、おおよそ海上の航行は迅速に機をつかまねばなりませぬ」

十九歳の将軍は、笑っていった。

「よし決めたぞ。今日出帆いたすべし。そのほうが決をとれ」

「恐れながら、ただちに出帆いたしまする」

麟太郎は出帆の旨を全艦隊に伝えた。

全艦隊といっても、千秋丸のような洋式帆船、小型で六十馬力の機関をそなえる第一長崎丸などは、すでに子浦に達するまでに遅れている。

艦船の性能も、それぞれ違っている。外車を使う船は、風波の荒い海に出ると一方が深く水に沈めば一方が空中に大きくあらわれ、空まわりして推進効率がわるくなり、高性能のスクリューをそなえる翔鶴丸に遅れる艦船が、当然出てくる。

石炭を焚いて蒸気をつくるボイラーも、水管釜と呼ばれ、水を循環させるパイプの外側を燃焼ガスが加熱して、蒸気をつくる新式の装置から、銅板を張りあわせた風呂桶《ふろおけ》のようなものまである。

水を張ると、板の継ぎめから洩れだす水を押さえるのに、ひと苦労をしなければならない。麟太郎は、さまざまの性能の艦船を、ともかく大坂まで航行させ、海軍の声威を発揚させる義務があった。

　彼は家茂の勇壮な下命にふるい立ち、急いで蒸気をおこし、七つ半（午前五時）に抜錨《ばつびょう》して西方の安乗崎へむかい、航行をはじめた。

　翔鶴丸は遠州灘を無事に航行した。蟠龍丸以下の蒸気船も、濛々《もうもう》と黒煙を吐きつつ、前後して随《したが》ってゆく。

　甲板に立ち、艦船の状況を見張っている麟太郎は、するどい眼光を龍馬にむけ、みじかくいった。

「公方様の英慮は断然たるものよ。陽が西に傾いても、まだ風はおこらぬ。俺が公方様を敬愛する気持ちが、分かるだろうが」

「よう分かりますらあ」

　龍馬が応じた。

　午後六時まで、海上はおだやかであったが、右手に伊良湖崎《いらこざき》が見えてくる頃、四方から黒雲が湧《わ》きおこり、突風が波浪を捲《ま》きおこしはじめた。

　麟太郎はマストに登り、はるか右前方に伊勢安乗灯台の火光を発見して、歓声をあげた。後方をふりかえると、風雨の吹き荒れる海上の闇中《やみなか》に、高波が白光を走らすのが見えた。龍馬が呼びかける。

「先生、子浦を出るのが一刻《いっとき》（二時間）遅れてたら、船は大嵐《おおあらし》に巻きこまれちょったですろう。えいときに出ました」

翔鶴丸以下の蒸気船は、無事に安乗港内に入った。

子浦を出帆するまでは、航海の危険を避け、陸行を主張していた側衆たちは一転して強気になり、夜間航海を麟太郎にうながす。

麟太郎は家茂の御前に出て言上した。

「夜中の航海は、万々危険のおそれなしといえども、諸士いずれも今日の安静なる航海をよろこび、気の弛《ゆる》みがございます。願わくば、明早朝を待って航すべきと勘考つかまつりまする。利を得て飽かざれば、害不測に生ずと申しまする」

家茂はこころよく応じ、御酒《ごしゅ》を賜った。

紀伊大島、紀伊由良と立ち寄りながら、大坂天保山沖に投錨したのは、正月八日午後であった。

神戸海軍塾に帰った龍馬たちは、前年の暮れに岡田以蔵が京都町奉行の手先に捕えられたことを知った。

病気で江戸へ出向かなかった広井磐之助《ひろいいわのすけ》が、事情を語った。

「以蔵はある晩、三本木辺りの賭場《とば》で遊びよったが、その近所で商家の手代が誰ぞに出合いがしらに当身《あてみ》をうちこまれ、気絶しよった。気がついてみりゃ、胴巻を抜かれちょった。

以蔵が賭場から帰ったのが、手代の追剝《おいは》ぎに会《お》うた刻限じゃったき、捕縛された。あれは、本名を名乗りゃ藩へ引き渡されるき、無宿者じゃといいゆうらしい。それで、牢《ろう》に入れられたままじゃ」

龍馬とともに翔鶴丸で大坂に戻った海軍塾生、安岡金馬はそのまま高知へ帰郷し、安芸《あき》郡馬《うま》ノ上《うえ》の実家に戻った。

彼は藩の情勢をたしかめると、国抜けして神戸へ帰った。

「いま、高知じゃいつ土佐国中の勤王党が決起して、騒動をおこすやも知れん。藩庁の奴らは敵に取り囲まれちゅうみたいに、殺気立っておる。吉田元吉《よしだもときち》（東《とう》洋《よう》）の甥《おい》の象二郎《しょうじろう》（後藤）が、帰国して以来、隠居に取りたてられておる。じきに大監察になるらしいきに、勤王党は目の敵《かたき》にされるぜよ」

龍馬は、半平太らの運命を危ぶみ、するどく眼《め》を見交わす。

「あいつは江戸で以蔵に斬りかけられ運強く逃げよったが、また伯父貴《おじき》の仇《かたき》を討ちに舞い戻ったか」

後藤象二郎は文久二年以来、土佐藩が購入した蒸気船南海丸の士官として、品川に住んでいたが、近頃国許に帰った。

「俺らあは脱藩するき、かまんけんど、国許の者らあは難儀することになるぜ」

龍馬たちは脱藩者として神戸海軍操練所に所属し、観光丸乗組み仮雇いとして、勤仕することになった。麟太郎の家来として月々の手当をうけるようになったので、暮らしむきに余裕ができた。

二月七日、麟太郎は二条城で老中水野和泉守につぎの建白書を上呈した。

「幕府が佐賀藩に貸し出している観光丸は、先方が返還を申し出ているので、神戸操練所に所属させて下さい。

また福井藩黒龍丸もお買い上げのうえ、操練所に所属させれば、大小名参覲《さんきん》の荷物運送などに使い、運賃をとるようにしたいのです。

これらの用務をいちいち伺いをたてることなくおこなえるよう、ご裁可下さい」

この建白書の原案は、龍馬が考え、麟太郎にはかったものであった。

海軍塾で日本近海の蒸気船運転に自信をもつようになった龍馬は、塾生たちとともに、海上運送によって利をはかるくわだてを、実行する機をうかがっていた。

京都には旧友の北添佶磨《きたぞえきつま》がいた。彼は高岡《たかおか》郡の庄屋の五男で、間崎哲馬の門人であった。文久三年二月に、同志能勢達太郎《のせたつたろう》、小松小太郎《こまつこたろう》と脱藩上京し、七月まで蝦夷《えぞ》視察の旅に出ていた。

能勢は土佐安芸郡東浜《ひがしはま》の郷士で、英才の名の高い青年であった。小松は土佐香我美《かがみ》郡出身の洋式小銃鍛冶《かじ》の息子である。

龍馬は尊攘《そんじょう》激派の壮士が暴発して命を捨てるのを惜しみ、蝦夷地開発にむかわせる計画をたてていた。蝦夷の産物を、横浜、長崎で売るのである。

麟太郎が老中水野和泉守に上呈した、観光丸、黒龍丸を神戸海軍操練所に所属させたいという建白は、うけいれられる見通しがたつ様子である。

龍馬は麟太郎に随行していった二条城で、朗報を聞かされた。

麟太郎はきわめて強気であった。

「観光丸と黒龍丸を買いあげてもらい、さしあたって両船の乗組み士官、水夫《かこ》、火焚きどもの給料、手当などで、一ヵ年一万五千両を大坂御金蔵からお渡しいただくよう、お下知たまわりたいとかけあったんだ。水野殿はおどろいたようだが、なに蝦夷地と大坂を二、三度航海すれば、貿易の儲《もう》けで充分利方《りかた》にまわるから気遣いはないと申し上げたさ」

黒龍丸は、文久三年、アメリカで製造された新鋭蒸気船である。

木造スクリュー式で百馬力、長さ百七十一フィート、幅二十六フィート。越前藩の購入代価は十二万五千ドルであった。

先月、大坂に戻ってのち、麟太郎は大坂町奉行から神戸船渠《ドック》建設資金の手付として二千両をうけとり、工事に着手している。

龍馬は麟太郎とともに、京都二条城前の旅館に泊まっていたが、同志の北添佶磨、池内蔵太らのひそんでいる東山大仏殿《だいぶつでん》（方広寺《ほうこうじ》）南門前、今熊野道《いまくまのみち》のかくれがをたずねた。

北添たちは河原屋五兵衛という町人の隠居所を借りうけ、水口《みなくち》藩士加藤の家人《けにん》と称し、町奉行所、新選組の探索の手をのがれていた。

龍馬とおないどしの佶磨は、上京して彦根城下を探索し、大和五条から十津川、津《つ》藩と歴遊し、森田節斎《もりたせっさい》、乾十郎《いぬいじゅうろう》らと交遊したのち、神戸で龍馬と会った。

彼は龍馬から海軍興起の志を聞いた。

「俺はいま幕府軍艦奉行並をつとめる勝先生の門人になって、蒸気船の操船を習いゆう。この神戸村には海軍操練所が建てられることにきまったがじゃ。将軍家の許しが出ちゅうき、先は青天井じゃ。お前《ま》んらあも門人になりや」

佶磨は、能勢、小松と顔を見あわせ、彼らの野望を語った。

「俺らあは、間なしに蝦夷へ出向き、北辺の海防を考え、さらに海を渡ってロシアを見てくるつもりじゃ」

龍馬は手を打って賛意をあらわした。

「俺はお前さんらあのような、胆《きも》のふといことばあ思いつく人が好きぜよ。蝦夷を見てきたら、俺にその様子を教えてや。なんというたち広い土地じゃき、京都で命を捨てたがる勤王屋らあを、二、三百人連れていてからに、あたらしい国をひらいちゃりたいと、かねがね思うちゅう」

北添ら三人が京都をはなれ、越前敦賀《つるが》港から箱館《はこだて》にむかう北前船《きたまえぶね》に乗ったのは、五月四日であった。

船中で小松小太郎がにわかに病《やまい》を発し、柔術で鍛えた体が痩《や》せほそり、箱館で亡くなった。

北添らは箱館奉行小出大和守《こいでやまとのかみ》の厚遇をうけ、六月十八日に江刺《えさし》にむかう。奥州《おうしゅう》南部領から、盛岡《もりおか》、仙台《せんだい》、福島、白河《しらかわ》を経て江戸に入る長途の旅を終えた。

彼らは京都に戻ると長州藩に出入りして尊攘激派と交わり、石清水八幡宮社務職如雲《じょううん》に奸謀《かんぼう》ありとして天誅《てんちゅう》を加えるなど、過激の行動をとるようになっていた。

北添佶磨が土佐の同志に送った手紙には、つぎのような内心を訴えたくだりがある。

「実に豺狼《さいろう》白昼に縦横、皇都のあやうきこと累卵のごとし。実に身を致すの秋《とき》」

北添、能勢らは北辺開拓の野望も捨て、攘夷運動に命を捨てる覚悟をきめていた。

池内蔵太は、天誅組洋銃隊長として五条代官所、高取城を襲い、敗戦ののちは単身潜行して京都に逃れ、さらに周防の三田尻へ走ったが、京都の情勢が険悪になってくると、ひそかに大仏のかくれがへ戻り、危険な地下運動をつづけていた。

大仏のかくれがには中岡慎太郎もくる。海軍塾の望月亀弥太、千屋寅之助、安岡金馬らも出入りしていた。

龍馬は有為な人材である彼らが、大成することなく命を落とすのを懸念していた。

麟太郎から観光丸、黒龍丸が神戸の操練所に配属されるという朗報を聞くと、いっときも早く北添らに知らせたかった。

彼らに過激な直接行動から手を引かせ、海軍興起に尽力させたい。

晴天の陽射《ひざ》しが眩《まぶ》しい午後であったが、二条城の近所から大仏殿まで裏道伝いにゆくあいだ、新選組が捕物《とりもの》をしている現場を通りかかった。

乱髪の浪士が二人、宿屋の前に引きすえられている。組頭《くみがしら》らしい壮士が、甲高い関東弁で叫ぶのを、龍馬は聞いた。

「問答無用だ。ふん縛れ」

龍馬にするどい口調で声をかけてくる新選組隊士がいた。

「お待ち下さい。いずれの藩の方ですか。ご尊名は」

龍馬は浪士にはめずらしい、贅沢《ぜいたく》な身なりである。

黒縮緬《くろちりめん》紋付上衣に、黒羽二重《くろはぶたえ》の羽織、袴《はかま》は仙台平《せんだいひら》である。忠広《ただひろ》の大刀を横たえた長身の龍馬は、悠然と答える。

「御軍艦奉行並勝麟太郎家来、坂本龍馬です」

懐を探り、手札をさしだすと、抜刀を右肩に担いだ隊士は、ていねいに挨拶《あいさつ》した。

「卒爾《そつじ》なることで、恐れいります。お通り下さい」

龍馬は尾行されているのを知っているので、途中で数度道を変え、目明《めあか》しらしい人影をふりきった。

今熊野道のかくれがの板塀のうちに、紅梅が咲いていた。

土間には草履《ぞうり》が一足置かれているだけであったが、座敷には火鉢をかこみ七、八人の壮漢がいた。彼らは捕吏に踏みこまれたとき、大仏殿境内から逃げ散る手《て》筈《はず》をきめている。

龍馬は座敷へ入ると、顔のまえを手で払うしぐさをした。

「こがな煙草《たばこ》の煙がたなびきよったら、大勢がいましがたまでおったと、捕方は気がつくぜよ。ここへくる途中にも、新選組が西国者らしい浪人を二人、引きたてていきよった」

北添佶磨がいった。

「かまん、かまん。今日は海軍塾の塾生がおるき、捕まえられやせん」

大火鉢のまわりに、望月、千屋、安岡が並んでいた。

「おんしら、また塾を抜けてきよったか」

龍馬はあぐらを組んだ。

「おんしらはのう、こがなことばっかりしよったら、新しい世のなかを見もできんまんま、冥途《めいど》へお参りせんならんぞ。ええかげんにやめて、俺といっしょに、観光、黒龍の二艦で、貿易やろうじゃいか」

「それは何ぜよ」

「こんど操練所に二艦がくることになったがじゃ。俺らあはそれをどがいに使うても、かまんことになった。乗組みの者の給料、雑用《ぞよう》をあわせ、年に一万五千両もくれるがじゃ。

おんしらは、攘夷の開国のと、口から泡を吹いていいあわいでも、外国を相手の商いをやっちゃろいう了簡《りょうけん》を持たんかや」

北添が鼻先で笑う。

「幕府はそのまんまか」

「あがなものは、腐った柿じゃ。放っちょっても自然に落ちるぜよ」

北添は京都市中に潜み、尊攘運動に奔走している能勢達太郎とともに、命を捨てる覚悟をきめていた。

能勢は国許の父につぎのような手紙を送っている。

「佶磨とともに京都にいますが、同志は東西に離散し、草莽《そうもう》のわれわれが朝廷へ建白する道は、会津藩の策によってとざされ、千辛万苦の有様です。私は大義をつらぬくため、朝夕死を決して虎穴《こけつ》を探っている日常で、いつ命を落とすかも知れません。

わが家にはほかに男子のきょうだいがいないので、長女の直《なお》に、至急に養子縁組をさせて下さい」

龍馬は北添らの心中を知っているので、なんとか翻意させようと、懸命に説得した。

「おんしらが、長州者と力をあわせ、京都でひとあばれをしたい胸のうちは、よう分かっちゅう。しかし、物事には潮時というものがある」

「また潮時をいうかよ」

北添が肩をそびやかすが、龍馬は声に力をこめて説く。

「潮時をはずしたら、沖の鰹《かつお》釣りをやっても、一匹も釣れやあせん。無駄ばたらきになるばあじゃ。おんしは、この乱世をなんとかきりぬけて、わが才を生かす機を待とうとは思わんか。死んでも、誰《だれ》もよろこばん。おんしと能勢は海軍塾でしばらく形勢を観望せい。それがいっちえい了簡じゃ」

「そがな日和ばあ見よったら、誰が皇国の衰微をくいとめるぜよ。おんしの理屈は聞けん」

「そがなことはないちや。おんしらが命を大事にせざったら、軍艦を動かす者が減るばっかりじゃ。考え直せ」

彼は立ち上がり、厠《かわや》へいった。

台所で洗いものをしている女が二人、龍馬に会釈した。

「お貞さん、いつもご苦労じゃのう」

龍馬は四十なかばの年頃の手伝い女に、声をかけた。

お貞という女は、物腰が良家の女房のように、どことなく品がある。彼女とならんで立っている、はたち過ぎの年頃の娘を眺めた龍馬は、思わず眼を見はった。娘は、近眼の龍馬が思わず見なおしたほど、けざやかな涼しいまなざしをむけてきた。

――これは尤物《ゆうぶつ》ぜよ。江戸や京都でもめったにおらんばあの別嬪《べっぴん》じゃ。お琴とは、またちがう――

大輪の白牡丹《しろぼたん》のように、はなやかな風情《ふぜい》をただよわせる娘は、お琴のように凛《りん》とした印象をそなえていなかったが、龍馬をひきよせる、蜜《みつ》のように甘やかな気配があった。

——これはあんまり色香がよすぎるき、なんとのう気後《きおく》れするが——

彼はかろうじて、ふだんのような軽口をきいた。

「どえらい別嬪さんがおるき、昼のうちから狐《きつね》に化かされたかと思うたちや」

娘はざくろの粒のような形の歯並みをあらわして、笑った。

「お口がお上手でおいやすなあ」

龍馬は照れて、よみあざの散らばる頰に血の色をのぼせた。

「お前《ま》さん、いつからここへきちゅうがかね」

たずねると、お貞がかわって答えた。

「これは、うちの上の娘のおりょうどす。七条の扇岩《おうぎいわ》という旅籠《はたご》の女中をしとりますのやが、たまにここへ顔出しするんどっせ」

「ほうかよ。こがな別嬪さんを見せてもろうたら、目の保養ぜよ」

龍馬はお貞の素性を知っている。

お貞は四十六歳、京都富小路《とみのこうじ》三条下ル柳馬場《やなぎのばんば》で町医者を開業していた、楢《なら》崎将作《さきしょうさく》の妻であった。楢崎家は長州藩士の家柄であったといわれ、事情があって将作の父が浪人となり、京都に出た。

将作は医学を修業し、やがて流行医となって、青蓮院宮《しょうれんいんのみや》家にも出入りするようになった。裕福な生活をつづけていた楢崎家の前途に暗いかげがさしそめたのは、将作が池内大学、梁川星巌《やながわせいがん》、梅田雲浜《うめだうんぴん》、頼三樹三郎《らいみきさぶろう》ら、勤王志士たちと交際をはじめたためである。

安政五年九月、安政の大獄がはじまり、梁川星巌が捕縛されるまえにコレラで急死したのち、梅田以下の人々が捕えられ、六角《ろっかく》の牢屋に入った。

梅田らが会合の場所としていた楢崎家にも、捕吏が踏みこみ、将作を引きたてていった。

将作は数年を六角の牢屋で過ごし、赦免され帰宅したが、病床についたままで、文久二年六月二十日、自宅で病死した。

残された五人の子女を養うため、お貞の苦労がはじまった。

将作が亡くなったとき、長女おりょうが二十二歳、次女光枝《みつえ》が十五歳、三女君江《きみえ》が十二歳、長男健吉（年齢不明）の下の次男太一郎《たいちろう》が四歳であった。

お貞と子供たちは生活に窮し、木屋町の裏店《うらだな》へ移った。彼女が大仏のかくれがに住みこむようになったのは、将作が健在の頃、面倒をみてやった米屋の女房が仲介の口をきいたためであった。

志士たちにとって、お貞は気を許せる女性であった。

龍馬は座敷へ戻り、同志たちにいった。

「いま台所に、眼のさめるような女子《おなご》がおったぜよ」

望月亀弥太が応じた。

「女子にゃ眼の早い龍やんじゃき、おりょうさんは見逃さんぜよ」

千屋寅之助が笑った。

「あれほどのえい女子は、三条大路を歩いちょっても、めったにゃ会わんきのう。龍馬さん、嫁に貰《もろ》うたらえいですろう」

龍馬はあぐらを組み、徳利を傾け、茶碗《ちゃわん》についだ酒を、ひといきに飲んだ。

「あれは、誰ぞの恋人《といち》じゃろうが。あれほど目につく女子を、放っちょくもんか」

「いや、旅籠にはたらいちゅうき、人あしらいはうまいが、身持ちはえいそうです。医者の娘で、鷹揚《おうよう》に育ったき、尻軽女《しりがるおんな》じゃないですろう」

龍馬は酔いのまわった顔を撫《な》でる。

「ふうん、あのヘチャクチャと言舌《ごんぜつ》もたしかでないお貞さんに、あがな娘がおるとは、ふしぎじゃのう」

亀弥太が龍馬にすすめた。

「おりょうさんをここへ呼んで、いままでの苦労話を聞いちゃりや」

「そがな苦労をしたがか。勤王医者の子じゃというて、目明しらあがいじめよったか」

亀弥太らは、お貞たちの身上《しんじょう》を詳しく知っていた。

「お貞さんには娘三人と息子二人がおる。上の息子はちとさしぎれ（愚鈍）じゃ。もとはゆったりと暮らしちょったが、主人が死んでは、親類というても、たまたま顔を出しゃ、虚に乗じて家財道具を盗んで帰るばあぜよ。

諸道具から家屋敷まで売り、しばらくは暮らしちょったが、窮するままに、おりょうさんが扇岩へ奉公する。お貞さんらあは木屋町の借家でほそぼそと暮らしちょったが、そのうちにえらいことがおこったがよ。ここから先は、おりょうさんに聞きや」

龍馬はしばらく亀弥太らと酒をくみかわし、酔いがまわってくると立ちあがった。

「もう去《い》ぬるかや」

「いや、今夜はここへ泊まるつもりできたがじゃ。これからちくと別嬪さんに話を聞いてくるぜよ」

男たちのあいだから、笑い声がおこった。

「龍やんは、やっぱり気が早いのう」

「早うせにゃ、いつ殺されるか分からんきのう。ここも、むさい男が何人も出入りしゆうきに、目明しに嗅《か》ぎつけられるろう」

龍馬は大刀を左手に持って台所へいった。武器を常に身辺に置いておかなければ、突然、新選組や会津、桑名《くわな》の兵が踏みこんできたときに、不覚をとる。

龍馬は台所へゆき、板間の敷居際に腰をおろす。

お貞とおりょうは仕事を終え、湯呑《ゆの》みを手にしていた。

「俺がきたら、邪魔かのう」

おりょうが、笑みを見せて答える。

「いえ、そんなことおへんえ。旦那《だんな》はんは土州のお方どすか」

「そうじゃ。坂本龍馬という名じゃき、覚えちょいて。これはお母《か》やんにいつも世話になっちゅう礼じゃ。納めちょいとうせ」

龍馬は懐からとりだした一分銀を懐紙につつみ、お貞に渡す。

「こないに仰山《ぎょうさん》いただけまへん」

お貞が眼を見張った。

近頃、諸式が値上がりしているが、一分出せば、京都市中の上宿《じょうやど》に泊まれる。米であれば一斗も買える。

「かまん、かまん。取っちょき」

龍馬は、おりょうの表情の動きを見ていた。

顔だちがととのっているので、黙っていると、近づきにくいような感じがただよう。龍馬は自分をけしかけた。

――どうせ放っといたら他人に持っていかれる。まっこときれいな花を、取らにゃどうすらあ――

「おりょうさんよ。お前さんはなかなかえらい女子じゃと聞いちゅうが、木屋町の裏店住まいのあいだに、どがなことがおこったがか。教えてくれんかよ。俺の朋輩らあは、お前《ま》さんに聞けといいよる。まあ、ここへ坐《すわ》って聞かいとうせ。俺は龍馬で、ふしぎなことにお前さんはおりょうさんじゃ。おんなじ名いうがも、なんぞの縁と思わんかよ」

おりょうは口を手でおさえ、声をたてて笑い、台所のつづきの小部屋で、龍馬とむかいあった。

おりょうの家族に、大事件がおこったのは、去年のことであった。

「私が扇岩に奉公しはじめて、間なしのことどした。家へ帰ったら、光枝と君江と太一郎がおらへんのどす。お母はんに聞いたら、下河原町の玉屋という置屋のおかみが、連れていったということどした」

お貞は世間知らずで、人を疑わない。

玉屋という芸者置屋のおかみは、気丈なおりょうの留守をうかがい、お貞をたずねてきて、誘った。

「私は亡くならはった楢崎先生に、いつも散財していただいて、お世話になった者どす。この頃、世間の噂《うわさ》でお暮らしむきに窮していやはると聞いたものどすさかい、おたずねさせてもろたんどす。お宅の嬢《いと》は、別嬪さん揃《ぞろ》いやそうで、先生のご恩をお返しするために、ええ奉公先をお世話しようと思うてきたのどす」

お貞はおかみのいうことを、まったく疑わず、十六歳の次女光枝、十三歳の三女君江を預けた。

光枝と君江の行き先がそれっきり分からない。

「えらいことや」

おりょうは知《し》る辺《べ》を頼り、二人の行方をひそかに探り、実情を知った。玉屋のおかみは、お貞にわずかな金を握らせただけで、ことのほかの美人である君江を、島原遊廓《しまばらゆうかく》へ舞妓《まいこ》に売り、光枝を大坂の女郎屋へ売っていた。

君江はまだ幼いので、身のうえにさしあたっての気遣いはないが、光枝は一刻も早く取り戻さねばならない。

おりょうは迅速に行動した。

まず玉屋のおかみに会い、父将作の遺品の短刀を抜き、詰め寄った。

「このど悪党が、うちの妹をどこへ売りよった」

おかみはうそぶく。

「そんなこと、私が知るもんか。とっとと出ていかなんだら、叩《たた》き出すで」

おりょうは叫んだ。

「よし、そういうなら、おのれを地獄の底まで、引きずりこんだる。わてのうしろには、薩摩屋敷の命知らずの侍衆がついてるんや。覚悟して口きけよ。返事のしようで、おのれの首は青竹に突きさされて、四条河原へさらされるんや」

おかみの顔がまっさおになった。

おりょうの奉公する扇岩には、薩摩藩の中村半次郎《なかむらはんじろう》らが遊興にくる。

京都では、新選組もその威勢をはばかるという薩摩藩の、あばれ者に目をつけられては、ただではすまない。

おりょうは玉屋のおかみから、光枝を女郎屋へ売った女衒《ぜげん》二人の居所を聞きだすと、自分の着物を売り、幾らかの銭を持って大坂へ下った。

龍馬はおりょうの話に引きこまれた。

「お前さんは、まっこと胆がすわっちゅう。男でも、そこまで思いきったことは、めったにゃできんぜよ。大坂にゃ、奉行所の下役でもひとりでいけん、長町《ながまち》というグレ宿が並んじゅう町がある。お前さんのような別嬪が、そがな所へ引きこまれたら、二度と帰れん。おそろしゅうはなかったかよ」

「なんともおへんどした。光枝がどんな目にあわされてるかと思うたら、いてもたってもおられへんのどす。わては女衒に会うて、光枝を取り戻せなんだら、そいつらを刺し殺して死ぬつもりどした」

おりょうは大胆で、才智《さいち》がはたらく。

彼女は女衒二人に会い、光枝の居所をいわせようとした。

「わての妹をどこへやったんや。さあ、返さんかい。玉屋の悪だくみは、薩摩屋敷の侍衆にいうてある。おのれらの名も、皆いうた。わてのあとから五人も六人も侍がくるんや。いますぐ謝って光枝を返せ。わての父《てて》は勤王医者で名高かった楢崎将作や。その忘れがたみを、女郎に売るとは、よっぽどおのれらも阿呆《あほ》やなあ。首飛ばされるのが嫌なら、光枝を返せ」

女衒らは喚《わめ》きはじめた。

「女やと思うて、おとなしゅう聞いてやりゃ図に乗りくさってからに、ひねりつぶしたるぞ。さあ、成仏せえ」

彼らはもろ肌をぬぎ、刺青《いれずみ》をあらわす。おりょうは叫んだ。

「よし分かった。おのれらが死ぬ気なら、こっちも死んだるわい」

彼女は女衒の一人の胸倉をつかみ、平手で顔を殴りつける。

「そのほうがだまして大坂へ連れてきた妹を返さなんだら、これまでじゃ」

女衒たちはおりょうの侍言葉を気味わるそうに聞いたが、あくまでも脅そうとした。

「おんどれは、殺されたいか」

おりょうは短刀を鞘《さや》のまま帯から抜きとり大声で罵った。

「殺せ、殺せ。殺されにはるばる大坂へきたんや。おもろいことをぬかす奴やないか。さあ殺せ。刺しちがえるぞ」

女衒たちは、しだいに気味わるくなってきた。この女を殺せば、薩摩の芋侍があらわれて、刀の錆《さび》にされるかも知れない。

「しかたない、光枝は返したるわい」

彼らは肩を落としていった。

龍馬はおりょうの勇気と、機敏な判断力に感じいった。

「お前さんは女子じゃが、思いきって危地へ飛びこむ大胆さと、かけひき上手の潮どきの読みのうまさは、生得《しょうとく》のものじゃろのう。男でも度胸をつけるには、人を殺さにゃならんいうて、新選組の者らあは、むやみと人を斬りゆう。乞食《こじき》でも二、三人殺しよったら、智恵もふえるというけんど、お前さんは人を殺したこともないのに、えらいもんじゃ」

龍馬はたずねる。

「光枝さんは、いまどこにおるがぜよ」

「遠縁の親戚《しんせき》の粟田口青蓮院、金蔵寺《こんぞうじ》の智足院の院主さんのところへ、預かってもろうてます」

「君江さんは、まだ島原におるがか」

「はい、これも近いうちに話をつけて、取り戻しにいくつもりどす」

「その役は、俺に任しちょき。お前さんといっしょにいっちゃるき」

「はじめて逢《お》うたあんさんに、そんなことをしてもらうわけにいきまへん」

「かまん。俺はお前さんのような女子にはじめて逢うた。これも他生《たしょう》の縁じゃろう。力にならいとうせ」

おりょうは、ほほえむ。

龍馬に気を許した彼女のまなざしは、艶《つや》めいてかがやく。

龍馬は袂《たもと》をかきさがし、一分銀三個をとりだし、おりょうに渡した。

「こんな大金を、なにしはるんどす」

おりょうが押し返すのを、龍馬はとどめた。

「一家がばらばらに暮らしゆうときに、先立つがは金じゃ。俺は昨日先生からちくとまとまった金をもろうたき、懐はぬくい。取っちょき。あさってからしばらく長崎へいくけんど、そのあいだ、お前さんにゃ逢えん」

「いつ頃お帰りどすえ」

「四月はじめになるろう。それまで京都にはおらん。今日逢えたのは、まっこと縁があったきじゃ」

龍馬が腰をあげた。

おりょうが二、三歩ついてゆく。

背の高い龍馬がふりかえり、おりょうを抱きしめるなり、唇をあわせてきた。

「おりょうさん、俺はお前さんを嫁にもらいたい。いまお貞さんにそう頼んでもえいかよ」

おりょうは龍馬の舌をくわえたまま、かすかにうなずく。

長いくちづけのあとで、龍馬は台所へ戻り、お貞の前に手をついた。

「お頼《た》の申します。おりょうさんをかわいがりますき、どうぞ嫁に下され」

勝麟太郎は二月九日、急に長崎出張を命ぜられ、時服《じふく》二着、羽織、黄金十枚（一〇〇両）、拝借金五百両を与えられた。

用件は長崎でオランダ、アメリカ、イギリスの領事と会見し、外国艦隊下関攻撃の延期をさせる交渉をすることである。

麟太郎は、領事らと旧知の間柄であるので、交渉役に選ばれた。龍馬、亀弥太、寅之助、衵次郎ら塾生たちは、麟太郎に随行して、翔鶴丸で長崎へゆく。

龍馬は大仏のかくれがに残る北添、池に後事を頼んだ。

「急変がおこったときは、按配《あんばい》よう頼むぜよ。昶次郎の恋人《といち》がおるき、もしものときは知らせにきてくれるろうが、おんしらが頼りじゃ。お貞さんらあを庇《かば》うちやってくれ」

近藤昶次郎は、京都にいるあいだに恋人ができていた。千本屋敷《せんぼんやしき》と呼ばれる京都西町奉行所の目明しの娘、お妙《たえ》である。

お妙は昶次郎に逢《あ》いたいので、足しげく大仏のかくれがへ出入りして、お貞を扶《たす》け台所仕事などをしている。

目明しの父親には、かくれがのことはすこしも告げず、かえって奉行所、守護職屋敷の秘事を探って、昶次郎に教えた。

亀弥太がひやかした。

「龍やんも、まったく手がはやいぜよ。おりょうさんをはじめて見た日に、いいなずけの約束をしよるがじゃき、俺らあは相手にゃなれんちや」

龍馬は照れる様子もなく、いった。

「翔鶴丸で九州へいくがは、ありがたいことじゃが、こんどばかりはここに残りたいぜよ」

若者たちの笑い声が、座敷をゆるがした。

「長崎へいきゃ、血迷うた長州者に狙《ねら》われる非常のときじゃ。龍やん、おりょうさんを思うて顔の筋を弛めちゃいかんぜよ」

長崎貿易は、長州藩の下関海峡（関門海峡）封鎖で重大な打撃をうけていた。

横浜についで重要な貿易港である長崎は、全国貿易額において、輸出入の三割を占めていたが、元治《げんじ》元年（一八六四）になると、ほとんどが完全に商業活動を停止した。大坂から長崎へ輸出品を運送する廻船《かいせん》には、淡路船頭が乗っていたが、彼らが危険きわまりない下関海峡を通過する航路をとることを拒否したので、貿易が不可能となった。

このため、イギリス、オランダ、フランス、アメリカの艦隊が横浜を出帆し、下関の封鎖を解かせるため攻撃にむかう日が迫っていた。

遠　雷

二月十三日は終日烈《はげ》しい風雨で、麟太郎と龍馬たち塾生十数人は、沖合に碇泊《ていはく》している翔鶴丸《しょうかくまる》に乗船できなかった。

頭取以下の乗組員、随行の幕府目付ら一行も、旅宿に泊まった。

十四日は晴れ渡り、肌につめたい東風がわずかに吹くなか、翔鶴丸は出港した。

海上は平坦《へいたん》で、風波もなく、蒸気機関を動かし、半刻《はんとき》（一時間）に七里半を進む快速であった。

遠近《おちこち》に釣船が出ているが、まったく凪《な》いでいるので、廻船《かいせん》は島陰、港で帆待ちをしている。

「こんな日和《ひより》には、寝ころんで無駄話でもしているのがいい。酒を飲んでもいいぜ」

麟太郎は畳敷きの士官室で、羽織をぬいで寝ころび、カステラをつまむ。

龍馬たちは、そのまわりで車座になり、誰《だれ》かが運んできたラム酒をなめる。

「先生、一昨日は薩藩から十三人も入塾しよりました。九日にも三人入ったが、えらいふえよりましたろう」

「薩藩はイギリスと和睦《わぼく》して、軍艦を買うつもりだよ。三十六門のアームストロング砲を備えた大艦を買いたいそうだ」

「代金はあるがですか」

「なにしろ、古金《こきん》を百万両貯《たくわ》えているという、えたいの知れない藩だからね。長崎では貿易もやるつもりらしい。ある薩人から聞いたが、まず肥前《ひぜん》米を四千石買うとする。石当たり二両で、八千両だ。それを上海《サンハイ》で売れば米百斤につき洋銀三枚が相場だから、二万四百七十五両になる。粗利《あらり》は一万二千四百七十五両だ」

天井を眺めながら、しゃべっている鱗太郎の言葉を、龍馬はするどい目つきで聞いていたが、問いかける。

「昆布や海鼠《なまこ》、干《ほ》し鮑《あわび》、干し貝、えびも高値で売れますろうか」

鱗太郎は、笑みをふくんでいう。

「もちろん、飛びきりの値段で売れるさ。蝦夷へ塾生らを連れていって、ひと儲《もう》けするつもりかい。龍馬は悪い奴さ。いつでも抜け目のねえことを考えている」

鱗太郎は、幕府勢力のつよまってゆく京都で、玉砕を覚悟している激派浪士を、ひとりでも多く生きながらえさせてやりたい、龍馬の心中を知っている。

麟太郎は声の調子を、いたずらっぽく変える。

「ちと、おもしろいオランダの話をしてやろうか。男の一物は、ヘネラーレカーレコッペルというんだ。老提督の頭という意だよ。つるっ禿《ぱ》げで、毛がないからさ」

麟太郎を囲む塾生たちは、畳に転がって笑う。

「オランダ語で、女陰はボイスクロイトという。腹の溝という意だ」

カステラをほおばっていた近藤昶次郎が、ふきだす。

「女陰の大きなものは、デリーデッケルというんだ。三層甲板のいちばん大きな軍艦のことさ」

龍馬たちは腹をかかえる。

麟太郎は話をつづけた。

「長崎にいるとき、オランダの船長から聞いた笑い話がある。ヨーロッパ諸国では、戦《いくさ》に勝って分捕りをはじめるとき、かならずラッパを急調子に吹き鳴らすことになっている。そこでだ。ある士官の家に女中がいた。これが部下の兵卒と、主人の知らぬ間に通じていたんだな。どこでも人情に変わりはねえさ。ある日、士官が女房といっしょによそへ出ていった。女中は留守に色男を引きいれようとしたが、どこへいったか分からない。

さいわい部屋にラッパがあったので、それを吹きたて、兵卒を呼び、色事をはじめたが、終わらねえうちに主人が帰ってきた。突然のことで、女中はあわてて服を着て出ていったが、色男は逃げ場がないので、士官夫婦の寝台の下へ隠れた。ところがとんでもねえことがおこったんだ。士官が女房と寝台でおっぱじめた。いい気分になってくると、夫婦は着物をぬいで床に投げだし、たいへんな喜悦の様子だ。寝台の下で物音を聞いていた兵卒は、たまらなくなって、女中の吹いたラッパを腰にさしていたのをさいわい、それを抜いて吹きたてたものだ。

士官夫婦がびっくり仰天しているあいだに兵卒は寝台の下から飛びだし、床に投げすてていた夫婦の衣服を肩にかけ、逃げ去った。翌日、士官が兵卒に会うと、持ち去られた自分の衣服を着てすましていやがる。その服はどこから持ってきたかと聞けば、どう答えたと思うかね。こないだ大戦争があって、ラッパを吹きたてる音を聞いたので、分捕りましたのさ、といったものだから、士官は恥ずかしさのあまり、兵卒を咎《とが》められなかったそうだよ」

塾生たちは、涙をこぼし、笑いころげる。

「このように、西洋人の人情は至っておおらかなものさ。諸欲を隠さず、まるだしにするところがある。だから今度の談判も、うわべをとりつくろうようなことをせず、こちらの内情を隠さず教えてやれば、長州攻めを日延べしたほうがいいと、おのずから思うだろうさ」

龍馬がたずねた。

「先生は長崎におる、オランダやイギリス、アメリカの領事らあとは、懇意な仲ですろうか」

「知りあいはいるさ。俺《おれ》が長崎にいた頃は、外国からきた船は、出島のオランダ商館へ寄って、日本の形勢をたずねることになっていた。

伝習所の教師は、そういう連中がくると、かならず俺を呼び、相談をもちかけてきた。船がくるたびに用向きを急飛脚で江戸へ知らせるんだが、たしかな返事のくることとなんざ、めったにねえさ。だから俺が、まえもって連中に教えてやるのさ。こんな談判をなすっても、いまの江戸の役人たちにはとても分からねえ。だから、もっと先になすったらいかがでしょうってね。そんなぐあいだから、連中に重宝がられたものさ」

麟太郎は長崎伝習所にいたとき、オランダ人教官どうしの内証話を、おおよそ聞きとれるほど、語学に熟達していたので、旧知の船長も多いという。

「俺はイギリス人やオランダ人にいってやるのさ。あんた方が思っているほど、日本人は世界の様子を知らねえ。こないだまではあんた方の靴を見て、踵《かかと》がねえから板をくっつけて歩いていると思っていた手合だから、話の詰めを急いだところで分かりゃしませんとね」

麟太郎は、龍馬たちにいった。

「この船は、下関を通れば長州の砲台から撃たれるから、明日は豊後の佐賀関へ着船するよ。佐賀関から豊後鶴崎《つるさき》、久住《くじゅう》へと阿蘇山《あそさん》の麓《ふもと》を歩き、熊本城下へ入るんだ。佐賀関から熊本までは四十一、二里だから、途中五日ほどは泊まるだろう。俺は駕籠《かご》には乗らねえよ。空駕籠を前へいかせて、お前たちとあとをついてゆくさ。熊本は尊攘《そんじょう》派の巣窟《そうくつ》だから、危なくてしょうがねえよ」

尊攘浪士のうちには、誰が奸人《かんじん》だと耳にはさむと、その日のうちに斬《き》りすて、平然と喜怒をあらわさない者がいる。

彼らはいう。

「斬奸《ざんかん》は、畑につくった食べごろの茄子《なす》や胡瓜《きゅうり》をちぎって、沢庵《たくあん》につけるのとおなじことだ」

そんな殺人鬼のような人物が、いたるところにいた。

麟太郎の身辺を護《まも》る龍馬と新宮馬之助は、六連発洋式短銃を帯にはさんでいた。

翔鶴丸は予定通り、二月十五日午後五時、豊後佐賀関へ到着し、一行は徳応寺という寺院に泊まった。

佐賀関を出発した麟太郎は、馬背に揺られ、別府《べっぷ》湾に沿い五里の道を辿《たど》り、鶴崎の本陣へ向かった。町なかに白滝川《しらたきがわ》という澄んだ流れが水をたたえ、遠近《おちこち》で鶯《うぐいす》の啼《な》き声がする。

「いい景色だな。この辺りなら命を狙《ねら》われることもなさそうだから、のんびりゆくか。江戸の三月頃《ごろ》の陽気だなあ」

手入れのゆきとどいた田畑が街道沿いにつらなり、桃の花盛りである。

「桜はもう散ってしまったようだな。こうして陸《おか》のうえを蟻《あり》みてえに歩いてゆくのも、たまにはわるくねえさ」

いつも蒸気船で江戸と大坂を忙しく往復している麟太郎は、肌にここちよい春風に吹かれ、機嫌がよかった。

鶴崎から山手に入り、野津原《のつはる》、久住と泊まりをかさねる。久住から内《うち》の牧《まき》に至る道は阿蘇嶽《あそだけ》を眺めながらゆく。

龍馬は脱藩したのち、長崎に立ち寄ったことがあるが、詳しく町の様子を見ていなかったので、馬上の麟太郎を見あげて聞く。

「いまごろは、長崎も温《ぬく》い風が吹いちょりますろうか」

「そうだな。あまり寒くならねえが、いまは西風《にし》が吹いているから、支那から飛んでくる砂で、空が黄ばんでいることもあるよ。南風《まぜ》が吹きはじめるのは五月だな。

俺たちが長崎に着く頃は、天満宮《てんまんぐう》の祭礼で、風頭山《かざがしらやま》のハタ揚げが見られるだろう」

「ハタとは何ですろう」

「紙鳶《たこ》のことさ。昔、南蛮人が伝えた遊びのようだな。南蛮人は手品、踊り、音曲《おんぎょく》もうまい。西洋の音曲ばかりじゃねえ。日本の三味線などを弾けば、それは器用なものさ」

「西洋の料理も食えますろうか」

「もちろんだ。皆連れていってやるよ。洋食はターフルといって、乙《おつ》な味だぜ。飲む酒もブランデやワインのほかに、いろいろあるさ」

麟太郎は、日本の国運にかかわる重大な外交交渉に出向く緊張を、まったくあらわさない。龍馬にはふしぎであった。

——先生は、いつでも自然なふるまいのできる人じゃき、他人のできんことをやってのけられるがじゃ。一寸先は闇《やみ》じゃという世のなかを、恐ろしいと口ではいうが、まっこと気楽な人ぜよ——

麟太郎は、大胆不敵であるいっぽう、こまかい配慮を忘れない男であった。

龍馬は熊本城下に着けば、近郊の沼山津《ぬやまづ》村に「四時軒《しじけん》」という寓居《ぐうきょ》を構えている、横井小楠を訪ねるよう、麟太郎に命じられていた。小楠は文久三年七月、松平春嶽父子が藩兵三千人を率い、上京して将軍、関白、雄藩の大名、尊攘派、外国公使、領事を集め、大評議を立て、暴論を鎮圧する計画をたてた。

だが、春嶽父子が軍事力を用いるのをためらったため、藩議は逆転し、改革派の指導者であった小楠は、春嶽の慰留を辞退し、熊本へ帰った。

熊本藩庁は、文久二年十二月、江戸留守居役吉田平之助の別宅で起きた、刺客襲撃事件で、現場から小楠が逃れたことをとりあげ、きびしく処罰をした。

一時は死罪に処すべきであるとの意見が出たが、松平春嶽、茂昭《もちあき》父子の交渉によって助命された。

だが、士籍を剝奪《はくだつ》され、知行を没収されたので、生活に窮した。妻つせ、長男又雄（時雄《ときお》）、長女みや子、養母至誠院《しせいいん》、甥左平太《おいさへいた》、大平《たいへい》、女中寿加の七人を養わねばならない。

小楠の才力は天下に聞こえ、他人を尊敬したがらない麟太郎でさえ先生という敬称を欠かさないほどの、大人物である。

だが国許《くにもと》では藩士たちに嫌われていた。何事にも多弁で、朋輩《ほうばい》の政見がまちがっていると思えば、酒宴の座であっても徹底して批判、論破し、そのため座が白けることが往々であった。

彼は酒宴の場で、幕政批判に及ぶ失言をおこなった「酒失事件」をおこしたこともあったので、刺客の手を逃れた「士道忘却事件」は、攘夷《じょうい》派の多い藩士の憎悪と侮蔑《ぶべつ》を集めることになった。

沼山津村の富農弥富《やとみ》仙左衛門が小楠の暮らしむきを扶《たす》けた。酒の好きな小楠は、江戸、福井で買いあつめた古刀を借金の抵当として、仙左衛門に渡しているという噂《うわさ》を、麟太郎は肥後藩士から聞いていた。

「沼山津へいったら、先生にこれを渡してくれ。ついでに、何でもいいから話を聞かせてもらえ。先生のいうことは、何事を聞いてもためになるからな」

麟太郎はそういって、分厚い書状と、重い金包みを龍馬に預けた。

龍馬はそれを背負い袋に入れている。小判らしい金包みは重く、六、七十両はありそうであった。

麟太郎と幕府目付能勢《のせ》金之助の一行が熊本に着いたのは、二月二十日である。

熊本までの旅のあいだは連日の晴天がつづき、ほうぼうに温泉が湧《わ》いていて、旅の疲れを癒《いや》すことができた。

熊本城下は大杉の並木が街道につらなり、陽射《ひざ》しをさえぎっていた。道幅は広く、熊本城は二里ほど離れた辺りから見えている。

桜の古木が十四、五丁もつらなっているところを通り過ぎる頃には、巨大な天守閣が空に屹立《きつりつ》し、延々と石垣外濠《そとぼり》がつらなり、武家屋敷が塀をめぐらしていた。

藩士たちが城下新町《しんまち》の本陣へ案内し、出迎えた家老が、藩主細川侯の贈物である十文字槍刃《じゆうもんじやり》を麟太郎に手渡した。

かつて江戸の氷解《ひようげ》塾に学んだ藩士数人がおとずれ、麟太郎と歓談をはじめる。

龍馬は近藤昶次郎とともに、沼山津村へ横井小楠をたずねた。

鳥の啼き声がのどかに聞こえる野道を辿ってゆくと、東に阿蘇、西に雲仙《うんぜん》の山なみが雄大にひろがる。

四時軒は、田畑のなかにあった。

「明るうて、のどかな所じゃのう。南手にきれいな川が流れゆう」

龍馬たちは、表戸を叩《たた》いておとなう。

「まえに福井でお目にかからせていただいた、坂本龍馬が参じました。海軍塾生の近藤いう者を連れちょります」

応対に出た女中が奥へ入ると、皺《しわ》だらけの袴《はかま》をつけた、白髪頭、痩身《そうしん》の小楠があらわれた。

「おう龍馬君か、よくきたな。むさくるしい家だが、あがってくれ。外の眺めはいいところだ」

龍馬は、木山川《きやまがわ》の見える南むきの座敷へ通された。
五、六人の塾生らしい青年たちが、行儀よく挨拶《あいさつ》をする。

「ところで君は何の用で熊本にきたのかね」

小楠は観骨《かんこつ》の張った顔をむける。

「勝先生のお供をして、長崎へゆく途中でござります」

「勝さんは軍艦奉行並だ。いまごろどうして長崎あたりへ出向くのだ。将軍家が上京なされ一橋侯、春嶽侯、容堂侯、鍋島閑叟《なべしまかんそう》（直正《なおまさ》）侯、伊達《だて》藍山（宗城《むねなり》）侯（前宇和島藩主）、島津三郎（久光）殿らが参与として朝議に加わっておるときだ。春嶽公の尻押《しりお》しをせねばならぬ勝さんが、長崎ゆきか」

小楠は腕を組んで考えこむ。

彼はいなかにいるが、京都の政情を手にとるように知っていた。

小楠は龍馬にたずねた。

「勝さんに長崎へゆけと命じたのは、誰かね」

「二条城御用部屋で、島津少将、春嶽、藍山の諸侯と老中がた列座のうえで、一橋中納言（慶喜）殿より仰せつけられたがです」

「やっぱりそうか。中納言は勝さんが春嶽侯になにかと進言して、鼻面《はなづら》をとって引きまわされるようなことになるのを、嫌ったのであろう。幕府老中は、参与が会同して国政を動かすようなことになれば、体面にかかわると思っているのだ。貴公らが長崎へ出向いているあいだに、中納言が参与諸侯に議論をしかけ、京都から追い返してしまうだろう」

龍馬はおどろくばかりである。

「そがなことが、ありますろうか」

「老中どもは、島津三郎が、思うがままのふるまいをするのに、疑念をさしはさんでおる。中川宮の兄者《あにじゃ》で前勧修寺《かじゅうじ》門跡の済範《さいはん》が、不正の行いがあって東寺《とうじ》に幽居しておりしが、近々に還俗《げんぞく》し、山階宮《やましなのみや》家を立てられるようだが、それも三郎が近衛《このえ》前関白に強要いたし、ご採用なくば親戚《しんせき》の縁を絶つと脅したためじゃ。このような薩摩の押しのつよさが、老中どもの気にいらぬのだ」

「そがな様子は、私もあらましうちの先生から聞いちょりますが」

龍馬は、鱗太郎が突然長崎への使者を命ぜられた裏には、複雑な事情があると気がついた。

慶喜が二条城で、老中酒井雅楽頭《さかいうたのかみ》、水野和泉守と、意見が対立している実情は、鱗太郎が洩《も》らしていた。

慶喜は、将軍後見職として、参与会議を潰《つぶ》さねばならない立場に追いつめられていた。

龍馬は、背負い袋から鱗太郎の書状と金包みを取りだし、小楠の前にさしだす。

「うちの先生から預かってきたがです。どうぞお納め下さい」

小楠は重い金包みをとりあげ、笑みを見せた。

「これは見舞金か。手元不如意の折柄、ありがたく頂戴《ちょうだい》いたそう。では勝さんのご書状を拝読いたす」

彼は封書をはずし、長文の内容を一気に読み下したのち、長い溜息《ためいき》をつき、龍馬にたずねた。

「兵庫に海軍操練所ができるのかね」

「そうですらあ、もう作事《さくじ》にかかっちょります」

「海軍塾もこしらえたのか」

「神戸村というところで、操練所の隣にできあがって、六、七十人の塾生が住んじょります。春嶽侯から拝借した千両で、手広い塾ができたがです」

「勝さんが天朝と幕府を説いて、兵庫に海軍場をおこしたのは、さすがのはたきと申すべきじゃ。兵庫は大坂の喉《のど》もとで、わが国第一の要港ゆえ、海軍の根拠地を置くに絶好の場所だからな。勝さんは儂《わし》にいろいろと返答を求めておるが、いずれ書状をしたため、門人に長崎まで持っていかせよう」

能弁な小楠は、龍馬に意中を語った。

「海軍一切の全権は軍艦奉行にゆだね、閣老といえども口出しをさせてはならぬのだ。なんと申しても天下一致の海軍でなければ、役立たぬ。そのため、列藩に海軍興起の大趣意を示し、志ある者は匹夫《ひっぷ》といえども修業をさせ、費用を惜しんではなるまい。身分にかかわらず才技の秀でた者は、艦長、艦隊の長官に抜擢《ばってき》すべきだ」

龍馬は質問した。

「諸式値上がりの折柄、海軍をおこす費えを弁ずるには、どうすりゃえいですろうか」

小楠は海軍振興の財源は、貿易振興にあるといった。

「儂が三岡八郎らと策を練り、長崎表で交易をしたが、わずか数年で正金《しょうきん》七万両の利を得た。いまはアメリカが大戦の最中で、ヨーロッパもキナ臭い。世界じゅう諸式高で、日本から売りだすものは、なんでも高く売れる。

長崎の高島《たかしま》で掘りだす石炭は、上海へ持ってゆけば三層倍で売れるらしい。侍も、金子《きんす》はけがらわしいなどと、昔かたぎを申しておるときではない。天下一致の海軍をこしらえるためには、列藩がこぞって外国との交易に精をださねばならぬ。

幕府が長州や薩摩の説にふりまわされるのが、威勢にかかわるとして、できもせぬ横浜鎖港などをいいだすのは、交易の利をひとりじめにしたいためだが、それは自ら墓穴を掘ることになるのだ。上州《じょうしゅう》の絹商人が横浜で巨利を博し、幕府のおさえがきかなくなるほどの力をたくわえようとすると、たちまち改易をやりかねぬいきおいで取り締まりをやらかす。そんなことをせず、列藩と合力《ごうりょく》すれば、二百隻ほどの軍艦をつくる金を稼ぐのは、さほど難事ではない。腐りきった政道の根を断てば、新しい芽はいくらでも出てくる。

長崎へいけば、勝さんが外国領事や提督《アドミラル》に会うだろうから、傍《そば》について、やりとりをしっかり聞いておくがいい。長崎には、海軍伝習所があった時分、飽《あく》の浦《うら》に造りかけた製鉄所もある。耳学問をおおいにしてくることだ。長崎には五、六年前から住みついている、ガラバ（グラバー）というイギリス人が、武器を商うといわれているが、勝さんはそのほうの消息にも詳しいだろう。ところで、うちの甥二人を、神戸の操練所へ預けたいものだ。のちほど書状で頼むことになると思うが、貴公からもあらかじめ勝さんの耳に入れておいてくれ」

龍馬たちは、夕刻に熊本城下へ戻った。

途中、衵次郎が感心したようにいった。

「小楠先生は、いなかにおっても、俺らあよりも世の動きをよう知っちゅう。誰が知らせよるがじゃろ」

「あれだけの人になりゃ、諸国の士が立ち寄って、江戸、京坂の形勢ばあ教えるがじゃろ。甥二人を操練所で修業させ、海軍に入れるつもりのようだが、さすがに先が見える人ぜよ」

一行が熊本から島原へ渡海し、長崎に着いたのは二十三日。福済寺《ふくさいじ》を宿とした。長崎到着の翌日、龍馬たちは麟太郎の供をして、立山《たてやま》の奉行所へ出向いた。長州藩の攘夷激派の壮士が数人、麟太郎を暗殺するため、長崎に入りこんでいるとの情報がはいり、龍馬をはじめ塾生たちは、刀の目釘《めくぎ》をあらため、入念に寝刃《ねたば》をあわせていた。決死の男たちが往来で斬りかかってくれば、短銃で追い払うことはとても無理である。

白刃の電光石火の動きに対応するためには、斬りあわねばならない。

奉行に面会するため、奥へ通った麟太郎と目付能勢金之助は、半刻ほどを経て対談を終えた。

帰途、麟太郎は駕籠に乗りぎわにいった。

「お久《ひさ》のところへ寄りてえが、今日は大事をとってやめておくか。せっかく長崎まできて、寺に泊まるなんざ、無粋きわまりねえが、くらやみからいきなりダンビラを見舞われるのも剣呑《けんのん》だからな」

麟太郎が安政六年正月に、長崎から江戸へ戻って、五年の歳月が過ぎていた。はじめて知りあったとき十四歳であった愛人のお久は、いまではたちを過ぎた、あだな年増女になっているだろう。

龍馬がいった。

「先生、ご遠慮なく恋人《といち》に逢《お》うちゃって下さい。俺らあが隣座敷で刀を持って、張り番しちょりますきに」

麟太郎は笑って手を振る。

「いや、それより今日は料理屋の親爺《おやじ》を呼んでいるから、オコゼの刺身で一杯やろう。長崎で旨《うま》いもののひとつさ」

福済寺へ戻り、部屋に落ちついたあと、麟太郎は長崎奉行から聞いた情報を語った。

「いま長崎に外国軍艦はきていねえがな。来月はじめには、オランダ軍艦に八百人ほど乗り組んでやってくるそうだ。またイギリス軍艦も二千人が乗り組んで、長崎にくる。どちらも下関を攻撃するそうだ。外国領事のあいだの密説だが、たしかなことらしい」

「そりゃ、おおごとになりますのう。軍艦一隻に三百人乗り組むとして、十隻じゃ」

大艦が十隻も下関を攻撃すれば、アームストロング、クルップなどの着発信管のついた長射程の巨砲に撃ちまくられ、海峡沿いの砲台は、片端から破壊されてしまう。

麟太郎はいった。

「俺はオランダやイギリスのアドミラルとは懇意だから、下関攻撃をなんとか日延べさせるが、京都へ急飛脚を立てて、外国船の事情を言上《ごんじょう》しなきゃならねえな」

二月二十六日、前日からの雨がやんだ昼過ぎ、福済寺へ四人連れの侍がおとずれた。

麟太郎が奉行所へ出向いて留守であったので、龍馬と沢村惣之丞が会った。

さしだした名札を見れば、長州藩士河北一《はじめ》、小田村《おだむら》文助（素太郎《そたろう》）、川島伸蔵、岡千吉である。

龍馬は、四人にゆるやかな語調で告げた。

「先生はいま他出《たしゅつ》しており、いつ頃帰るかは分からんです。私は海軍塾の塾頭をつとめる坂本龍馬という者です。ご用向きを承りましょう」

河北という若侍が、まなざしをやわらげた。

「これは坂本さんですか。お久しゅうござります。一昨年の正月、萩の明倫館《めいりんかん》へ久坂さんと見えられ、佐世《させ》（のちの前原一誠《まえばらいっせい》）さんらと巻藁《まきわら》を斬られるのを拝見したことを覚えております」

「あのときに、おられたかたですか」

明倫館の道場には、北辰一刀流の剣士である龍馬の手のうちを見ようと、大勢の若侍が集まっていた。

たがいのあいだの緊張がゆるんだ。

河北が、思いつめたような声音でいった。

「拙者どもは、このたび勝先生がいかなるご用にて着崎なされたかをうかがいたく、参りました」

「それならば申しあげる。オランダ、イギリスの大艦十隻はあが、来月はじめにも長崎へきて、下関へ攻めかかる様子ゆえ、先生は先方の領事《コンシュル》、艦長らに会い、戦争をやめさせるよう、談判にきたがです」

河北らはたがいに顔を見あわせ、うなずきあった。龍馬は言葉をつづける。

「幕府では、世上の風説のように、外国軍艦に尊藩へ戦をしかけさせようなどとの策謀は、まったくないがです。これまでは拙者なども、さように思うちょったがですが、幕府は洋人の長州攻めをやめさせようと、談判しゆうがです」

河北は、龍馬にすがりつくような眼《め》をむける。

「それは、まことでしょうか」

「拙者らあは、嘘《うそ》はいいません。外国人は道理をよう知っちゅうき、虚言をいわず、直言して飾らざったら、談判はなんの苦もなくまとまると、勝先生はいうちよります。日本の役人らは、皆虚飾ばあしよって、実意がないき、物事のけりがつかんということながです」

河北はいった。

「明日にでも、ぜひ勝先生にご引見願いとう存じます」

麟太郎は長州藩士らが面会を希望していると聞くと、会うといった。

長崎奉行、服部長門守《はっとりながとのかみ》に、長藩の者を近づけては生命を奪われると忠告をうけていたが、思いとどまらなかった。

「俺もいささか撃剣稽古をやったから、多少は腕に覚えがある。いなか侍数輩に、むざとやられねえよ。それにお前らが傍にいるじゃねえか。まあ、十人ぐらいが斬りこんできたってなんとかなるだろう。五、六十人もきたときは、どのみち命は助かるまい。そのときの覚悟はできているよ。長州者に会って、いい分を聞いてみよう」

龍馬は反対しなかったが、気が進まない。

「四人とも激派やのうて、藩侯の近習《きんじゅ》にかあらんですきに、手荒いことをやる面構えじゃないですき。何事もないろうけんど、俺らあが脇《わき》についちょっても、えいですろうか」

「お前たちが頼りだよ」

訪問の場で、麟太郎を囲んで塾生たちが控えておれば、長州藩士もうかつには動けない。ただ、死ぬ覚悟で四人が荒れ狂うと、どんな有様になるか、やってみなければ分からなかった。

刃渡り二尺四、五寸の大刀を、天井の低い座敷で、刀身を肩に担ぐ姿勢からの抜きつけ、斜め斬りあげ、横一文字と大技を自在にふるえるほどの腕前の侍は、いくらでもいる。龍馬はいった。

「手槍《てやり》を二人ほどに持たせて、障子の外においときゃ、大分手間がはぶけますろう」

刀と手槍では間合がちがうので、足場のせまい座敷のなかで闘えば、長道具のほうが断然強みをあらわす。

「それは任せておく。明日昼飯のまえに呼んでやれ」

長州藩士河北らがたずねてきた朝は、西風にのって雨が地面にしぶきをあげる荒天であった。

麟太郎は十二畳半の座敷の床柱を背にして彼らを迎え、龍馬と黒木小太郎が左右を護るように坐《すわ》り、十余人の塾生が、あけはなした敷居際に居並ぶ。

小床《こどこ》の障子の裏に、手槍を構えた二人が、合図の声があがれば座敷へ駆けこむ手筈《てはず》でいる。

長州藩士らは、まったく敵意を示さず、肩を落としていた。麟太郎は遠慮なくいった。

「まったくお前さん方は、困ったものだよ。攘夷をやらかして、天下の大権を握ろうと、公卿《くぎょう》衆を踊らせたのはいいが、藪《やぶ》をついて蛇を出しちまったんだから、もうどうにもなるまい」

麟太郎は雄弁をふるい、咸臨丸で渡航したアメリカの様子を語って聞かせる。

「幕府は勅旨を奉じて横浜鎖港などといっているが、口先だけのことだ。横浜には長州を攻めるために、イギリス、フランス、オランダ、アメリカの軍艦が二十四隻も集まっている。この半分ほども下関へやってくれば、あなた方の台場の大砲などは、何の役にも立たねえんだ。こっちの砲弾が届かないうちに、撃ちまくられて木っ端微塵《こっぱみじん》になるよ」

「弊藩では攘夷実行の勅命を奉じおるばかりにて、罪過はなきはずにございますが」

「いまは朝廷でも、外国軍艦と戦っては勝ち目がないのを、よくご存じだよ。このままじゃ、尊藩は潰れてしまうぜ。攘夷実行はやめたほうがいい。俺は外国のコンシュルやアドミラルにかけあって、ふた月ほどは攻撃を待ってもらうことにするから、すぐに帰ってこの勝が話したことを藩侯に言上して、善処するがいい」

　長州藩士らは矢立《やたて》をとりだし、麟太郎のいうことをしきりに手控えたのち、礼を述べた。

「拙者どもは今日のうちに帰国いたし、宰相（毛利慶親）父子に申し伝えまする。まことに海外の形勢も存ぜぬまま、愚かなことをいたせしをご教示下さり、かたじけなく存じまする」

河北らが福済寺から立ち去ったあと、麟太郎は龍馬たちに笑っていった。

「あばれまわるかと思っていたら、実におとなしい愚にして直なる連中だったな。しかしあんな者たちが、朝廷にも幕府にも相手にされねえで、外国艦隊に攻められたら、窮鼠《きゅうそ》猫を嚙《か》むいきおいをあらわし、必死にはたらき、天下の大乱をひきおこしかねないよ。

　あんまり見識が狭いから、妙なぐあいになっちまって、いまとなっては国弊と困難に、どうしていいか分からなくなっている。桂小五郎なんぞは、すべてのわけが分かっていて、あんな連中を操っているが、困難の形勢がどうにも手に余ってきているようだ。幕府のほうから、まず毛利宰相父子を召させられ、格別寛大のご処置をするのが、国家のためになる。水野殿をはじめ老中方に、さっそく言上書をさしださねばならねえ」

麟太郎は机にむかいかけて、龍馬たちにいう。

「お前たちは今夜あたり、ひと風呂《ふろ》浴びてから、丸山《まるやま》（遊廓《ゆうかく》）へ繰りだしねえ。一晩に二分あれば、酒は飲みほうだいで、芸妓《げいぎ》を呼べる。俺はお久に逢《あ》いにいってくるよ」

龍馬たちが長崎に滞在していたのは、四月四日までの、約一カ月半であった。

イギリス、オランダの軍艦が長崎に入港したのは、三月上旬であった。イギリス軍艦には、上海に駐屯していた海兵隊一大隊五百五十余人が乗り組んでいた。

彼らは長州攻撃の戦力を増強するため、横浜へおもむくのである。

麟太郎は龍馬たちを連れ、イギリス、オランダの軍艦をおとずれ、大砲操練の演習を見学した。麟太郎は艦長と面識があり、通詞《つうじ》を介して、艦砲操作の要領を詳しく聞き、龍馬たちが納得するまで説明をさせた。

回転砲座に搭載された艦砲の、標的射撃を見せようと砲術長がいったが、艦長がとめた。

麟太郎が機嫌のいい笑顔で、龍馬たちをふりかえり、早口でいった。

「一発撃てば、砲弾と火薬を使うから、その費用を考えて、撃たせねえんだよ。実弾は長州の砲台へ撃ちこむつもりだ」

「しかし、砲の扱いは、なかなかのもんですのう」

龍馬は、巨砲を操作する水兵たちの、流れるように敏活で正確な動作を眼前にして、感心した。

「こがな者らと戦をして勝つには、なかなかに骨が折れるぜよ」

三月は雨が多かった。

麟太郎は旧知のアメリカ、オランダ領事、新任のイギリス領事と長州攻めを日延べするよう交渉する。

「長州でも京都でも、いまはたいそうな内輪揉《うちわも》めで、いい聞かせようにもすぐにはゆきませぬ。あなた方はまともな相手だと思って怒られるが、相手は外国の様子などまったく分からぬ、子供のような連中です。六月頃まで猶予願えれば、なんとかいい聞かせます」

龍馬は麟太郎の傍につきそい、かけあいの様子を聞いている。

外国の領事、艦長らは、はじめのうちは顔を朱に染め、激昂《げっこう》していたが、麟太郎が機微に通じた話しぶりで、たくみに納得させてゆく。

――なるほど、外国人には何んちゃあ隠さず、ありのままに打ちあけ相談すれば、道理は分かってくれるというのは、こがなかけあいの呼吸をいうがか――

龍馬は、外国人との交渉のしかたを会得した気分になった。

麟太郎は、公用のない日はお久をたずね、梶屋《かじや》の離れにいた。龍馬はもえたつ若葉が陽をはじく、庭にむかう小座敷に寝ころび、警固役をつとめながら、おりょうの俤《おもかげ》を宙にえがいていた。

龍馬は麟太郎が所用に出向いているあいだに、長崎湾の対岸飽の浦につくられた長崎製鉄所を見学した。

製鉄所は安政四年十月より、オランダ人技師ハルデスの指揮で造られた船舶修理工場である。

遅れてきた麟太郎は、広大な製鉄所へ龍馬たち塾生を案内していった。

「これは幕府が買いあげたヤーパン号（のちの咸臨丸）に乗って日本へ海軍伝習のためにきた、カッテンデーキ艦長がやりはじめた仕事さ。建物や船渠《ドック》を設計したり、掘ったりしなきゃならねえ。煉瓦《れんが》や瓦《かわら》がいるが、それを焼く窯《かま》もなかったんだ。いまでは旋盤機械を使って、蒸気機関の部品は何でもつくっているよ。

こっちは、浸油調節《モデレーター》ランプさ。全部ナズミスという蒸気ハンマーで作業をやっている。清《しん》国ではまだ管式ボイラー付きの新型蒸気機関を造れないでいるが、ここではできるんだぜ。四年ほどまえに、イギリスが修繕船渠をこさえてほしいといってきたが、普請に三万両、機械に二万両いるので、まだそのままになっている。日本には本式の船渠がない。上海に一ヵ所あるが、そこまで修繕に出向けば費用がかかってしかたがねえ。それで、今度は製鉄所を丸ごと神戸へ持っていって、船渠もつくろうという算段さ」

麟太郎はある午後、お久のところへ出かける途中、供をしている龍馬にいった。

「おもしろい男に会わせてやろうか。もと長崎伝習生だった、薩藩の五代才助《ごだいさいすけ》（のちの友厚《ともあつ》）さ。いま、グラバーのところにいる。長崎には安政六年の開港以来、西洋商が大勢やってきた。上海のデント商会、ジャーデン・マジソン商会の代理人T・B・グラバー、ダグラス・フレーザー、ウイリアム・オールト、トマス・ウオルシュ兄弟などの商館が店をひらいたんだ」

グラバーは天保《てんぽう》九年（一八三八）、スコットランドのオールド・アバディーン郊外にある、ブリッジ・オブ・ドーンで生まれた。

生家は造船業、父は海軍将官で地元の名家であった。

グラバーは二十歳のとき上海のイギリス商社につとめ、安政六年九月十九日（新暦）、二十一歳で開港直後の長崎に渡来した。

その後、長崎大浦《おおうら》南山手の丘上に屋敷を構え、相生町《あいおいまち》大浦海岸通りでグラバー商会をひらき、武器・器械類の輸入取次ぎをおこなっていた。

麟太郎はいった。

「グラバーは日本の小判を上海で売って、大金持ちになったんだ」

グラバーが長崎へきた当時、日本の金銀比価は一対五であった。上海では一対十五であったので、外国商人は上海で金一を銀十五と交換して、洋銀（メキシコ・ドル）を日本に持ち込む。

日本では一分銀と洋銀が目方によって等価交換され、洋銀一枚が一分銀三枚となった。このため日本の小判一両を上海に持ってゆくだけで、二十割の利益が得られることになった。

上海から銀十五ドルを持ちだし、長崎で小判に替えて持ち帰れば、銀四十五ドルに売れる。天保一分銀は洋銀にくらべ純度が高かったので、小判に替えないまま海外へ持ちだしても、そうとうの利が得られる。

安政六年一月から安政七年（三月十八日、万延と改元）一月までのあいだに、日本からおびただしく金銀貨が流出した。

幕府は万延元年四月に、大判、小判、二分金、一分金、二朱金を改鋳し、金銀比価を外国と同様一対十五に変えたので、ようやく金貨の流出はとまった。

グラバーは、金銀比価の内外における格差が大きかったこの一年間で巨利を得て、それを資本として貿易をはじめた。

彼は銃砲、火薬、軍艦、商船を中心とする軍需品の輸入で、濡《ぬ》れ手《て》に粟《あわ》の儲けをかさね、長崎在住の外国商館二十数社のうち、最大の勢力をたくわえるに至った。

麟太郎はいった。

「グラバーは、お前さんより三歳若いが、長崎で諸大名家が買いもとめる洋銃の半分、大砲の八割を一手に引きうけて売る大物だよ。長崎の女傑といわれる大浦《おおうら》お慶《けい》が、開港ののちはじめた茶の貿易もさかんだが、武器の商いは利幅が大きいんだ。

グラバーの屋敷には、屋根裏に隠し部屋があり、五代才助はそこにかくまわれているのさ」

五代才助は天保六年十二月、薩摩藩儒者秀尭《ひでたか》の次男として生まれたので、龍馬と同い年である。

彼は安政元年二十歳のとき、藩の郡方書役《こおりかたかきやく》となり、安政四年二月、長崎に遊学し、幕府海軍伝習所の伝習生として、入所した。

麟太郎は、伝習生総代として五代と一年九カ月のあいだ、生活をともにした。

「五代には、外国と交易をさかんにして、それで得た財力で海軍を興起しなければならぬと、頭にたたきこんでやった。（島津）斉彬《なりあきら》侯が亡くなられたのちも、あいつはまた長崎に出て、グラバーと上海に渡って、イギリスの七百四十六トンの蒸気船天祐丸《てんゆうまる》を買いいれてきた。根っからの開国論者さ」

龍馬は近藤昶次郎とともに、見晴らしのいい丘上にあるグラバーの広大な屋敷をたずねた。

　グラバーは、海軍の商品倉庫に出かけて留守であったが、イギリス人の番頭がいて、客間で諸藩の訪客と商談をかわしていた。

　芝を植えた庭に陽が照り、つつじが鮮やかな紅のはなびらを飾っている。ギヤマンを張った窓をあけはなしているので、あたたかい海風が流れこみ、カーテンをふくらませる。

　番頭は簡単な日本語を話す。龍馬たちを見ると、「よく、おいでなされた」と挨拶をした。番頭を知っている麟太郎は、片言の英語で来意を告げると、龍馬たちを促した。

「才助は二階にいるそうだ。会っていこう」

　五代才助は二階の洋間で、長椅子《ながいす》に腰かけ、机にひろげた機械の図面をのぞきこんでいた。椅子の背に、白柄《しらつか》の大刀をもたせかけている。

　龍馬たちの足音を聞くと、するどい眼差《まなざ》しをむけた。麟太郎が声をかける。

「才助、俺だよ。まもなく大坂へ帰るので、顔を見にきたぞ」

「これは先生、わざわざおいでいただき、申しわけもあいもはん。当地へおいでと知っちょい申したが、なにぶん潜居しておっで、外へ出られず、ご無礼致し申した」

「今日は俺の門人を二人連れてきた。どちらも有為の士だ。このの ち会うこともあろうが、仲よくしてやってくれ。こちらが坂本龍馬、こちらが近藤昶次郎、土州脱藩者だ」

「爾今《じこん》、よろしくお頼み申す」

才助が笑みをふくんで会釈する。

龍馬が挨拶を返した。

「いずれ何かとお力添えを願うことになりますろうけんど、お引き立て下さい。先生のもとで航海修業をしちょります」

「引く手あまたの、蒸気船乗りごあんすか」

才助の身につけている飛白《かすり》の単衣《ひとえ》には、煙草《たばこ》の吸殻でつけた穴が目立つ。

麟太郎が笑っていった。

「イギリス人の家にかくまってもらっているのに、洋食は大の嫌いさ。きつい泡盛焼酎《もりじょうちゅう》と豚骨料理さえあればいい男だよ」

彼は文久三年六月、イギリス艦隊が、生麦事件の犯人逮捕、賠償金支払いを要求するため鹿児島へむかった際、友人の蘭医《らんい》松木弘庵《まつきこうあん》（のちの寺島宗則《てらしまむねのり》）とともに、天祐丸、白鳳丸《はくほうまる》、青鷹丸《せいようまる》の三隻の汽船を指揮し、重富沖《しげとみ》に避難させていた。

天祐丸はイギリス製の蒸気内車（内輪）鉄船で、百馬力、七百四十六トン。買値は十二万八千ドル。白鳳丸はアメリカ、ボストンで建造した蒸気内車鉄船、百二十馬力、五百三十二トン。買値は九万五千ドル。

青鷹丸は蒸気内車鉄船、九十馬力、四百九十二トン。ハンブルクで建造され、買値は八万五千ドル。

いずれも優秀な新鋭船であったが、イギリス艦隊来航までに武装がととのわなかったので、戦力にはならなかった。

七月二日、イギリス艦隊は宣戦布告のまえに三隻を発見し、明け渡しを要求する。五代と松木は乗務員を避難させ、船に残った。五代が天祐丸の火薬庫に火を放ち、爆死しようとするのを松木がとめた。

二人は投網《とあみ》で捕えられ、旗艦ユリアラス号に拉致《らち》された。

薩藩蒸気船三隻は撃沈され、五代、松木は横浜へ運ばれた。提督キューパーは二人に五十両を与え、神奈川海岸に送り脱走させた。

五代らは江戸日本橋《にほんばし》の歯磨粉屋に潜伏し、やがて長崎海軍伝習所の同僚であった蘭医松本良順が、幕府西洋医学所頭取になっていたので、彼の紹介で、武州《ぶしゅう》熊谷《くまがや》在の豪農の家に移った。

二人は幕府からの探索をうけるが、薩摩屋敷に入れば捕虜となった罪を追及される危険な立場にあった。

五代は元治元年正月に、長崎へゆこうと松木を誘ったが反対され、単身東海道を辿り西へむかった。

長崎では旧友の酒井三蔵の家にかくまわれた。

薩摩藩家老小松帯刀《こまつたてわき》は、五代が長崎に潜伏し、幾度か攘夷派刺客に襲われ、暗殺の危機にさらされている窮状を知ると、彼に金を送り、上海へ渡航させようとした。

だが五代は応ぜず、グラバーの屋敷へ隠れたのである。

龍馬は、才助が切れ長の眼にするどい光を走らせ、応対する動作を見るうちに、親しみを覚えた。

才助は能力にすぐれた人物がすべてそうであるように、無駄口をきかず、麟太郎の問いかけに的確に返答する。

焼酎徳利と湯呑《ゆの》みをとりだし、龍馬と昶次郎にすすめるとき、不意に愛嬌《あいきょう》のある笑顔をみせた。

才助は上海に幾度も渡航しているようであった。文久二年四月には、幕府が派遣した千歳丸《ちとせまる》に水夫として乗り組み、上海に渡り、現地でドイツ汽船一隻を買ったという。

龍馬と昶次郎は、才助から焼酎を湯呑みに注《つ》がれ、飲みほすとすぐに注がれる。

肴《さかな》には豚の角煮が出された。

　麟太郎が立ちあがった。

「俺は下の客人たちと話してくるから、しばらくここにいろ」

　龍馬は才助にたずねる。

「上海は、どがな所ですろう」

「まっこて広かところでごあんさ。揚子江《ようすこう》の河口から川蒸気に曳《ひ》かれて上海にゆくが、ヨーロッパの商船、軍艦が何百艘《そう》とも分からんほどおり申す。唐船《とうせん》は何千艘もおっが。陸には諸国の商館が城のように聳《そび》え、城門を守るのはイギリス、フランスの兵隊で、清人《しんじん》がどれほど集まっても門は開かぬ。西洋人がくればたちまち開く。清国の衰微はきわまっておい申す」

　イギリス、フランス人が通れば清人は道をひらき、易々として彼らに使役され、銭を投げ与えられているという。

「清人は、ヨーロッパ人の人足をやっちょい申す。地面に投げられた銭を拾うのを見れば、上海は英仏の属領のようなもんでごあんそ」

「蒸気船の売物はあるがですか」

「いくらでん、売っちょい申す。オランダの蒸気船で、俺どもが乗っちょった千歳丸より、よっぽどすぐれた二本マスト、長さ二十間ほどの売物を、長崎奉行所の役人たちが欲しがっちょい申した。値段は三万七千ドルと聞き申した。元込めのアームストロング砲も売っちょい申す。ヨーロッパ人商館には、大小の器械が、山のように置いておっもんで、あれもほしか、これもほしかと目移りしてならんじゃっど」

「そがな話を聞かいてもろうたら、一刻も早ういきとうなります。これからヨーロッパ人は、日本へ押し寄せてくるがですか」

「そがなことでごあんそ。地球上の諸国は乱れて麻のごとし。和すればすなわち盟約して貿易を通じ、和せざればすなわち兵を交え、その国を襲い、奪いとるがあたりまえごわす。攘夷を大言し、愚民をたぶらかし、内外の大乱を招いて自滅を招く浪士どもは、まっこて国賊ごわすぞ」

五代は外国と貿易をさかんにおこない、富国強兵策をとるべきであるという。

「上海、広東《カントン》、天津《てんしん》までも貿易を盛大にいたせば、追い追いご国益が盛大に向かうは、疑いないところでごあんそ」

龍馬は胸が躍ってきた。

五代のような英才と協力し、日本じゅうの人材を募って海軍を興せば、夢のような前途がひらけてくるのである。

龍馬たちが長崎を出立したのは、四月四日であった。

絵具を流したように濃い長崎の紺碧《こんぺき》の海面に反射する陽射しは、夏のように強かった。

お久が麟太郎を浜辺まで見送ってきた。龍馬は麟太郎がお久と呼ぶ彼女の本名が、梶玖磨《かじくま》であることを知っていた。

麟太郎は安政四年、長崎海軍伝習所にいた頃、お久に女児を生ませたが、早逝した。

二十二歳のかがやくような容姿のお久は、麟太郎一行の乗った船が、海上八里の小浜にむかい、遠ざかるまで見送っていた。

麟太郎はそれを知っていながら、ふりかえりもせず、胴の間に寝そべって空を見あげた。近藤昶次郎がいう。

「長崎はえいとこじゃのう。南蛮人や唐人もぎょうさんおるき、外国にきたような気になったぜよ」

龍馬が応じる。

「皆で、またきたらえい。外国貿易をやるがじゃ」

麟太郎の交渉は、成果があった。

四月二日、オランダ領事が麟太郎を招いて正式に告げた。

「先日以来のあなたとの対談によって、長州へ軍艦をさしむけるのを、二カ月延ばしましょう。それまで、諸国軍艦は神奈川に碇泊しています」

麟太郎は福済寺に戻ってから、笑っていった。

「今日はオランダの艦長に一本やられたよ。アジア諸国のうち、日本のすぐれたところは、国民があい戦わねえところだとね。他国は皆、ヨーロッパ人にそそのかされてあい闘争して、乱を引きおこしてしまうそうだ。いま幕府は長州と睨《にら》みあっているが、あの言葉は、まさに頂門の一針だったぜ」

四月五日、島原に着き、六日に熊本へ渡海した。

城下新町の本陣へ、藩侯の使者がおとずれ、長崎での談判の成果をたずねた。

麟太郎は、胸を張って答えた。

「外国人は内外の形勢、道理にあきらかです。ゆえに談判の際、当方が虚言をもってせず、直言して飾るところがなければ、話は何の苦もなく通じます。皇国の人は皆虚飾をいたすのみにて、海外のことに暗きゆえ、あいついで難事がおきるのです」

龍馬はその日、横井小楠の四時軒をおとずれた。

小楠から、神戸海軍操練所へ入所させたいと依頼された、甥の左平太、大平と門弟岩男内蔵《くら》丞《のじょう》を連れてゆくためである。

麟太郎一行は、熊本から阿蘇の麓を陸行し、佐賀関に到着したのが十日。佐賀関から翔鶴丸に乗船、十一日に出帆して兵庫湊《みなと》に投錨《とうびよう》したのは、十二日の昼頃であった。

艦内で、龍馬は麟太郎から手渡された、横井小楠の「海軍問答書」を、塾生たちと回覧した。

「海軍問答書」は、麟太郎が龍馬に沼山津村へ持たせてやった書状への返事であった。

冒頭に、大坂の喉もとにあたる兵庫に海軍場を建設するにあたり、つぎの大綱を天下に布告すべしと記していた。

一、総督官に海軍一切の全権を命じ、厳に有志文法の率制《そつせい》を禁ず。

一、列藩に海軍を起こす大趣意を示し、並《ならび》に志ある人は此《ここ》に来《きた》り、修行すべきを喩《さと》す。

一、此に来り修行する人は、衣食の用度、官よりこれを給す。

一、総督官、諸生を率いて長崎に出張し、洋人を呼び迎え、三年を期し伝習せしむ。

一、海軍場中、信賞必罰、厳に軍法をもっておこなうべし。

伝習には費用をいとわず、海軍一切の規定は西洋の法規を見習っておこなう。

その才能長技に随《したが》って任用し、匹夫たりとも一艦の長、一軍の将にもあげ、貴族にても才能なければ用いない。

天下の人材を用いることを主張する小楠はつづけていう。

「京師《けいし》は天下の根本、至尊のいます所。礼楽征伐の出る所なれば、兵庫の海軍、即これ一大強兵親軍なり。此海軍強勢なれば、天下海軍は一に帰する」

列藩の疲弊きわまるとき、海軍をおこす費用を弁ずるには、幕府、諸藩ひとしく石高割りで課金を出させ、それを資金として銅鉱、鉄山をひらき、船材をたくわえる。

龍馬たちは、厨房《ちゅうぼう》でもらってきたラム酒を飲みつつ問答書を読むうち、しだいに愉快になってくる。

鉄のように陽灼《ひや》けした龍馬は、着物の襟《えり》をくつろげ、逞《たくま》しい胸をはだけ、酒瓶《さかびん》を口にはこんでいたが、やがて顔に似あわない澄んだ高い声で唱《うた》いはじめた。

〽花のお江戸の両国橋へ
　按摩《あんま》さんが眼鏡を買いにきた
　よさこい、よさこい
〽お医者の頭へ雀《すずめ》がとうまる
　とまるはずだよ藪医者だ
　よさこい、よさこい

どちらも龍馬がつくり、江戸ではやらせたものであった。

龍馬たちは兵庫へ戻る途中、四月八日に久住《くじゅう》で、京都から帰国する熊本藩公子一行と行きあい、参与会議が解散となり、関係した諸侯があいついで京都を離れた事情を聞いていた。

麟太郎はそのとき頭を抱え、畳に寝転がって嘆息した。

「俺がコンシュルたちに長州攻めをふた月待たせたのも、これで水の泡だな。慶喜はうるさい俺を長崎へゆかせておいて、幕権回復の芝居をうちやがった。そんなことをすりゃ、外国の思う壺《つぼ》にはまっちまうぜ。イギリスは下関の彦島《ひこしま》を、海軍根拠地に欲しがってるんだ。摂海の警備なんぞは、できるわけがねえさ」

詳しい事情は分からなかったが、幕府閣老たちは参与の諸侯に国政の方針を左右されるのを、嫌ったのである。

参与の松平春嶽、島津久光、伊達宗城はともに開国を主張していた。山内容堂は、国許の勤王党の動静が気がかりで、ほとんど京都にいない。

島津久光を中心とする開国論に同調して、朝廷の迷妄をはらい、新しい国是を打ちだせば、日本の政情は急速に変わってゆく可能性が見えていた。

二条城で幕府首脳の会議がひらかれ、将軍後見職の慶喜は意見を述べた。

「横浜鎖港は、いうべくして到底おこなわれるものではない。開国をつらぬくのが邦家のためであろう」

だが、老中酒井雅楽頭、水野和泉守が反対した。

「このたび上様ご出立《しゅったつ》のまえ、御前にて板倉殿以下の閣老あいつどい、申しあわせしは、開国はともあれ、薩摩の開国説に同意してはあいならぬとのことでござった」

その理由は、去年将軍上洛《じょうらく》のときは長州の意見に応じ、攘夷実行と決定《けつじょう》した。今年には薩州の献議によって開港とするならば、幕府は外様《とざま》大名の意見にもてあそばれ、一貫の主義なきものといわれかねない。将軍家の権威にかかわるというものである。

慶喜は酒井らを詰問した。

「それでは本心より攘夷を是といたしおるか」

酒井、水野は答えた。

「攘夷はおこないがたく、開港すべきは重々存じおりまするが、薩州の説をいれるわけには参りませぬ。しいて薩州に従い開港いたすならば、われらは袂《たもと》をつらね、職を辞するほかはござりませぬ」

慶喜が将軍家茂にその意中をうかがうと、「開港を唱えてはならぬ」というばかりであった。

朝廷では、無謀の攘夷はしないと仰せだされたのが、以前とくらべ唯一の進歩であるが、開港を許さない。

将軍家茂は、横浜鎖港の通告を外国に発したと、朝廷に答える。外国に一蹴《いっしゅう》され、鎖港実現の可能性がまったくないことは承知している。将軍の朝廷への奉答書に、つぎの文言をいれた。

「もっとも横浜鎖港の儀は、既に外国へ使節差し出し候《そうろう》儀にござ候《そうら》えば、何分にも成功つかまつりたく存じ奉り候得共《えども》、夷情も計りがたく候えば、沿海の武備においては、ますます以《もっ》て奮発勉励つかまつり」

二月十五日の朝議で、伝奏が天皇の命を伝えた。

「昨日の御請書（奉答書）のなかに、『何分にも成功つかまつりたく存じ奉り候得共とある、得共の二字決着せず、如何。かつ今日布告する由なれば、なおさら人心の沸騰せんことを懸念す』との御沙汰《ごさた》あり」

横浜を鎖港すれば、戦争は避けられないと、幕府は外国側から威嚇《いかく》されている。

松平春嶽、島津久光、伊達宗城が、横浜鎖港は決しておこなわれるべきではないと主張した。三人は開国せねばならない国情を知りつくしている慶喜が、同意すると思ったが、突然反対したので虚をつかれた。

横浜鎖港は、物価高騰、庶民の困窮より今日の騒乱に至った世情を鎮めるため、絶対必要の措置であると慶喜がいいはじめた。

三人の参与は反論した。

「さような無謀なことをはじめて、皇国を滅ぼさんとの思召《おぼしめ》しならば、われらは周旋のかいもなければ、帰国つかまつりましょう。長門《ながと》宰相父子を召され、攘夷をご委任なさればよろしかろう」

慶喜は一喝した。

「けしからぬ申し立てようじゃ。将軍家御上洛中にて、攘夷は幕府へご委任にあいなっておるではないか。勅勘をこうむりたる長門父子へご委任など、口外すべき筋にあらず」

翌十六日、二条城に登城した春嶽、久光、宗城が将軍家茂の前で、横浜鎖港につき中川宮の真意を伺いたいと申し出た。

傍にいた慶喜が、自分も同行するといいだした。

彼は中川宮に伺候すると、久光のいる前でいった。

「昨日の禁中のご沙汰は偽りなれば、見消しにすべしと、今朝高崎《たかさき》猪太郎（五六《ごろく》）に仰せられし由、それをしかと伺わんために参殿つかまってござりまする」

高崎猪太郎は久光の家来である。

高崎猪太郎は、その朝中川宮に呼ばれ、前日の禁中の沙汰は偽りであると告げられたので、それを主人久光に告げた。久光はその事情を家茂に話したので、慶喜が怒ったのである。

中川宮は、慶喜を相手にしなかった。

「いや、さようなことは心得ぬが」

「それは三郎（久光）より申し立てしなれば、同道いたしました」

慶喜は春嶽、久光、宗城に、二条城での久光の発言をたしかめた。久光は沈黙するのみであった。

中川宮は曖昧《あいまい》な返事をした。

「猪太郎が今朝きたことはきたがのう。昨日の模様が心配と申すので、ひと通り聞かせてやったが、偽の真のと申したおぼえはない」

慶喜は語気するどく追及した。

「さすれば宮も濁りなしとは申せませぬ。鎖港という天下重大の事を、たやすく陪臣ふぜいに物語り給《たま》いてこそ、かようのことにあいなりまする。

かねがね薩人の奸計は、天下の知るところにて、宮御一人ばかりがご信用なされ欺かるるゆえに、かかる異同がおこりまする。きっとお心得下されませ。今日のことは、天下の安危にかかわるものゆえ、宮のご口上を伺いとめ、いよいよ偽りと仰せられるときは、恐れながら御一命を頂戴し、それがしも屠腹《とふく》つかまつる決心にて、鈍刀《なまくら》の用意もつかまつりました。しかし、お覚えなしと仰せらるるうえは、しいて穿鑿《せんさく》もつかまつりませぬ」

慶喜は、朝廷の方針が朝夕に変化するようでは、天下の信をあつめることはできない、宸翰《しんかん》も人をあざむく手段に使えば、誰が威服しようかと、批判する。

「明日老中をもって、横浜鎖港のことをお請け申しあげまする。その儀は偽りならずと仰せらるるうえは、断然鎖港の儀御満足に思《おぼ》し召す旨仰せ出《いだ》さるるよう、周旋給わるべく。そのうえにて列藩へ布告つかまつりまする」

中川宮は、言葉を濁すことができなかった。

「叡慮《えいりよ》御満足の儀は、いかようにも周旋するなれば、明日は申し出でよ」

慶喜は、さらに三人の参与を罵倒した。

「この三人は天下の大愚物、天下の大奸物なるに、何とて宮はご信用遊ばさるるか」

久光には中川宮の御台所向を任せているので、余儀なくご随従されるのであろうが、明日からは私が差しあげるので、私にご随従下さい。天下の後見職を、三人の大愚物同様にお扱いされては、また過誤をかさねます。

私の申しあげることをご信用なければ、拝顔も今日かぎりで、二度と参上しないと、慶喜はすさまじい言葉をあえて口にした。

四月十二日の夜、大坂へ着いた麟太郎は機嫌がわるかった。

参与会議が解散し、在京の諸大名があいついで帰国してゆく。一橋慶喜は、三月二十五日、将軍後見職を辞し、禁裏御守衛総督、摂海防禦《ぼうぎょ》指揮に任命され、松平春嶽は京都守護職を辞し、軍事総裁となっていた松平容保《まつだいらかたもり》が、そのあとについた。京都所司代には桑名藩主松平定敬《さだたか》が新任された。

定敬は容保の実弟である。

慶喜が、容保、定敬を従え、京坂に幕権をふるう態勢であると知った麟太郎は、大坂城へ登城し、摂海砲台、神戸海軍操練所を巡視するため下坂した、若年寄稲《いな》葉正巳《ばまさみ》に会い、幕府の方針を烈しく論難した。

下城した麟太郎は、龍馬にいった。

「俺は兵部少輔《ひょうぶのしょう》（稲葉）にいってやった。摂津に砲台を五つや六つ築いて何になる。その費用は、海軍興起につぎこむべきだとね。あいつらは、何も分かっていねえんだ」

麟太郎は、一昨年以来、京都に群集した攘夷過激の徒輩が、海防といえば砲台を設けようとしきりにいったのを、必死に説得して、規模狭小の砲台より海軍増強が急務だと説いた。

その結果、諸大名は海軍に意を用いるようになった。それをまた、陳腐の俗説をとって狭小の砲台を築き、わずかに摂海警備を急務と心得るとは、何事であろうかと稲葉に詰問した。

「俺はまことに長大息に耐えねえ。頭がわるくて見解が愚蒙《ぐもう》なためだろう。この二年のあいだに、一事もご採用にならなかった。ただ血涙を流すのみだというと、稲葉は返事もできなかったよ。さぞ口うるさい扱いにくい野郎だと思っていたことだろうよ」

麟太郎は専称寺の居間で、煎餅《せんべい》をかじりながら吐きだすようにいう。

「もう幕府はだめだ。大義なんぞどうでもいいと思っているんだ。せっかく京都に集まった参与も、皆帰国して、誰が国難にあたるのかね。俺だけが身分をかえりみず建言激語をかさねてきたが、誰ひとり憤発する者がいなかった。まったく、惰弱のきわみだ。幕府は瓦解と決まったね。俺の建議した海軍のことを全部採用してくれないときは、国難を傍観できねえから、私力でやれるところまでやってやると、慶喜にいってやるよ。さあ、皆支度しろ。今夜のうちに京都へのぼるぞ」

龍馬は思わず胸を躍らせた。

京都へゆけば、おりょうに会える。

麟太郎は龍馬、沢村惣之丞、千屋寅之助、近藤昶次郎、高松太郎らを護衛に連れ、屋形船を雇い、中之島《なかのしま》から京都へむかった。

淀川を遡《さかのぼ》ってゆく船は、曳き子が曳き綱を肩にかけ、一列になって岸辺を歩き、曳いてゆく。

「えんやら、えんや。えんやら、えんや」

と低いかけ声をかけあう曳き子の声と、舷《ふなばた》を打つ水音を聞きつつ、龍馬たちは船の障子をしめ、羽織をかぶって寝た。

京都の情勢は、険悪をきわめているという。参与会議が解散し、諸侯が帰国してゆくと、長州藩が糸をひく攘夷激派の活動がさかんになってくる。

彼らは市中に流言を放ち、落首をして、幕政をそしり、毎日のように白刃をふるい暗殺をおこなう。

幕府は、市中の要所で厳しく通行人をあらため、宿屋には宿泊人の国所姓名をさしださせる。帯刀の武士は宿に一泊は許すが二泊は許さない。町人、百姓も、あやしいふるまいをする者は、ただちに取り押さえるが、それでも天誅《てんちゆう》はあいついでおこった。

龍馬は、危険に満ちた場所へ出向くとき、生きがいのようなものを覚える。自分が殺されるとは、なぜか思えない。動乱の巷《ちまた》に身を置いているのが、張りあいのあることのように感じられた。

——俺は、大けなことをやるぜよ。お姉やんも目をまわすばあの大芝居を、うっちゃるきのう——

麟太郎は、観光丸と黒龍丸を、神戸海軍操練所に直属させ、その運転資金を大坂城代よりうける。さらに航海稽古《げいこ》のため、蝦夷、朝鮮、上海、広東へ往復する許可を、幕府から得るといっていた。

龍馬は、そうなれば五代才助の望んでいる海外貿易に、いちはやく手をつけることができる。

北添佶磨《きたぞえきつま》がかねて考えている、蝦夷地開発をも、進められよう。

——先にゃ山坂ばあつながっちょるろうが、挫《くじ》けやせん。これからが楽しみじゃ——

龍馬は京都へ着くと、おりょうを妻にもらいうけようと、気がせいていた。

——あれほどの別嬪《べっぴん》じゃき、祝言をあげて嫁にしておかざったら、鳶《とんび》に油揚をさらわれかねん——

彼はおりょうの姿を宙にえがいた。

——まっこと芍薬《しゃくやく》というか、牡丹《ぼたん》というか、見た者の眼を、思わず見ひらかせるばあの、花みたいに艶《つや》のある女子《おなご》じゃき、早う手折らにゃいかん——

鵯《ひよどり》が冴《さ》えた声で啼いていた。

山に近い今熊野辺りは、鳥の声が騒がしい。龍馬は京都に着いた翌日の昼過ぎ、仙台平《せんだいひら》の袴の裾《すそ》を蹴《け》って、大股《おおまた》に河原屋五兵衛の隠居所へ急いだ。

麟太郎がおりょうに会ってこいとすすめたのである。

「お城は宿所の目のまえだ。護衛は惣之丞らがつとめてくれる。早く今熊野へいってやれ。一晩ぐらいは泊まってくるがいいさ」

「先生のお気遣いにゃ、冷汗をかきますらあ」

龍馬が頭を掻《か》くと、麟太郎は大きな声でいった。

「男が惚《ほ》れた女に会いにゆくのが、なぜ恥ずかしいのかね。アメリカ人などは、まったくおおらかなものさ」

龍馬は塾生たちの笑い声を背に宿を出ると、晴れわたった空の下、煙るような若葉が風に揺れる晩春の道を、しばらく小走りに走った。一刻も早くおりょうに会いたい。

かくれがの前庭にも若葉が茂り、湿った土のにおいがした。

声をかけると、山本甚馬という白髪の志士が出てきた。

「これは才谷《さいたに》氏（坂本龍馬の変名）、今日はちょうど皆が他出して、儂ひとりが留守居をしておる。京都へいつ戻られた」

「昨日の昼まえですらあ」

龍馬の声を聞き、お貞が顔をのぞかせ、おどろく。

「まあ、いまお帰りどすか。すすぎを持ってきまっさかい、ちょと待っておくれやす」

「そがなものはいらんぜよ。井戸端で洗うき」

龍馬は羽織をぬぎ、裏庭の井戸端に出て足を洗う。

彼は手拭《てぬぐ》いを持ってきたお貞に、一分銀四個を握らせた。

「こんな大金を、どうしやはるんどっか」

「みやげがわりじゃ、取っちょきや。お母《か》んにちと頼みがあるがじゃ」

「何どす」

「おりょうさんを呼んできてくれんかよ。俺は今夜ここへ泊まるき、扇岩に一日暇をとってきてほしいがじゃが、無理かのう」

お貞はうなずく。

「そんなことはおへん。私がいって連れてきまっさかい、お風呂にでも入って、待っててておくれやす」

お貞が下駄《げた》をつっかけて出ていったあと、龍馬は風呂をのぞいた。

まだあたたかい、きれいな湯である。彼は薪《まき》を追焚《おいだ》きして、風呂桶《おけ》につかった。

龍馬が体を湯に沈め、大仏殿境内で啼く鳥の声を聞いていると、廊下にひそやかな足音がして、薄いはなだ色の袷《あわせ》を着たおりょうが、ほの暗い台所口に立った。

——やっぱり美形じゃ——

まえよりいくらか痩《や》せたように見える顔は、五尺四寸もあるという背丈にくらべ小づくりであるが、ひらききった花のように目鼻だちがくっきりとしていた。

「おりょうさん、いま帰ったとこじゃ」

「お達者で、ようお帰り」

おりょうは泣き顔になりかけたが、はだしで土間に飛び下り、五右衛門《ごえもん》風呂の傍に走り寄ると、龍馬の首に両手でしがみついた。

「いかんちや。着物《きいもん》が濡れゆうが」

「かまへん。よう帰ってきてくれはったなあ。毎日毎日早う帰っておくれやすと、お香を焚いて拝んでたんどっせ。わての願いが叶《かの》うて、またあんさんに会えたんや。ああうれしゅうおす」

おりょうは、白粉《おしろい》のはげるのもかまわず、龍馬の唇をさぐってくる。ちいさな生きもののようにはずむ唇に、龍馬はわが唇を押しつける。

——俺のようなむさい男を、こがいに待っててくれたがか——

よろこびに胸が高鳴る。龍馬は、おりょうのなすがままにまかせた。

ひとしきりくちづけを交わしたあと、おりょうはわれにかえった。

「あーあ、着物《べべ》が濡れてしもた。お化粧《しまい》もせんならん。あんさん、早うあがっとくれやす」

おりょうが廊下のむこうへ去ったあと、龍馬は急いで風呂からあがり、着物を着て、袴をつけた。

お貞がおりょうといっしょにきて、いった。

「今日は、山本はんしかいやはらしまへんけど、夕方になったら皆はん戻らはりまっせ。そやさかい、この先の米屋のお菊さんに、離れを貸してもらうように話をつけてきたんどす。そこで、今日はおりょうとゆっくりしていっとくれやす。明日お帰りやしたらええのどっしゃろ」

「そがなことをしても、えいがかよ」

「あんさんは、おりょうを嫁にもろうてくれはるんだっしゃろ」

「まだ祝言もしちょらんがに」

「そんなことはどうでもよろし。早ういきなはれ」

日頃、何事にも控えめに過ぎるお貞が、はっきりといった。

龍馬とおりょうは、訪れる人もいない、庭木の葉摺《はず》れが聞こえる離れで、汗をしたたらせ、たがいを所有しあう動きのなかに沈みこんだ。

もちろん、おりょうは男を知っていた。彼女は衣裳《いしょう》をぬぎすてても、龍馬を誘ってやまない、のびやかな肢体を持っている。

余分な肉ののっていない、どこか童女のように幼げな形をのこした、腰のあたりを見ると、胸が高鳴るような情愛が、過去の男への嫉妬《しっと》によって、なおかきたてられる。

「どういて男が、おったがぜ」

龍馬が切ない思いをおさえて聞くと、おりょうは悪びれず答えた。

「そら、食べるのに難儀したさかい、世話してもろたんどす」

「いまでもつづいちゅうがか」

「別れたのは、半年ほど前どす」

「なんで別れたがぜ」

「こんなことしてても、しかたないと思うたさかいどすが」

扇岩の近所の料亭の板前だという前の男は、二十歳も年上であったという。

「お前《ま》んは、そがな年のいった男が好きながか」

「べつに好きというわけやないけど、そうなってしもうたんどす。そんな前の男、どうでもええやおへんか。わては、龍馬さんと祝言あげさせてもらうんやし、前の男みたいなもの、ふりむきもしまへん。女子《おなご》はそういうものどすのや」

おりょうが、いわないでもいい前の男との関係を口にするのは、天性の男を引きつける技であった。

龍馬が燃えあがらせる嫉妬は、彼女を完全に所有したい欲望にかわってゆく。おりょうは龍馬に男心をそそるあでやかな五体を組み敷かれ、よろこびに足指を屈曲させる。

一昼夜のあいだ、おりょうと過ごしただけで、龍馬の脳裡《のうり》には、いつまでも忘れることのできない彼女の姿が、いくつも焼きつけられた。

「こんど、いつきとくれやすのや」

龍馬が米屋の離れを出ようとすると、おりょうは彼の胸にしがみついて聞く。

「勝先生についちょらんといかん。先生は毎日登城されるき、お護りしようにゃいかんが、間《ま》を縫うてくるぜよ。お前さんの顔を見んとおれんがじゃ。そうじゃのう、明日か、あさってにはこれると思うが」

「ほんまかえ、うれしい。いつでも待ってるさかい、早うきとくれやす。わては朝から寝るまであんさんのことで、頭がいっぱいどっせ」

龍馬が二条城に近い丸太町《まるたまち》の宿屋へ戻ったのは、四月十六日の昼さがりであった。

部屋には近藤昶次郎と高松太郎が、碁を打っていた。

「叔父《おい》さんお帰り。これ食わんかえ。セメン菓子じゃ」

太郎がさしだす回虫下しの、薄甘い味のついたセメン（キク科の植物セメンシナが材料）を、龍馬は口にいれ嚙み下す。

「日盛りに歩いてきたら、汗かくのう。高知じゃ、松虫が啼きはじめたろう」

龍馬は着物を衣桁《いこう》にかけ、近頃いちだんと肥《ふと》った逞しい裸体をあらわし、いちめんに毛の生えた背中の汗を、手拭いでふいた。

「おんしらは留守居か」

「いん、今日の供は黒木さんじゃき、気遣いはない」

「まったく、京都はどこも人が出盛りよって、遊女屋やら芝居はいっつも大入りじゃとのう。物見遊山《ものみゆさん》に出る者が多いき、三条、四条の大路《おおじ》は人の波じゃ。諸国から大勢侍が入りこんで金を使うきに、えらい景気ぜよ」

「今日、聞いたが江戸の商人が大坂へきて、灯油を買いしめよったそうじゃ。ほいたら、長州の浪人がその者を縛りあげ、脇差《わきざし》で首のつけねをぐるぐると突き切って、首を引き抜いて捨てていったがじゃと。灯油一升の値段が三朱まであがっちょったが、その騒動で、ちと値下がりしたにかあらんがよ」

龍馬は鼻先で笑った。

「参与会議が潰れよったき、長州者がまたあばれだしたがじゃ。それを引っ捕えてまわる新選組は、市中探索と称して、町家から財宝を取りあげよる。どっちもどっちじゃ。町人らあは壬生浪《みぶろ》としか呼ばん。盗っ人《ぬすと》みたいに見ゆうがよ」

龍馬は、浅黄地にだんだら染めの袖印《そでじるし》のある羽織をつけた新選組隊士が五、六人、肩をいからせてくるのと、さっき姫路藩邸の前ですれちがった。

堀川をはさみ、二条城とむかいあう河岸であったので、彼らは贅沢《ぜいたく》な服装の龍馬を幕臣と見たのか、咎めなかったが、挑みかかるような視線をからみつけてきた。

龍馬はすれちがうとき、わざと笑顔で声をかけた。

「お役目、ご苦労です」

手槍を提げ、先頭に立つ一人が、黙って会釈を返しただけであったが、野獣のような油断のならない気配が伝わってきた。

近藤昶次郎がいった。

「来月には、操練所がひらくそうぜよ。普請作事は、もうまあ終わる。俺らあは、塾から通うことになるろう」

「そうなるろう。一橋が摂海防禦指揮になったき、操練所には幕臣ばあ入れゆうろうがのう。春嶽侯と大越《だいえつ》殿がおらんなったき、なにかとむつかしいことになるろう」

神戸小野浜に設けられた海軍操練所は、麟太郎の私塾である海軍塾と四丁ほど離れていた。

生田《いくた》の森に近い海軍塾が、松平春嶽の寄付金によって創設されたのは、文久三年九月二十五日である。

塾生は諸藩から集まり、六十人ほどになっていた。塾生の薩摩藩士伊東《いとう》四郎左衛門は、のちに海軍元帥となった伊東祐亨《すけゆき》であるが、薩摩藩からは二十一人入塾していたといわれる。

伊東ははじめ海軍塾で学び、海軍操練所がひらかれるとそちらへ移った。学科はオランダ文法、数学、運用術、機関学などであったが、学科は午前中のみで、午後は撃剣、柔術に汗を流した。

伊東は後年、述懐している。

「その頃は例の攘夷論がさかんで、長州の有志が京都にはいりこみ、三条公以下七卿《きょう》が都落ちをしたときで、世のなかは血なまぐさい風が吹いているときであったから、まじめな学問をしていた者は、六十一人のうちわずか一人か二人で、その他は皆、時事を談じていたのである」

海軍塾には、龍馬がかわいがっている二十一歳の紀州浪人伊達小次郎がいた。

彼は背が高いが、瘦せていて膂力《りょりょく》に乏しい。相撲《すもう》だけは天性の器用で、頑強な伊東四郎左衛門にも負けなかったが、剣術、柔術が苦手である。

それで、浅草《あさくさ》のような人馬の雑踏のなかを、巧みに駆け抜ける稽古をはじめ、やがて隼《はやぶさ》のように飛び抜けられるようになった。

友人が、いったいなんでそんなくだらないまねをしているのかと聞くと、小次郎は答えた。

「俺は非力だから、喧嘩《けんか》をすれば負けるにきまっている。身を守るには、なんとしても早く逃げなければならぬ。それでその逃げる稽古を積んでいるんだ。一度、俺と喧嘩をしてみないか。すばらしい逃げっぷりを見せてやるぞ」

こんなことをいう小次郎は、塾生仲間に嫌われるが、龍馬は常に彼をかばってやった。

麟太郎は、龍馬が留守をしていた四月十六日、摂海防禦指揮となった一橋慶喜に謁し、長崎でのイギリス、オランダ、アメリカの領事、艦長との交渉の結果を告げ、長州の処置が遅延すれば、下関が攻撃されるのは必至であると報告した。

慶喜は、ただ聞きおくのみであるという態度を示した。長州藩の安危につよい関心を持たず、すでに見捨てているのであろうと麟太郎は感じた。

神戸海軍操練所については、麟太郎が長崎へ出張するまえに、水野、酒井両老中にさしだした意見書の内容を、すべて認めた。

幕府所有の船舶を、諸侯の依頼に応じて貸しだし、費用を負担してやる。神戸鷹取山《たかとりやま》炭坑を操練所附属とし、人事は麟太郎の希望の通りとする。

幕府軍艦が半年交替で大坂を警衛し、観光丸を神戸に常備し、朝鮮、上海、広東までの練習航海をおこなう。

だが、参与会議が潰《つい》えたいま、慶喜には全国諸侯が協力する、一大共有の海局を神戸に出現させるつもりはない。彼は幕威を旧に回復することのみを、願っていた。

四月十七日、下城した麟太郎は、龍馬たちにいった。

「今日はお城で薩藩家老の小松帯刀、高崎猪太郎らに会ったが、摂海の砲台は無用の長物だといってやった。海軍興起の妨げとなるばかりだとね。大泥棒が表通りをのし歩いているのを見ぬふりをして、門戸をとざしてちぢこまっているような見識じゃ、何事もおこなわれねえ。

参与諸侯の衆議が、なにひとつ役立たないまま、解散してしまったのは情けねえきわみだ。天下がまだ衰微の極に至っていねえためか、皆が己《おのれ》の面目を重んじ、私利をはかろうとするばかりで、憤発して国難におもむく気概なんぞまったくねえと、さんざん嘆いてやったのさ」

着流しで寝ころび、苦い顔つきであった麟太郎は、翌日下城してくると、ほがらかな笑い声をたてていった。

「龍馬、俺は今日公方様《くぼう》にいろいろと言上してきた。おかげで胸のうちがすっきりしたよ」

「へえ、どがなことを言上したがですか」

「長崎の外国人どもとの応接の顚末《てんまつ》、長州の情勢を、まず申しあげた。公方様は、それから変わったことをご下問なされたよ。アメリカでなにゆえに戦争がおこっているのか、近頃外国で新発明の大砲とはいかようなるものかとね。俺はよろこんでいろいろ申しあげた。まことに利発なお方さ」

麟太郎は南北戦争について、わかりやすく言上した。広大なアメリカ合衆国の北部諸州は、商工業が栄え、かねがね奴隷解放を主張していた。

南部諸州は農業をいとなみ、奴隷の労働力を必要とする。万延元年に北部出身の共和党のリンカーンが大統領に就任すると、南部諸州がアメリカ合衆国から離脱した。このため文久元年から、合衆国統一の戦いがはじまったというと、家茂は大地球儀を運ばせ、アメリカの国情をいろいろと聞いた。

麟太郎はいう。

「公方様は、何事でもめずらしがってお聞きなされる。高貴のお方は、どんな珍奇な話を耳になされても、たいして興を催されぬものだが、公方様はそうじゃねえな。時勢の移り変わりを知るための、勘どころをちゃんと押さえてご下問になられるんだ。英邁《えいまい》の君主とは、公方様のことさ」

大砲は、南北戦争のあいだに、めざましく発達していた。

「いままでの大砲は、砲身の内側、すなわち砲腔《ほうこう》がなめらかな滑腔砲でございました。それが、近頃では旋条を切るようになっておりまする。アメリカではライフル砲と申しますが、砲弾を発射するとき、旋条と嚙みあわさせ、回転させて撃ちだせば推進の力がつよく、これまでよりもおよそ二層倍の重さの砲弾を、従前よりも遠方へ飛ばし、的をはずさぬようになりまする。

また、砲弾を砲口から入れる前装砲が、うしろから砲弾をいれる後装砲に変わって参りましたので、砲弾と火薬を砲口から押しこむ手間がはぶけるようになりました。砲手はいちいち敵前に身をさらし、弾丸をうめる危険なはたらきをすることなく、きわめて迅速な射撃ができまする」

麟太郎が、蘭書の鉄砲の図をひらいて見せ、説明すると、家茂は身を乗り出して聞いた。

「さような大砲を使われては、こちらの砲弾がとどかぬ遠方から撃たれるゆえ、勝負にならぬではないか」

「御意にございります。それゆえ私は、砲台をいくつも構えるよりは、新式大砲を積んだ軍艦を持ち、海軍を興起せしめるのが、緊急の大事であると申しあげておりまする」

家茂は頬《ほお》を紅潮させていった。

「そのほうは力をつくせ。望みあれば、何事なりとも余に申すがよい」

四月二十日朝、龍馬は近藤昶次郎とともに麟太郎の供をして、佐久間象山の寓居をたずねた。

象山は、吉田松陰《よしだしょういん》のアメリカ密航の企てをたすけた罪により、安政元年、江戸伝馬町の獄に投ぜられ、出獄ののち国許で文久二年十二月まで蟄居《ちっきょ》を命ぜられた。

赦免されると、諸大名は西洋兵学の権威である彼を、藩政顧問に招こうとした。長州藩は正使山県半蔵《やまがたはんぞう》（のちの宍戸璣《ししどたまき》）、副使久坂義助、土佐藩は正使衣斐小平、副使原四郎が藩命によって招聘《しょうへい》に出向いた。

松代《まつしろ》藩は象山が他藩へおもむくのを禁じ、表用人上席として六百石を与えた。だが、高名な象山に、時局収拾にあたらせたいという要望が、朝廷から飛鳥井《あすかい》伝奏の名においてもたらされ、幕府からも上京を促す達しが届いた。

公武合体派で、徹底した開国論者である象山が上京すれば、過激浪士に命を狙われるおそれがあったが、彼は危難を覚悟のうえで、元治元年三月十七日、愛馬江月《こうげつ》にまたがり、門人銃手、用人、下僕ら十六人を従え、松代を出立した。

彼は、内心の決意をつぎの一首に詠じていた。

時にあはば　散るもめでたし山桜
めづるは花のさかりのみかは
象山は四月三日に上京して将軍家茂に謁し、幕府から海陸御備《おそなえむき》向手付御雇を命ぜられ、四百石を与えられ、中川宮、山階宮《やましなのみや》、一橋慶喜、松平容保のもとに出入りして、公武の周旋に努力をはじめた。

龍馬は重みのある風呂敷包みを提げ、二条城に近い丸太町橋向こう川端《かわばたちょう》町の、象山寓居へむかう。中身は麟太郎が長崎で十八両を支払い買いもとめた、ピンファイヤーという六連発式拳《けんじゅう》銃と弾丸九十発である。

京都で政治にかかわっている主立った人物は、拳銃を身につけるのが習慣のようになっていた。

麟太郎は象山寓居の門前に立つと、不満そうに辺りを見まわした。

「なんだ、これはいかにも手狭じゃねえか。板塀も、乗り越えられるほどのものので、不用心きわまりない。早速家移《やうつ》りをすすめなきゃいけねえ」

象山は奥座敷で、愛用の熊の皮のうえに坐って、麟太郎たちを迎えた。

龍馬は敷居際で手をつき、挨拶をした。

「先生、おひさしゅうござります。あいかわらずご壮健のご様子は、十一年まえに浦賀へお供したときと、なんちゃあお変わりにならん」

象山は肩をゆすって笑った。

「坂本は昔とかわらず口がうまいぞ。年輩者には、若く見えるといってやれば、いちばんよろこぶゆえにのう」

「先生は、またお口の悪いことばあいわれる。私は思うた通りをいいよるだけですき」

「今日は義兄上《あにうえ》のお供か」

笑顔で象山とむかいあっていた麟太郎が、昶次郎を紹介した。

「これも、私の弟子です。土州藩下屋敷で鉄砲を張りたてていた、左行秀《さのゆきひで》のところから、当塾へ入門した男ですよ」

龍馬が風呂敷包みをさしだす。

「これがピストルか、かたじけない」

「六連発ですき、いざとなれば二人や三人は撃ち倒せますろう」

象山は銀色の光沢を帯びた拳銃の引金を、幾度か空撃ちしてみて麟太郎に頭を下げた。

「かたじけない。これを懐中にしておれば心丈夫だ。護衛二人ほどのはたらきをするゆえにのう。お立替え下された代金は、二十両を江戸の順子（象山の妻、麟太郎の妹）のところへ送っております。ところで、先日のご来状では、アメリカで連発機関砲を発明いたせしとか、まことに恐るべき進境じゃ」

麟太郎はいった。

「戦争のやりかたが、まったく変わってしまいましたねえ。レイロー（レイル・ロード）とテレガラフを軍事に使い、海中を潜る軍艦をこしらえ、空中から敵の様子を探索する、気球というものも使っているそうですよ。銃砲弾薬もおどろくほどたくさんつくらなきゃ間にあわねえらしい」

麟太郎は長崎で旧知のイギリス艦長から、南北戦争の実態を詳しく聞いた。炸裂《さくれつ》砲弾の円錐《えんすい》形の頭部につけられる信管の威力は、飛躍的に増大した。イギリスのアームストロング砲の砲弾は、頭部を厚くした遅延着発信管を用い、アーマープレートと呼ばれる軍艦の装甲用鋼板を、たやすく貫通するという。

麟太郎は長崎で入手した文献、見取図をひろげ、象山と熱弁を交わした。

龍馬は傍で聞いていていて思った。

――この二人の先生のいいゆうことを、天下有為の士に知らせられんものか。ほいたら無益の殺しあいをしゆうときじゃないと、分かるがのう――

麟太郎が大坂へ戻ってまもなく、江戸から到着した翔鶴丸で、横浜の情報がもたらされた。

イギリス公使オールコックは、横浜鎖港の幕府提案を冷笑してとりあわず、大坂、兵庫沖に軍艦を乗りいれ、朝廷に直接交渉するといったという。

彼は幕府を露骨に威嚇した。

「外国人を横浜から追放する方針にこだわるなら、五年もたたないまえ、イギリス、フランス連合軍が北京《ペイピン》に進撃したときと同様、京都へ兵をすすめるつもりだ」

一橋慶喜以下の老中たちは、麟太郎が長崎出張の経過を報告したにもかかわらず、オールコックに対し、何の処置を決したとの回答もせず、日を過ごしていた。

龍馬たち塾生は、麟太郎に従い五月はじめまで、第一長崎丸で兵庫から淡路由良、友ヶ島、淡路近辺の海を航行した。若年寄稲葉兵部少輔に、砲台を構築してもむなしく敵弾の的をつくるものであることを、実地に説明するためである。

稲葉は少々波の荒い由良附近の海上に出ると、たちまち船酔いを発した。麟太郎は、龍馬にひそかに憤懣《ふんまん》を洩らした。

「ものの役にも立たねえ連中が、その場かぎりの思いつきばかりいいやがって。いちど摂海に並んだ外国軍艦から、砲弾を雨あられと撃ちこまれたら、このうえもねえ薬になるぜ」

五月五日、長崎製鉄所の機械を江戸へ移送する幕命が下った。

麟太郎は激怒した。

「長崎の機械は、去年神戸へ移し替えのお許しが出ているんだ。こないだ長崎へ出向いて、お前らも見た通り、機械は古びて破損した所も多い。あのまま修繕して使えば何とかなるものを、江戸へ送ってみろ。歳月と費用を無駄に失うばかりで、労多くして功少なしさ。だから俺は長崎から機械を動かさず、修繕して、神戸附属とするつもりだった。一橋におもねる俗吏らが、神戸操練所が盛大になるのを、妬《ねた》みやがったに違えねえ。身分にこだわらず国内の人材をこぞって海軍を興起するのが急務だというのに、何を考えていやがるんだ」

この日、将軍家茂が江戸へ帰るため賜暇を奏請して許されたので、海路東帰の御召船を運用し、お供せよとの内命が下った。

早急の将軍東帰は、今後いかなる急変がおこるかも知れない情勢に、対処できる幕府有司が、ひとりもいないためであった。

五月十日の昼まえ、一橋慶喜からの急使が、麟太郎のもとに届いた。将軍家がその日のうちに京都を離れ、大坂城に入り、翌十一日には摂海を巡視されるので、艦船の支度をせよとのことである。

「皆でこれから兵庫へ出向いて、鯉魚門《ライモン》、長崎、朝陽を、天保山沖へ乗りまわしてこなきゃならねえ。明日は朝から公方様が摂海をご巡覧なされるからな。にわかのことで大変だが、しかたがねえ」

鱗太郎は、龍馬たちとともに大坂御船手《おふなて》（幕府海軍）の早船で兵庫へむかった。

兵庫では、塾生が総出ではたらき、艦内掃除、釜焚《かまた》き支度をおこなう。夕方、南風がつよまり小雨が降ったが、夜になると晴れ、星月夜となった。

「お召しになるのは鯉魚門艦だから、塵《ちり》ひとつねえように磨きたてろ。御座所《ござしょ》には、御泊まりの支度もしておけ」

龍馬たちは、湿気をふくんだ風の吹くなか、汗をかきながらはたらき、夜遅くなって三隻を天保山沖に廻航《かいこう》した。

家茂が鯉魚門艦に乗ったのは、四つ（午前十時）頃であった。ただちに出航して兵庫へむかい、湊川へ上陸して、河口の砲台普請場を視察ののち、本陣に泊まらず、艦に戻った。

梅雨入《つゆい》りしてまもない天候は、きわめて不順で、しだいに風が烈しくなっていたため、翌朝バッテイラで帰艦するのは無理であると、鱗太郎が判断したためである。

艦内に泊まった家茂は鱗太郎から、砲台は火力の発達した外国軍艦の標的になるのみであるという説明をうけ、深く考えるところがあるようであった。

麟太郎は、わが息子のような年頃の家茂に、敬愛を捧《ささ》げる内心を隠さない。

彼は、御前を退出してのち、龍馬に涙を見せて語った。

「公方様のような英敏な資性のお方が、まわりの愚か者たちに邪魔されて、お望みのようにお動きになれねえのを見ていると、俺はおかわいそうでならんのだ。俺が死んで何とかなるんだったら、公方様のためにはいつだって一命を捧げ奉るよ」

五月十二日は、海が荒れていたので、家茂は友ヶ島沖まで南下してひき返し、午《うま》の刻（正午）頃、堺に上陸し、大坂城へ帰った。

この日、麟太郎に命令があった。十五日頃、家茂が海路東帰するというのである。

彼は龍馬たち塾生に命じた。

「お前らは、兵庫に碇泊している艦船に、すぐ東帰の支度をするよう、知らせてやってくれ。翔鶴、観光、蟠龍の三艦と、発起、長崎、大鵬などの蒸気船、千秋、広運の帆前船《ほまえせん》二隻をお供させるんだ」

五月十四日、麟太郎は大坂城へ出仕し、家茂から軍艦奉行を命ぜられた。

摂海の警衛については、すべて一任され、別段の思召しをもって、御作事奉行格、諸大夫《しよだいぶ》を仰せつけられ、安房守《あわのかみ》という称号をうけた。

麟太郎は二千石の旗本となり、従《じゅ》五位下に叙任された。

その夜、龍馬が兵庫から大坂専称寺へ帰ってくると、麟太郎が帷子《かたびら》をつけただけで、居間の畳に寝ころがっていたが、起きあがっていった。

「俺は今日、軍艦奉行となり、安房守と名乗ることになったぜ。禄《ろく》は二千石だ。お前らの懐も、いくらかうるおうことになるだろうよ」

「従五位下、安房守ですか。たいしたもんですのう。安房守は、先生が望まれたがですか」

「いいや、まえもって内談があったのさ。俺なんぞは、どうせたいしたことのねえ者だから、日本じゅうでいちばん小せえ国の名を名乗りてえといったら、そうなったのさ。すべては公方様のお情けだよ。まったくありがたいものだなあ。今日、大坂御船手は廃止されたよ。御船手組の面々、御船手預けの船は、すべて俺が預かり、神戸操練所付きとなるんだ。この月のうちに操練所生徒を募ることになるだろうから、お前さんは大坂と兵庫にいて、塾頭の役目を果たしてもらうことになる。当分は忙しいぞ。与之助（佐藤）は操練所教授方になると、内々にきまっているんだが、御台場普請の御用で駆けまわっているから、神戸にはいけそうもねえ。お前さんがひとりで塾と操練所の諸用をひきうけなきゃならなくなる。よろしく頼むぜ」

麟太郎は、家茂東帰に随行する艦船の総指揮をとるため、十六日の朝、江戸へむかい出帆する。

龍馬はかねて北添佶磨らと計画していた、蝦夷地経営を実行する機会がきたとよろこぶ。

参与会議が解散してのち、京都で長州藩と攘夷浪士が、不穏の動きをあらわしていた。長州藩邸には数百人の藩士が集まっているという。

彼らは五人、十人と揃《そろ》って行動し、単独では外出しない。市中を往来するときは皆深編笠《ふかあみがさ》をかぶり、顔をのぞかせなかった。

茶屋、風呂屋へゆくときも、ひとりではないので、市中見廻《みまわ》りの会津藩兵、新選組も、うかつに訊問《じんもん》するなど強引な行動がとれない。

それでも、たがいのあいだで毎夜のように刃傷沙汰《にんじょうざた》がおこっていた。

夏が近づくにつれ、京都に諸国浪人の姿が目立ってふえてきた。

禁裏御所の惣門《そうもん》前には、前年八月の政変以来、諸国浪人、長州人の入門を禁じる高札が立てられていたが、長州藩士はなんの遠慮もなく惣門を出入りするようになった。

門の守衛にあたる親兵も、しいて咎めず大目に見ている。

長州人は京都市中で金銀を気前よく遣う。充分の運動資金を藩からあてがわれていた。市中の町人たちは、子供に至るまで長州をひいきにするようになり、買い物客が店先に腰をかけ、煙草をのむうちに、長州を褒《ほ》めると、手代、丁稚《でっち》が、わがことのようによろこぶ。

「私らがこんなに渡世のできるのも、長州さまのおかげどす。ご公儀のほうはなにかと巾着《きんちゃく》の紐《ひも》が固うていけまへん。大きな声では申せまへんが、壬生浪《みぶろ》なんぞは、大商人《おおあきんど》の店へ出向いて押し借りするのを、あたりまえと思うとるごろつきどっせ」

長州の悪口をいう者がいると、町人たちは腹をたてた。

龍馬は麟太郎にいう。

「先生が江戸へ発《た》たれたあとで、京坂の形勢はどうにもおだやかには収まらんがじゃないかと、思うちょります。京都守護職が浄華院《じょうけいん》の宿所から、ときどき黒谷本陣へ帰るとき、浮浪の徒の要撃にそなえて、道筋に大勢の藩士を見え隠れに置きゆうそうです。

尊攘断行のために命を塵芥《じんかい》のように捨てたがる志士らあの、眼の色が変わっちょりますきのう。大仏のかくれがでも、千屋、北添、望月らあが、大勢の浪士を集めて、具足をこしらえちょります。おりょうに聞いたら、会の字を書きこんだ小丸提灯《こまるぢょうちん》もつくっちゅうがです」

麟太郎は、するどい眼差しになった。

「会津藩士に化けて、暴発するつもりか。そんなことをすれば、無駄に命を捨てるだけではないか」

龍馬は語調をつよめた。

「先生、蝦夷の開拓を一日も早うやるべきです。うちの塾生をはじめ、開拓をやってもえいという同志が、何百人も京坂の間におるがです。この者らあは、水戸の天狗党《てんぐとう》にも加わらず、長州にも走らず、神戸操練所の観光丸、黒龍丸で蝦夷渡海する日を待ちよります。京都で乱がおこったら、皆犬死にですらあ。神戸の塾生らあは、勉強が手につかず、諸藩脱走の志士と交わり、ともに生死を誓いおうちゅうがです。先生、一日も早う皆を渡海させたいと思いよりますき、智恵《ちえ》を貸してやってつかあさい」

麟太郎は龍馬の願いを聞きいれた。

「俺が江戸へ帰ったら大越《だいえつ》に話をつけてやろう。観光、黒龍のうち一艦を蝦夷地へ乗りまわす入費は、三、四千両だろう。それほどの金を集めるには、江戸へ出てほうぼう頼み歩かなきゃならねえ。水泉公（老中水野和泉守）に、いつだったかその話をしてみたら、乗り気だったぜ。俺が段取りをつけたら、手紙を送ってやるから、江戸へくるがいいさ。そのとき朝廷からのお達しをもらってくることだな。幕府の腰抜けどもは、御所の意向をやたらと重んじるからね」

五月十六日、霧雨の降りしきるなか、将軍家茂は九つ半(午後一時)過ぎ、翔鶴丸に乗り、天保山沖を離れた。

家茂に従う艦船がホイッスルを曇り空にひびかせ、一列になって遠ざかってゆく。

龍馬は艦船のあおりをうけ揺らぐバッテイラのうえに立ち、手を振って見送る。

「先生、身辺にはくれぐれも気をつけてつかあさい。先生がおらんなったら、まっことしまいじゃき」

龍馬はその夜、京都へむかった。

塾頭としての仕事は繁忙をきわめていたが、近藤昶次郎にあとを頼み、おりょうに会いにゆくのである。

――早う会いたいのう。今日の船脚は、しょう遅いぜよ。酒でも飲むか――

龍馬はせきたつ思いを酔いにまぎらせ、曳き綱を曳く人足たちの低いかけ声を聞きつつ、眠りにおちた。

早朝に伏見に着き、大仏のかくれがへ急ぐ。空は晴れ、暑い陽射しが地上に満ち、蟬《せみ》が啼いていた。

汗っかきの龍馬は、羽織をぬいで肩にかけ、道端の筧《かけひ》の水でしぼった濡れ手拭いで、顔から首筋へかけて拭《ふ》きながら歩く。

伏見街道を北へむかってゆくと、道端の茶屋のよしず囲いのかげから、立派な身なりの侍たちが不意にあらわれ龍馬のまえに立ちふさがった。ひとりがいう。

「貴公、いずれのご家中か。ご尊名を承りたい」

龍馬は歯切れのいい江戸弁を聞き、彼らは直参《じきさん》だと察した。

「拙者は軍艦奉行勝安房守の家来ながです」

「ほう、いずれへ参られる」

龍馬はとっさにいった。

「さる高貴のお方に謁するため、御所に参向いたしまする」

酒気を帯びたひとりがいった。

「ならば、手札を見せられい」

龍馬の手札をのぞき見た侍が、吐きすてるようにいった。

「神戸操練所といえば、近頃世を騒がせる激徒の巣になっておるそうだな。貴公もそのひとりか」

龍馬は笑みを消した。

ねばりつくような相手の口調に、金気《かなけ》くさい殺気が宿っている。

「拙者は、さような者とは違うがです。ではご免」

「待て」

龍馬より二寸ほど背の低い侍は、二十五、六の年頃である。

――いっち体が動く年頃じゃき、手もとへ繰りこませたらいかん――

侍が進み出ると、龍馬は退き、道端の柳の幹を背にした。

侍の左手が鍔《つば》もとにかかり、鯉口《こいぐち》を切って腰を落とした。いつでも抜き打ちに斬りこめる体勢である。

龍馬は油断なく辺りに眼をくばりながら、おちついた声音でたずねる。

「尊公がたは、お見受けするところ新選組とも違うようじゃのう。天下の御直参衆かのう」

相手は答えず、間合を詰めてくる。

「まことやる気ながじゃな。こっちも黙って斬られやせんぜよ」

龍馬は腰をひねり、水を噴くように大刀を抜き、下段にとる。

たぶん京都見廻組《みまわりぐみ》の連中であろうと、龍馬は見ていた。

見廻組のおおかたは旗本御家人《ごけにん》の子弟である。彼らは役料のほかに、過分の手当が懐に入るので、金銭を湯水のように費消し、酔いにまかせ人を斬る、横暴のふるまいをしている。

――全部で五人か。斬り抜けられんことはなかろう――

龍馬はまったく怯《おび》えていなかった。

路傍の店屋が、迷惑の及ぶのを避け、表戸を閉める。通行人が遠巻きに人垣をつくっていた。

――俺は、こがな奴らにゃやられはせんき――

龍馬の全身の筋肉が、敵の動きにあわせ、わずかずつ動きを変える。

裂帛《れっぱく》の気合が耳をつんざき、抜き打ちの刀身が龍馬の右首筋を狙い、飛んできた。

同時に龍馬が下段の刀身を、すさまじいいきおいでふりあげると、相手の刀が宙に飛び、離れた地面に落ちた。

龍馬は叱咤《しった》した。

「刀をしっかり持っちょらんと、人は斬れんぜよ」

うしろで見ていた侍たちが、刀の柄に手をかけ、右足を前に踏みだし、猫背になった。

龍馬は大声で叱咤した。

「待ちや。落とした刀を拾わしちゃらないかんろうがよ。けんど大勢で一気にかかってきても、刀は振れんろうが。俺を斬らんと味方を斬るばあじゃ」

彼ははだけた胸もとから濃い胸毛をあらわし、刀を手から落とした若侍が脇差を抜こうとするのを制した。

「斬りゃあせんき、刀を拾え。俺が斬るつもりなら、いま頃おんしの首は胴から離れちょらあ」

若侍は刀を拾わず、肩を落とし頭を下げた。

「一本参った。俺は負けたよ」

彼はふりかえって朋輩にいった。

「皆、刀を引いてくれ。きれいな勝負をしてくれりゃ、引きさがるしかなかろう」

龍馬は下段青眼《せいがん》の構えを崩さなかったが、侍たちは刀を鞘《さや》に納めた。

そのとき、茶屋のなかから背の高い三十過ぎの年頃に見える侍があらわれた。両鬢《びん》に面摺《めんず》れがあり、豹《ひょう》のように背をまるめ、草履《ぞうり》で地面を掃くような摺り足で、ゆっくりと歩み寄ってくると、龍馬に声をかけた。

「土州の坂本さんだな。千葉道場で手あわせしたことがある、高久《たかく》だよ」

龍馬は眼を見張った。

北辰一刀流免許皆伝者で、試合上手として知られていた高久半之助である。

「これはめずらしいお人に会うたちや。いまは京都におるがか」

高久は苦笑いをしてうなずく。

「うちの若い者らが、むやみに人を斬って胆《たん》を練りたがるので、まったく困りものさ。坂本さんとは格が違いすぎる連中だ。見逃してやってくれ」

龍馬は高久の様子を見て、嘘をいっているのではないと判断すると、ようやく残心《ざんしん》の構えを解いた。

「お前さんに会うて、助かった。俺も殺生はやりとうないきのう。また会おうぜよ」

龍馬は懐紙で刀身をていねいに拭い、静かに鞘に納めた。

高久は笑っていった。

「剣尖《けんさき》を右に寄せた下段の構えは、昔と変わっていないぞ。俺も幾度か、竹刀《しない》をはねあげられたものさ」

「俺の得手のひとつじゃきのう」

手を振って別れたが、いつのまにか全身に冷汗をかき、髪のあいだからも汗が伝い落ちていた。

頭上から陽が照りつけていた。

風が落ち、蒸し暑く湿った空気のなかに、植物のにおいがよどんでいる。

龍馬はなるべく町家が軒をつらねる辺りを遠回りし、道を急いだ。町会所、寺院、構えの手広い商家には、諸藩の中間《ちゅうげん》、小者が五十人、七十人と詰めこまれ寄宿している。幕府が長州藩、攘夷浪士の暴発に対応するため、諸大名に藩兵を伴わせ上京させていた。

本陣、藩屋敷に収容できない人数は、仮の住まいを市中で探すしかない。

騒然とした、人馬の往来のはげしい道を避け、裏通りを伝って、大仏殿南門前今熊野道のかくれがに辿りつくと、狭い道に忍び入り、淡竹《はちく》の林のかげから家の様子をしばらくうかがう。

台所の樋《とい》から、水の流れる音がする。茶碗《ちゃわん》や皿を洗う、冴えた物音もする。昼間は他出している同志が多いので、座敷のほうから彼らの声が聞こえてこない。

――お貞さんが水仕事をしゆうがか――

夏羽織を肩にかけた龍馬が、台所の入口からわずかに顔をのぞかせると、二尺もはなれていないところにおりょうがいて、流しにむかっていた。

彼女は眼をみひらき、息をのむうち、かすれた呻《うめ》き声をもらし、走り寄ってきて龍馬を抱きしめた。

彼女は龍馬の髭面《ひげづら》に頬ずりをして、唇をさがした。

「会いとうて、会いとうて、よう帰ってくれはった」

龍馬は彼女のささやきを、甘い肌のにおいのうちで聞く。

「俺も早う会いたかったき、裏道伝いに走ってきた」

たがいの五体を投げつけあうような抱擁がすむと、龍馬はせきこんで聞く。

「誰ぞおるがか」

おりょうは、かぶりをふった。

「皆留守どす。お母はんはお米屋へいって、あと半刻《はんとき》（一時間）ほどは帰らしまへん。うちの部屋へいこ」

おりょうに手を引かれ、龍馬は狭い部屋に入り、引戸を閉めた。

蚊遣《かや》りのにおいがする。竹藪に面した窓の障子を開けはなった二人は、抱きあって畳に倒れた。

龍馬は、さきほどの思いがけない出来事で湿った衣服をぬぐ。ひさびさに見るおりょうの肌は、白くつややかであった。

龍馬はおりょうと睦《むつ》みあったあと、この女子《おなご》は死んでも離せんと思うのが、常であった。

閨《ねや》のうちのおりょうは白蛇の化身のようにまつわりつき、のたうち、ゆがみ、苦悶《くもん》のような呻きをもらし、疲れを知らない。龍馬はおどろきのうちに、これまで知った娼妓《しょうぎ》たちから得たことのない、まったくちがう新しい体験をかさねた。

その体験は、誰にもいわないでおこうと、龍馬は心に誓った。おりょうがそのときにあらわす反応は、龍馬の意表をつく。彼の記憶には、手足を曲げ、指先をそらせ虚空に声を放つ、仏のような聖性を帯びた女身が残っていた。

武術で体を鍛えた龍馬が、かぼそいおりょうの底知れない粘りづよさに内心畏《い》怖《ふ》をおぼえるほどであった。

夢中のうちに一刻《いっとき》（二時間）ほど過ごしたとき、お貞が戻ってきた。龍馬たちはあわてて身づくろいをする。

「坂本はん、ようおこしやす」

お貞は龍馬の汗にもつれた髪を見て、おりょうにいった。

「早うお風呂を沸かして、下のものはいまのうちに洗うて干しときよ。坂本はんは、今夜お泊まりどっしゃろ」

「そうするつもりでおります」

龍馬は母子に、みやげを渡した。

「北添らあは、毎晩帰ってきゆうですか」

お貞は首を振った。

「この頃は、町奉行の手下《てか》の者が、この辺りまでのぞきにきまっさかい、まえのように具足ごしらえに精を出さはるようなことは、ないのどす。昨夜は遅うなってから、松尾《まつお》はんと池はんが戻ってきて、今朝早う出ていかはりました」

松尾とは望月亀弥太の変名である。彼は近頃海軍塾にいることがめずらしかった。長州藩河原町藩邸に出入りしているらしい。

「まあ、会津の奴らの眼をごまかさざったら、踏みこまれるきのう。物騒な世情になってきたちや」

龍馬は見廻組の若侍に、斬りかかられたことを、おりょうたちに告げなかった。いえば、心配をさせるだけである。

彼は台所の隅にある五右衛門風呂に身を沈める。おりょうが長崎みやげのシャボンを持ってきた。

「お背中流しまひょ」

その夜が更けてのち、近藤昶次郎がかくれがにきた。彼は町人姿で懐中に六連発拳銃をひそませていた。

表戸を叩かず、いったん裏庭に入り、灯影を頼りに、龍馬とお貞、おりょうが話しあっている窓下に歩み寄る、用心深さであった。

龍馬は櫺子窓《れんじまど》から突然顔をのぞかせた昶次郎におどろき、大刀を膝《ひざ》もとへ引きよせる。

「そこにおるがは、誰ぜ」

「俺じゃ」

昶次郎が返事をして、部屋にはいってきた。

「すずぎは使うたか」

「いん。今夜は三条小橋の長門屋という宿屋で、諸藩浪士らあがあい寄って、大事の相談をしちょったが、新選組の者らあが宿のまえをうろつきよったき、皆わかれわかれになって帰った。俺は河原のくらがりを歩いちょったら、いきなり待て、と割れ鐘のような声をかけられたき、草履を懐へねじこんで、韋駄天《いだてんばし》走りで逃げてきたちや。信磨と達太郎（能勢《のせ》）もいっしょにおったが、どこへ逃げたがじゃろ」

「新選組やら見廻組は、大分殺気立っちゅうき、ひとりで夜歩きは危ないぜよ。信磨らもくるかのう」

「戻《も》んてくるはずじゃが」

龍馬は衵次郎が膝もとに置いた白磨きの拳銃を、行灯《あんどん》の下であらためる。

「先生から借りたもんじゃろうが。えい物じゃき、大事に使いや。おんしの剣術じゃ身は守れん。相手が抜くのを見たら、いきなり撃て。度胆《どぎも》抜いちょらんといかんぜよ」

龍馬は衵次郎にするどい眼をむけ、声をおとして聞く。

「今夜も、中沼《なかぬま》いう儒者と会うたがか」

衵次郎がうなずく。

中沼葵園《きえん》という儒者は、烏丸《からすま》下ル所に住む学習院講師で、激派浪士と頻繁に交流している。

「なんぞ、物騒なことを相談しゆうがか」

龍馬が聞く。窓外の虫の音に変化がないかをたしかめつつ、秘密の会話をかわす。

衵次郎がいった。

「いま、三条通り界隈《かいわい》の宿屋に、諸藩の名札をつこうて泊まっちゅう浪士が、およそ五百人はおる。それが来月二十日前後の烈風の夜に、禁裏の風上に火を放ち、参内する守護職会津侯を血祭にあげ、禁裏へ推参して主上を長州へご動座し奉るいう、密謀を進めちょる」

龍馬は思わず唸《うな》るような声をあげた。

「そがなことが、まともにできると思うちゅうがか。幕府は諸藩の兵を何万でも集められるろう。五百やそこらの浮浪と長州一藩で、大芝居をうてるわけがないろうがよ。俺が蝦夷いきの段取りを進めゆうときに、無駄死にする気ながじゃな。信磨と達太郎は、今夜帰ったか」

「分からん、長州屋敷へ泊まるろうか」

「衵次郎、黒龍丸に皆を乗せて蝦夷にいく日は、目のまえじゃ。信磨と達太郎がおらいでどうする。俺はどいたちあれらあを正気に戻して、蝦夷へ連れていくがじゃ」

祖次郎は龍馬の意をうけ、信磨らが過激な行動に身を投げいれるのを押しとどめようとしていたが、暴発の危機はしだいに迫っていた。

「先生は公方様を送って江戸へいったが、もうまあ俺を呼んでくれるがじゃ。俺は先生の手引きで、黒龍丸を神戸から蝦夷へ乗りまわすための入費を集めにいくぜよ。蝦夷の物産を大坂へ運ぶなら、三千両ばあの元手は出すいう、商人らあもおる。あと千両あったら、この策は成るがよ」

祖次郎が声を震わせた。

「それまで、なんちゃあおこらいたらいかん」

「ほんじゃき、おんしに頼むがぜよ。あとひと月もたたんうちに、俺はきっと蝦夷いきの段取りをつけるき、それまであれらあを引きとめるがじゃ」

暗い庭のなかで、動くものの気配がした。

龍馬は行灯の火を消し、大刀を引き寄せる。祖次郎が拳銃の撃鉄をあげた。

龍馬がおりょうにささやく。

「お前んとお母やんは、蚊帳《かやっ》吊って寝えちょきよ。俺らあは、ここで信磨らあの帰りを待ちゆうき。もし、奉行所の手の者が踏みこんできたら、大仏の境内へ逃げこむぜよ」

ひそやかな足音は、庭のなかでつづいていた。

いったん遠ざかってゆくようであったが、また戻ってきて、櫺子窓の外で地面をこするような音をたてた。

龍馬と昶次郎は顔を見あわせ、笑みをかわした。外にいるのは、まぎれこんできた野良犬と分かったからであった。

龍馬は隣の部屋へ這《は》っていって知らせた。

「いまのは、犬じゃった。気遣いはいらん」

おりょうが声を頼りに、蚊帳の下から手をのばし、龍馬の手を握りしめた。

五月二十九日、幕府は神戸海軍操練所発足の布告を発した。

「　覚
　今般海軍術盛大に興せらる。摂州神戸村へ操練所御取建てあいなり候につき、京坂、奈良、堺、伏見等住所の御旗本、御家人、子弟厄介はもちろん、四国九州辺の諸家家来に至るまで、有志者はまかりいで修行いたすべく候。

もっとも業前《わざまえ》熟達の者は、御雇いまたは出役《しゅつやく》等にされるべく仰せつけ候あいだ、委細の儀は勝安房守へ承りあうべく候。

　右の通。委細の儀は勝安房守へ承りあうべく候。」

六月朔日《ついたち》の午後、しきりに雷が鳴り、雨が横降りに羽目板へ叩きつけていた七つ（午後四時）過ぎ、七条新地の料亭扇岩の台所で立ちはたらいていたおりょうのもとへ、突然龍馬があらわれた。

袴の裾《すそ》をからげ、高下駄をはいた龍馬を見た料理頭《りょうりがしら》は、愛想よく頭をさげた。

「これは才谷さま、ようお越しやす。いまお越しでっか」

日頃過分の鳥目《ちょうもく》をもらっているので、気をきかせた。

「お座敷の支度をいたしまひょか。それともおりょうはんに早退《はやび》けしてもろうたらよろしおまっしゃろか」

「すまんが、早退けさせてくれ」

龍馬は紙包みを料理頭の懐へ押しこむ。

おりょうは飛び立つ思いで手早く身支度をして、龍馬につづき傘をかたむけ道へ出た。二人は歩きながら手をとりあう。

「逢いにきてくれて、うれしゅうおす」

おりょうが龍馬のてのひらを握りしめた。

「俺もじゃ。昨日先生から手紙がきて、明日は江戸へいかにゃならんき、今夜はひと晩ゆっくり逢おうと思うてきたぜよ」

「江戸へ何の用事でいかはるんどっか。危ないことでもしやはるんやおへんか」

「いや、黒龍丸で蝦夷行きの話がきまりかけちゅう。入費三千両ばあは、商人どもと、大坂御金蔵から出ると決まったがじゃ。あとは江戸へ出て、御老中水野侯の許しを貰《もろ》うてきたらえい」

「ほんなら、いつ帰ってきやはるのや」

「この月のうちには帰るぜよ。早けりゃ、二十日頃になるろう。それまで日数はわずかじゃき、こらえて待ちより」

おりょうはうなずきながら、たおやかな細い体を、龍馬に押しつけてくる。

龍馬は苦笑いをする。

「そがいに押しよったら、歩けんぜよ」

その夜、龍馬はおりょうと雨の音を聞きつつ、たがいをむさぼりあった。

芯《しん》を細めた行灯のあかりにおぼろに浮かぶおりょうの裸身は、上背があるのになぜか少女のように幼げに見える。

龍馬はそのかたちをまさぐりつつ、二匹の蛇のようにからみあい一体になろうとした。

明日にも命を失う危険が待っているかも知れない不安が、眼のくらむような激情を誘いだし、おりょうは呻き声をあげ、龍馬を呑みこんでは吐きだす。

龍馬はみじかい逢瀬《おうせ》のうちに、おりょうをむさぼりつくそうとするが、たちまち闇の底が白んで朝がきた。

一睡もしていないが、眠気はなかった。まもなく別れねばならない悲哀の思いが、空虚な胃の腑《ふ》のあたりにこみあげてくる。

五つ（午前八時）の時鐘《ときがね》を聞いて二人は起きあがり、前夜の風呂に追焚きをして、シャボンでたがいの体を洗った。

身支度をととのえ、かくれがに戻ると、座敷で人声がする。

「誰かきちゅう」

龍馬が聞耳をたてる。

「佶磨と亀弥太じゃ、いつ帰りよったか」

龍馬が駆けこむと、奥座敷にいた佶磨、亀弥太と能勢達太郎が、刀を手に片膝を立てた。

「なんじゃ、龍馬さんかよ。急に走りこんできたら、びっくりするじゃいか」

亀弥太がいった。

「お前んら、ここへ何しにきたがぜよ」

龍馬がするどい眼差しになった。

佶磨が傍に置いた風呂敷包みを、指さした。

「五十匁蠟燭《ろうそく》を取りにきたがちや」

「そがなもん、何に使うがじゃ」

「夜討ちにきまっちゅう」

龍馬は彼らのまえに、あぐらをくんだ。

「長州者らあと、京都であばれるつもりながじゃろうが、そがなことをしたら無駄死にするばあじゃ。俺は今日江戸へ発《た》って、黒龍丸を蝦夷地へまわす許しを、幕府からうけてくるきに、もうちっとのしんぼうじゃ。同志らあを残らず連れていくきに、いっしょにいこうぜよ」

達太郎が首を振った。

「蝦夷地へいくまえに、こっちの仕事を片づけちょかないかんきのう。なんともならんがよ」

龍馬が信磨と亀弥太に聞く。

「お前んらはどうな。達やんといっしょか」

二人はうなずいた。

別離のとき

龍馬が大坂天保山沖へ黒龍丸で帰ったのは、元治元年六月二十日であった。麟太郎も同船していた。英、仏、米、蘭四ヵ国艦隊の下関攻撃の機運が、いよいよ逼迫《ひっぱく》してきたため、事態の急変にそなえるためである。

麟太郎は、オランダ領事、提督と神奈川で会談し、下関攻撃は避けられない情勢にあるのを知った。イギリスは横浜に艦隊を集め、多数の陸兵を駐屯させているので、その費用を捻出《ねんしゅつ》するため、長州を攻め、多額の賠償金を得ようともくろんでいる。

麟太郎が江戸を出たのは十二日であった。長崎丸で出帆したが、烈《はげ》しい南風に船脚が進まず、シリンダーが折れた。

品川へ戻る途中、大島附近で北風に変わったので下田港に入った。長崎丸より一日はやく品川を出帆した翔鶴丸も、下田に避難してきた。麟太郎はただちに、引き船を下田へ呼ぶため、早馬を走らせた。

十五日には蟠龍丸が入港した。蒸気釜《じょうきがま》が破損したためである。
十七日、引き船の黒龍丸が江戸から到着した。龍馬が黒龍丸に乗っていたので、麟太郎はおどろく。

龍馬は横なぐりの雨のなか、黒龍丸の舷梯《げんてい》を駆けあがってきて、艦長室に入り、鬢髪《びんぱつ》からしずくをしたたらせながら、いった。

「江戸についたら、先生は品川へ出られたとのこと。大久保越中守さまのお屋敷へ駆けつけたら、水野御老中のご出立《しゅったつ》が遅れちゅうき、連れていっちゃるとのことで、水泉公に拝謁して、お許しを頂戴《ちょうだい》できたがです。これで入費もととのい、同志を集め、蝦夷地へいきますらあ」

「諸物価が鰻《うなぎ》のぼりの折柄だ。足の速い蒸気船でおおいに交易をして、のろまな幕府役人どもの眼《め》をさまさせてやれ」

龍馬は一刻も早く大坂へ戻りたいので、地だんだを踏むほど意気さかんであった。

黒龍丸は十八日に石炭積み込みをおこない、十九日の夜明けまえに、長崎丸を引き出帆した。

二十日朝、天保山沖へ着くと、龍馬はただちに上京する幕府目付の護衛として、上陸した。

天保山の波止《はと》には、御船手《おふなて》屋敷に泊まりこんでいたという近藤昶次郎、高松太郎、千屋寅之助、新宮馬之助、沢村惣之丞、黒木小太郎ら海軍塾生が立ちならび、待っていた。

「何事ぜよ、大勢で迎えか」

龍馬がバッテイラを下りるなり声をかけた。

近藤昶次郎が龍馬の手を握りしめ、ふるえる声で告げた。

「お前《ま》さんが江戸へ発《た》ったあと、三条小橋の池田屋《いけだや》で大騒動がおこったぜよ」

「なんじゃ、なにがおこったがじゃ」

三条小橋の河原町東入ル北側の旅館池田屋は、土佐藩定宿《じようやど》であった。

そこで長州藩士を中心に、諸国脱藩浪士がしばしば集まり、密議をこらしているという噂《うわさ》を、新選組が聞きこんだ。

「新選組が手を入れよったか」

「いん、薬売りに化けた者が池田屋に泊まりこみ、四条寺町の古高俊太郎《ふるたかしゆんたろう》の店へ、浪士らあがしきりに出入りしゆうがが分かった。それで古高が六月五日の朝、新選組の屯営へ引きたてられた」

「そらいかん、責められて口を割ったか」

古高は、近江出身の山科毘沙門堂《やましなびしやもんどう》門跡の家来であった尊攘《そんじよう》志士である。

龍馬は、古高が表向き桝屋《ますや》喜右衛門と称し、古道具、馬具を売っている店には深い抜け穴があり、同志が京都で決起するときに用いる、具足、武器、弾薬を集積しているのを知っていた。

望月亀弥太、北添佶磨《きたぞえきつま》、池内蔵太、山本甚馬、千屋寅之助、近藤昶次郎らが大仏のかくれがで、夜なべ仕事で皮貼《かわば》りの具足、鎖帷子《くさりかたびら》、小丸提灯《こまるぢょうちん》などをこしらえ、桝屋へ運んでいた。

「おんしらあは、池田屋へいかざったか」

龍馬に睨《にら》みつけられ、近藤、千屋が声もなくうなずく。

「誰《だれ》がやられたがな」

「佶磨と亀弥太じゃ」

「なにをっ、あの阿呆《あほう》らあが。なぜ死んだがぞ」

龍馬は眼をいからせ、叫ぶようにいう。

その夜、池田屋に集まっていた志士は、諸藩の大物が揃《そろ》っていた。

肥後の宮部鼎蔵《みやべていぞう》、松田重助《まつだじゅうすけ》、長州の吉田稔麿《よしだとしまろ》、杉山松介《すぎやままつすけ》、広岡浪秀《ひろおかなみひで》、佐伯鞆《さえきゆき》彦《ひこ》、土佐の野老山吾吉郎《ところやまごきちろう》、石川潤次郎、望月亀弥太、播州の大高忠兵衛《おおたかちゅうべえ》と弟の又次郎《またじろう》、京都聖護院《しょうごいん》の西川耕蔵《にしかわこうぞう》ら三十余人であったといわれる。

彼らは新選組壬生《みぶ》屯所を急襲し、古高を奪還しようとして、その手筈《てはず》につき熱心に話しあっていた。

そこへ近藤勇、沖田総司《おきたそうじ》らが入りこんできた。

池田屋は、新選組のほかに、会津、桑名藩兵七百人に包囲された。

龍馬の顔が血の気を失っていた。彼はおちつきをとりもどした声音で聞いた。

「亀弥太は、どげな死にかたをしたがな」

「新選組と、がいに（荒っぽく）渡りおうて、表へ飛び出て土佐屋敷へ走りこもうとしたが、戸が閉まっちょって、叩《たた》いてもあけてくれんかったがじゃ。会津の人数が三間ほどの所まできよったき、そこを逃げて長州屋敷まできたら、門が開いちょった。飛びこもうとしたとき、したたかに腰を突かれ、身動きがとれんなったき、刀を腹へ突き立て自害したがじゃ」

「佶磨はどがいにした」

「あれは大仏のかくれがにおりよったが、役人らあがきよったき、庭から大仏の境内に逃げて、いったんは姿をくらました。踏みこんだ会津の者らあは、佶磨の遺した具足櫃《ぐそくびつ》に、海上安全の守り札がついちょったといゆうらしい。佶磨さんはそのまま隠れちょりゃ助かったがじゃが、池田屋の同志がどがいになっちゅうか気がかりで、三条小橋の辺りまで出かけたき、辺りを見張っちょった新選組らあと斬《き》りおうて死んだがぜよ」

龍馬の両眼から、涙が溢《あふ》れ落ちた。

「蝦夷に渡って、新しい国をひらこうと誓いおうた積年の思いは、どうしてくれるがか。昶次郎、ほかに土州人は誰が死んだがかな」

「野老山吾吉郎は、背中に深う三太刀《たち》くろうたまま長州屋敷へ逃げこみ、疵《きず》が膿《う》んで死にかけちゅう。黒谷の三条家別邸へ勤番しちょった土州足軽の石川潤次郎は、亀弥太に会う用事があったき、池田屋へ出向いたが、あの騒ぎで、見るに見かねて刀を抜いて斬りおうたすえに死んだがぜよ。妙法院に泊まっちょった土州脱藩の藤崎八郎は、用事があって池田屋の前を通りかかったが、いきなり斬りかけられ二人を斬ったけんど、取り押さえられて大坂の土佐藩蔵屋敷へ送られて、切腹しよった」

龍馬は歯嚙《はが》みをした。

「こがなことが、近いうちにおこるとは覚悟しちょったが、黒龍丸の蝦夷行きが許された知らせを持ってきたときに、聞かされるとはのう」

「龍馬さん、俺らあがいうこと聞かんかったがが悪かったがじゃ」

昶次郎がうなだれた。

彼も危うく虎口《ここう》を逃れ、命を失わずにすんだ。会津藩兵が大仏のかくれがを立ち去った直後に、何も知らず現場にきた。

「大仏の家には、おりょうさんがおったがです」

「なに、無事でおったがか」

龍馬がおどろいて聞いた。

近藤昶次郎が大仏のかくれがに着いたのは、六月六日の朝五つ（午前八時）頃《ごろ》であった。彼が前日に神戸の海軍塾を出てきたのは、望月、池らの同志と会う用件があり、恋人のお妙ともあいびきの約束をしていたためであった。

かくれがについてみると、表の門扉、庭の柴折戸《しおりど》は打ちこわされ、家の壁、羽目板は掛矢《かけや》のようなもので砕いたのであろう、割れ散っている。

家財道具の残骸《ざんがい》、割れた瀬戸物などが道にまで散乱していて、衣類なども引き裂き捨てられていた。

昶次郎が眼をすえて辺りを見まわすと、道端に立っていた近所の男女が、あわてて姿を消した。彼は刀の鯉口《こいぐち》を切り、懐中からとりだした六連発拳銃《けんじゅう》を右手に持ち、家内に入ってゆく。

襖《ふすま》、障子は蹴倒《けたお》され、天井、畳には、槍《やり》で突き荒らしたあとが無数に残り、板間にはおびただしい土足のあとがあった。

——新選組か、会津の奴らが踏みこみよったか——

台所をのぞいて、昶次郎は、あっと声をあげた。そこに恋人のお妙とおりょう、島原に奉公に出ているおりょうの妹の君江が立っていた。三人の女も声をあげておどろく。

「あんた、いまきやはったすか」

お妙が昶次郎の胸にとりすがる。

「これは、何事がおこったがな。誰ぞ捕縛されたがか」

「昨夜、三条小橋の池田屋へ新選組が斬りこんで、長州、土州、肥後なんぞの浪士はんらが十人ほど斬られて死なはったんや。お縄になった人は二十何人ほどどす。亀弥太はんと信磨はんは斬られて死なはった」

「ほかの者は、どうながな」

「そのうえのことは、分からしまへん」

目明しの娘のお妙は、捕物《とりもの》の様子を詳しく知っていた。

「なんせ、池田屋のまわりを、会津、桑名の同心衆が七百人も出て取り巻いたさかい、浪士はんらも、逃げ道がなかったんや」

おりょうはその朝、表の人声の騒がしさにめざめた。

何事がおこったのかと胸騒ぎがして、急いで身支度をして扇岩の門口を出ようとすると、お妙が君江を連れてきた。

「お妙さん、変事かえ」

お妙はうなずく。

「今朝、大仏へ会津の奴らが押し寄せてきて、家財道具はすっかり持ち出し、お母はんを縛って千本屋敷（奉行所）へ引きたてていったのえ」

目明しの父から急変を聞いたお妙は、島原へ走り、幼い君江を連れ、おりょうのもとへ届けにきたのであった。

おりょうがお妙、君江と大仏へいってみると、かくれがは踏み荒らされていたので茫然《ぼうぜん》としているところへ、昶次郎があらわれたのである。

おりょうはお妙に頼んだ。

「ここに近藤はんがいやはったら危のうおす。あんたが近道を案内して、すぐ伏見まで逃がしとくれやす。私は君江を知る辺《しるべ》へ預けにいくさかい」

お妙はよろこんで恋人の昶次郎とともにかくれがを出ていった。

おりょうは君江を信用できる知人に預け、四条寺町の武具商古高俊太郎の店へたずねていった。古高はおりょうの亡父と交際があり、北添佶磨、池内蔵太、山本甚馬らがこしらえた具足などを、彼のもとへ運んでいたことも知っていた。

たずねてみると、主人の古高は、壬生の新選組に連れ去られ、泣き叫ぶ三人の子供にすがられた妻は、恐怖のあまり気がふれて、泣くやら笑うやら、あわれな有様である。

おりょうも貰《もら》い泣きをしたが、気をとりなおして、また大仏のかくれがへ引き返してみると、母のお貞が帰っていた。

「お母はん、千本屋敷へ引きたてられたとお妙はんから聞いたけど、帰してもろうたかえ」

「お妙はんのお父はんが、何も知らん人やさかい、帰したっとくれやすと、ご同心がたに頼んでくれはって、帰れたのや」

「何事ものうて、よかったなあ」

母子は抱きあい幸運をよろこび、その夜は亡父の菩提寺《ぼだいじ》である粟田口の金蔵寺を頼った。

おりょうはかくれがを出がけに、「金蔵寺へ参ります。りょう」と消し炭で板切れに書き、台所の壁にもたせかけておいた。もし、龍馬がたずねてきたとき、行き先が分かるようにしたのである。

龍馬はおりょうが無事であったと知り、安堵《あんど》したが、一時も早く彼女に逢《あ》いたい。麟太郎はしばらく大坂御船手屋敷と神戸操練所を往復し、護衛の必要がないので、数日の暇をもらっていた。

「俺はこれからすぐ京都へいくぜよ」

龍馬がいうと、昶次郎が応じた。

「ほいたら、俺らあもいくぜよ。せめて四、五人はおらにゃ、危ないき」

「かまんき、放っちょき」

龍馬が下駄《げた》を鳴らして大股《おおまた》に歩きはじめるあとを、波止へ迎えに出ていた塾生らがあわてて追った。

六月二十日の夜、龍馬たちは伏見から、近藤昶次郎の案内で間道を辿《たど》り、大仏のかくれがへ二十一日のあけがたに着いた。

安岡金馬、高松太郎、沢村惣之丞、黒木小太郎、伊達小次郎が同行していた。惣之丞は表戸の砕けたかくれがを、先に見にゆく。会津兵か新選組がひそんでいて、彼を捕えようとすれば、斬りあいになる。

龍馬たちは、それを怖れることなく、むしろ望んでいた。龍馬と昶次郎が拳銃を持ち、黒木が手槍《てやり》をたずさえている。

「二十人ばあ相手にしても、斬りまくっちゃらあ」

「弔い合戦をやらにゃいかん」

安岡金馬と高松太郎が、暁の微光のなかで殺気立った言葉をかわす。

龍馬も愛刀忠広の物打ちどころに、充分に寝刃《ねたば》をあわせていた。麟太郎家来の手札を見せても、理不尽に襲いかかってくる者があれば、戦うつもりでいる。

脱藩者の龍馬は、土佐藩横目《よこめ》に出会えば無事ではすまない。捕えられ死罪になるか、相手を斬って逃れるかである。

龍馬は一歩外へ出れば、いつ破滅するかも知れない危うい立場に慣れていた。

「雪隠詰《せっちんづ》めになって動けんようになったら、死にゃえいがよ」

皆が佩刀《はいとう》に反りをうたせ、待つうちにかくれがの表へ惣之丞が出てきて、手を振る。

「気遣いない。なかへ入りや」

かくれがに踏みこみ、打ちこわされた部屋をあらためるうち、高松太郎が板切れを持ってきた。

「おりょうさんの書置きぜよ」

龍馬は板の文字を眺めると、みぞおちをひきしぼられるような恋しさを覚えた。

「これから金蔵寺へいくきに、おんしらは戻れ」

太郎がいい返した。

「なんで戻るがぜ。ここまできたら、生きるも死ぬもいっしょじゃ」

陽《ひ》が昇る頃、七人は金蔵寺に着いた。間道伝いにいったが、途中で会津藩市中見廻《みまわ》りの一隊とあやうく鉢あわせする寸前、物蔭《ものかげ》にかくれ、事なきを得た。

金蔵寺に入ってゆくと、おりょうは縁を雑巾《ぞうきん》がけしていた。

「俺じゃ、いまきたぜよ」

龍馬が声をかけると、おりょうは眼を見張り、はだしで庭に飛び下りてきた。

「江戸から、帰らはったんかえ」

「いん、昶次郎から変事を聞いたき、いま駆けつけてきた」

おりょうは、龍馬の袖《そで》を力まかせにしぼる。眼から涙が噴きだしてきた。

龍馬たちが金蔵寺を出たのは、六月二十二日の日没後であった。

龍馬はおりょうと眠れぬ夜を過ごした翌日、金蔵寺の住職に鳥目《ちょうもく》を渡し、おりょう母子をしばらく預かってもらうよう頼んだ。おりょうにも当座の費用に三両を与え、日が暮れるまで庫裡《くり》で酒を飲み、宵闇《よいやみ》にまぎれ寺を出た。

沢村惣之丞が、道へ出ると酒くさい息を吐きながらいう。

「お前《ま》さんの恋人《といち》は、ほんまに男の眼をひく女子《おなご》じゃき、離れちょったら気が揉《も》めるろう」

「いん、まっことそうじゃ。絵に描いたような別嬪《べっぴん》じゃと、会うたんびに見直しゆう」

「情も深いろうのう」

龍馬は胸のうちで、その通りじゃとつぶやく。

昶次郎の案内で、人通りのすくない裏道伝いに伏見へむかう途中、道端に夜鳴きそばが屋台をとめていた。

「酔いをさましていくか」

七人がそばを一杯ずつ食いはじめると、そば屋が、なんとなくこっちの様子をうかがっている。

眼の早い龍馬が気づいて、そばを食いおえると道端で小便をするふりをして、そば屋のうしろから懐へ手をいれ、十手を抜きだした。

「なにしくさるんじゃ」

すばやく逃げようとするそば屋を足搦《あしがら》で投げとばした龍馬は、脇腹《わきばら》へ当身《あてみ》をくわせた。そば屋は倒れたまま、いびきをかきはじめる。

「なんじゃ、こいつは犬じゃったか」

高松太郎が尻《しり》を蹴った。

「放っちょき、一刻《いっとき》（二時間）ばあは眼がさめんろう」

七人は足早に遠ざかっていった。

二十三日の昼過ぎ、大坂に戻ると、老若が町なかを走りまわり、ほうぼうに群れをつくり騒がしく立ち話をしていた。奉行所同心が棒を持った下役らを従え、物々しい身支度で見廻りに出ている。

龍馬たちは専称寺につき、塾生から教えられた。

「今朝がた長州勢四百余人が、安治川口に着いた。来島又兵衛《きじままたべえ》という大将の率いる遊撃隊じゃ。皆白筒袖《しろつつそで》上衣で銃を持ち、一番手から五番手まで、それぞれ青黄白赤黒の木綿後鉢巻をしめ、玉襷《たまだすき》、鎖帷子の戦支度《いくさじたく》をしておった。二番手は家老福原越後《ふくはらえちご》の率いる三百人で、もう安治川沖まできているそうだ。池田屋で斬られた藩士らの仇討《あだう》ちに、京都へのぼるらしい」

六月二十四日の朝、さらに真木和泉《まきいずみ》、久坂義助、入江九一《いりえくいち》の率いる長州勢三番手三百人が、安治川口に上陸した。

彼らは勢揃いをしたのち、大坂町奉行所へ使者をつかわし、届け出た。

「これより関東へ願いの筋これあり、まかり通り申し候《そうろう》あいだ、決して騒ぎたて候ことには及ばず。この段お届け申しあげ候」

龍馬たちは長州諸隊が続々と京都へ出立してゆくのを見送った。

六月になって夕立も降らず、連日の日照りつづきで、地面は乾きひび割れている。道端には、冷やし飴《あめ》、枇杷葉湯《びわようとう》売りの店が軒をつらねていた。

長州勢三番手で、久留米《くるめ》の真木和泉、長州藩士久坂義助の率いる浪士によって結成された忠勇隊には、土佐勤王党の同志千屋菊次郎《ちやきくじろう》、千屋金策《きんさく》兄弟と、安岡金馬が参加していた。

金馬は文久二年の暮れに、龍馬にすすめられ、海軍塾に入門し、麟太郎のもとで航海術修業にはげんだ仲間であった。麟太郎が長崎へ出張したとき、彼も龍馬らと随行した。

金馬は長崎から帰ってのち、望月亀弥太らとともに、神戸生田の海軍塾から、大坂の長州藩邸に身を移していた。幕府の浪人狩りの手が、塾にまで及びかねない形勢になっていたためである。

彼は忠勇隊士として出陣するとき、八幡《やわた》、淀附近の水深測量をする役を与えられたが、かつて土佐藩から支給された測量器具を海軍塾に置いていたので、神戸に戻り、麟太郎に会い、暇乞《いとまご》いをした。

麟太郎はしばらく瞑目《めいもく》したのち、白無地小紋の筒袖を金馬に渡した。

「これは俺の引出物だ。これを着て討死にしてくれよ」

麟太郎は横をむく。頬《ほお》にひとすじ涙が伝っていた。金馬も涙をおさえられず、むせび泣いた。

麟太郎はいった。

「お前が隊へ帰ったら、久坂、真木らに伝言してくれ。事の善悪勝敗は天に任せ、一日も早く事をなせよとなあ。いいか、いうことはそれだけさ。早く帰んな」

金馬は十二ポンドホイッスル砲の照準役であった。

指揮役は池内蔵太、引き役は黒岩直方《くろいわなおかた》、散弾を装塡《そうてん》する役は楠本文吉、いずれも土佐人である。

龍馬は金馬が出立するまで、無駄に命を捨てることなく、生きて帰れとくりかえし説いた。

大坂から伏見へむかう長州勢の動静は、町奉行所の急使が京都へ知らせた。鉄砲を持ち、大砲を曳《ひ》き、戦支度をととのえた長州勢千余人が、上京の形勢であると知った禁裏御守衛総督一橋慶喜は、迅速に対応した。

彦根、加賀藩兵らが伏見まで出張し、京都守護職松平容保は東本願寺に本陣を置き、伏見から大坂への渡船、街道の通行をすべて停止した。

長州勢は袖印《そでじるし》を白、赤一つずつ付け、白地のほうには姓名をしたためている。

幕府の間者《かんじゃ》は、長州の徳山《とくやま》に、続々と長州藩兵が集結し、上京の支度を急いでいる様子を探索していた。

「このたび上京の儀は、これまで太守（藩主）より言上《ごんじょう》あいなり候を、上向《うわむき》にあい通ぜず候につき、右かけひきにまかり登り、もっとも八幡山（男山《おとこやま》）にて野陣いたし、かけあいあいなり候やの風聞」

長州藩は、池田屋騒動を契機に、実力によって京都へ進出し、攘夷派の勢力を旧に回復させようとしている。

幕府は、桑名、彦根、会津藩兵を、伏見から京都へむかう諸街道に布陣させた。往来に薪《まき》を積みあげ、長州勢が突破しようとすれば焼き払う用意をした。

来島又兵衛の遊撃隊は、陸路をとって二十二日に伏見へむかい、福原隊三百人は一日遅れてあとを追う。彼らは伏見の長州藩邸、本陣、宿屋に分宿した。

真木、久坂の忠勇隊は、太鼓を打ち鳴らし、二十三日の午後、宝寺《たからでら》に入り、天王山《てんのうざん》に本陣を置いた。

京都市中には、慶喜の指令をうけた諸藩兵が溢れていた。伏見、山崎、八幡、天龍寺《てんりゅうじ》の警備と、御所に配置した藩兵の総勢は、六万とも七万ともいわれた。

それぞれの陣所には、旌旗《せいき》、馬標《うまじるし》を立てならべ、大砲を十挺《ちょう》ほども置き、抜き身の槍を持った伝令が右往左往している。

陣小屋を組みたてる丸太、竹、蓆《むしろ》、縄など、さまざまの陣営具を運ぶ人馬が道にあふれ、歩くこともできない混雑ぶりで、すえた食物のにおいがただよい、蠅《はえ》が群れ飛び、歩く者の目や口にまで飛びこんでくる。

会津勢の詰めている銭取橋《ぜにとりばし》では、太鼓を打ち、法螺貝《ほらがい》を吹き鳴らし、祭のように騒々しい。

三条縄手の茶屋の縁台に腰かけている、飛脚の風体《ふうてい》をした男が、湯呑《ゆの》みについだ酒をなめては、辺りを眺めまわしている。

麟太郎に京都探索を命ぜられて、出てきた龍馬であった。

三条大橋の東詰に町会所がある。軒下の縁台に、白地稽古着《けいこぎ》に竹胴をつけ、浅黄地の麻羽織を肩にひっかけた新選組隊士の姿が、四、五人見えた。

彼らは蹴上《けあげ》から大津《おおつ》街道を通って三条大橋へやってくる通行人を、奉行所の目明したちに見張らせ、日蔭で縁台に腰をかけているだけである。

龍馬のいる茶屋から、半丁ほども離れているので、人ごみに邪魔されて彼らの動きはよく分からない。

龍馬は、朝のうちに粟田口の金蔵寺へ着き、おりょうの部屋に衣類と大小を預けてきた。時刻は七つ半（午後五時）を過ぎ、陽は西に傾いているが、地面からたちのぼる暑気は、真昼とかわらない。

おりょうは金蔵寺の庭へはいっていった龍馬を見るなり、駆け寄ってきて手を引き、裏手の納屋《なや》へ連れてゆき、板戸をしめると、しがみつき、頬ずりをした。

唇をあわすと、うわごとのようにいう。

「待ってたんえ。抱いとくれやす。抱いとくれやす」

汚れた畳のうえに茣蓙《ござ》を敷き、二人は着ているものを脱ぎすてた。

龍馬は耳もとに唸《うな》る蚊の羽音を気にするゆとりもなく、嵐《あらし》のようにたがいを一刻ほどもむさぼりあった。

龍馬は酒をふくみながら、考える。

――あがな女子《おなご》は、ほかには知らんぜよ――

龍馬は、ふたりだけの記憶を反芻《はんすう》する。おりょうは、会うたびに龍馬をおどろかせる反応をあらわす。龍馬はその経験を口にはだせないと思う。

身を離すとき、おりょうの白く張った臀《しり》のふくらみに、胡麻《ごま》をまいたように血ぶくれした蚊がたかっているのを見て、叩きつぶしたのを思いだし、口もとをゆるませていた龍馬は、にわかに険しい顔つきになった。

新選組隊士がひとり、こちらへ歩いてくる。刃渡り二尺四寸にあまるほどの大刀を、腰に閂差《かんぬきざ》しにして、大股に地を踏みしめてくる。右頬にまだあたらしい刀痕《とうこん》が、うすあかく残っている。年頃は二十五、六か。

龍馬は傲《おご》りたかぶった凶暴そうな隊士の顔を見たとたん、胸のうちに突然火を噴くような怒りを覚えた。

——亀弥太と佶磨の仇を討っちゃる——

彼はたちあがり、隊士のほうへ近寄ってゆき、すれちがいざまに、懐の匕首《あいくち》を抜き、左胸の肋《あばら》の六枚めのあたりへ、柄《つか》も通れと突き刺した。

龍馬は、たしかな手応《てごた》えを感じとると、そのまま立ち去った。あとをふりむきもせず、ふつうの足取りで歩いてゆく龍馬を、誰も呼びとめなかった。

道筋には大勢の男女がいて、龍馬が一瞬のうちにした行動を見ていたが、誰も声さえあげなかった。

心臓をつらぬかれた新選組隊士は、うつ伏せに倒れ、手足をふるわせるばかりで呻《うめ》き声もたてない。白木綿刺子《さしこ》稽古着の背筋に、とぎすました匕首の刃先が突き出ていた。

町会所から隊士や目明しが駆けつけたとき、死者は血溜《ちだ》まりのなかでことされていた。

「誰がやったか」

新選組の男たちが、朋輩《ほうばい》を殺した下手人をたずねるが、茶屋の主人が答えたのみであった。

「飛脚のような男が、いきなり突きよったんどす」

龍馬はそのあと数日を金蔵寺ですごし、ひきとめるおりょうの手をふりきって、神戸操練所に戻った。

彼は麟太郎に報告する。

「京都はえらい暑さで、竹田《たけだ》街道に出張しゆう会津藩兵らあは、皆甲冑《かっちゅう》をつけちゅうき、たまらんですろう。焼けるような炎熱で、病人が大勢出ちょります。山崎から天王山にたむろしゆう長州勢も、昼は暑うて、夜は篝火《かがりび》を焚《た》きゆうき、これもまた病人が多いように聞いちょります」

「忠勇隊の屯所へ立ち寄ったか」

「帰りがけにのぞいて、一晩飲みよりました。松山深蔵《まつやましんぞう》をはじめ、能勢達太郎、金馬も達者で、皆一升酒を飲みよったです。幕府方は会、桑両藩と彦根藩をはじめ、諸藩の兵六、七万を集めちょります。長州に内応しゆうがは因幡藩、加賀藩ですろう。京の町なかは諸物価が高値になるばっかりで、難儀しよります」

「因幡藩の留守居が、諸家中の留守居のあいだを駆けまわり、長州藩主父子入京の嘆願はもっともだ、皆で周旋してやろうと、日々会合しているという知らせは、こっちにも届いているさ」

龍馬は頭を掻《か》いた。

「こりゃ、先生のほうが神戸にいながら京都の情勢に通じておられる。面目ないです」

「そんなことはねえさ。実地を見てくるのがいちばんたしかだ。どうだえ、長州勢は戦をおっぱじめるつもりかえ」

龍馬は首をかしげた。

「いまはまだその気はないようです。虚勢を張りゆうだけじゃが、このうえ加勢がきたときが危ないかもしれんです」

京都の情勢は、日を追うにつれ逼迫してきた。七月七日の深更、長州藩家老国《くに》司信濃《しなの》、児玉小民部《こだまこみんぶ》らの率いる軍兵八百人が、大坂安治川口に到着。その一部は九日夕刻に山崎へ着いた。

彼らは、先着していた味方の士気をふるいたたせる知らせをもたらした。七月十三日に、長州世子定広《さだひろ》と五卿《きょう》が大軍を従え上洛《じょうらく》するという。

定広が京都に到着すれば、長州勢が会津、桑名藩を中心とする幕軍と、一戦をまじえるのは、おそらく避けられないなりゆきであった。

麟太郎は龍馬に頼んだ。

「塾の若い者らが、このうえ無法の挙に加わらぬよう、押さえていてくれ。あいつらにいうことを聞かせられるのは、お前さんのほかにいねえんだからな」

七月十日、薩摩藩歩兵四百余人が、まもなく大坂に到着するとの報が、大坂城代のもとにとどいた。

去年から京都に勤番の兵士たちと交替のためというが、彼らが京都に入れば、薩摩藩の戦力は倍加し、長州勢と対峙《たいじ》する幕軍の大きな支えになる。

大坂に着いた先発隊の指揮官は、七月四日に豊後を通過したとき、イギリス軍艦二隻が沖合に碇泊《ていはく》しているのを見たと、重大な情報を伝えた。イギリス艦隊の下関攻撃の日取りは切迫しているのであろうと、麟太郎は龍馬たちに語った。

「英、仏、米、蘭の艦隊が、下関に襲来するのを、長州人はなんとも思っていねえようだな。攘夷実行の命を下した朝廷と幕府が、ともに矢面《やおもて》に立って戦うべきだと思っているのさ。それよりも、まず京都で一年前の立場をとりもどすことが、あの連中には肝要なことなのだ。まったく乱暴きわまりない連中だが、口先ばかりでなんにもやらねえ幕臣よりは、命を惜しまねえだけでもましかも知れないねえ」

十二日の朝、龍馬は大坂の専称寺にきていた。

神戸操練所に、観光丸を配属させる手続きについて、麟太郎に協力するためである。

その朝も、烈日が照りつけ、庭木で蟬《せみ》がいらだつような啼《な》き声をあげていた。

「こう暑いと、西瓜《すいか》でも食わんと、やりきれんぜよ」

龍馬が縁先で褌《ふんどし》ひとつになり、塾生たちと西瓜を食っているところへ、登城していた麟太郎が、馬を走らせ戻ってくるなり告げた。

「昨日の昼過ぎに、佐久間修理《さくましゅり》（象山）が三条木屋町で、浪士らに暗殺されたぞ」

龍馬はくいかけた西瓜を放りだし、叫んだ。

「佐久間先生が、誰にやられたがですか。そがな非道をやる奴《やつ》は、どこの誰ながです。ぶち殺してやらにゃならん」

顔を紅潮させた龍馬は、中途から涙声になった。

「先生ばあの英雄は、またと出てきやせん。その値打ちを分からん阿呆がおったか」

彼はこみあげる涙を、腕でぬぐい、立ちあがった。

「これからすぐ、仇討ちにいってきますきに」

「待て、詳しい事情は明日にも分かるだろうから、そのうえで馬之助を連れて見舞いにいってやってくれ。倅《せがれ》の恪二郎《かくじろう》は、すぐ俺が引きとるから、連れてきてくれ」

麟太郎は、懐から紙片をとりだし、龍馬に渡した。

「これが昨夜、三条橋西詰に貼りだされた、賊らの書付けだ。まあ読んでみな」

龍馬はふるえる手で、書付けを読んだ。

「

松代藩

佐久間修理

この者、元来西洋学を唱え、交易、開港の説を主張し、枢機方へ立入り御国是を誤り候大罪、捨ておきがたく候ところ、あまつさえ奸賊《かんぞく》、会津、彦根二藩に与党し、中川宮へ事を謀り、おそれ多くも、九重《ここのえ》御動座、彦根城に移し奉ると義をくわだて、昨今しきりにその機会をうかがい候。

大逆無道、容《い》るべからず。天地国賊にて、すなわち今日、三条木屋町に於《おい》て天誅《てんちゆう》を加えおわんぬ。

ただし、斬首《ざんしゆ》、梟木《きようぼく》に懸《か》くべくのところ、白昼その儀にあたわざるものなり。

元治元年七月　　　皇国忠義士」

龍馬はみぞおちからこみあげてくる憤怒《ふんぬ》に、胴震いをおさえられなかった。

象山は五月なかばに、丸太町の寓居《ぐうきよ》から木屋町三条上ルの広い屋敷に移っており、随分住み心地がよくなったと、麟太郎に手紙で知らせてきていた。

「このたびの住居は、よほどよろしく候。二階八畳二間、六畳と三畳とつごう四間これあり。

みな押入れこれあり。東は鴨川にのぞみ、叡山《えいざん》、東山、清水《きよみず》ひと目に見渡され、月の夜など殊に妙に存じ候。

囲いも水屋もこれあり、総体の間数は十五、六。台所など大きく、厨《くりや》のつごうもよろしく候。」

象山は、麟太郎が長崎で買ってきた、舶来拳銃を使うこともできず、凶刃に倒れたのである。

佐久間象山が斬られた七月十一日、遠雷のひびきがどろどろと聞こえていたが、京都は油照りであった。

その朝、象山は愛馬王庭にまたがり、山階宮《やましなのみや》に伺候したが不在であったので、帰途、五条本覚寺《ほんがくじ》に宿陣している門人蟻川賢之助をたずね、八つ（午後二時）頃、木屋町三条の寓居へ戻っていった。

西洋鞍《せいようぐら》を置いた馬上の象山は、黒絽《くろろ》の肩衣《かたぎぬ》、白ちぢみの帷子《かたびら》、萌黄《もえぎ》五泉平《ごせんひら》の馬《うま》乗袴《のりばかま》の堂々としたいでたちで、白柄の大刀を帯び、陽よけに騎射笠《きしゃがさ》をかぶっていた。

草履《ぞうり》取り、若党、馬丁がひとりずつ供をしていた。若党坂口義太郎は剣士である。

三条小橋を渡り、木屋町通りへ通りかかったとき、雑踏にまぎれて近づいた二人の刺客が、突然刀を抜き、象山に斬りかかった。

馬上の象山は左足に浅い疵《きず》をうけたが、とっさに馬腹を蹴って逃れようとした。馬丁は、馬が急にあばれたと思い、両手をひろげ、前に立ちふさがった。馬が棒立ちになったので、象山は鞍からすべり落ちる。

刺客は象山が起きあがるまえに、幾太刀か斬りつけ、そのまま逃げ去った。一瞬のあいだの凶行であった。

若党の坂口があとを追い、逃げる刺客の一人に刀を投げつけたが、彼らはそのまま角倉屋敷の角を曲がり、高瀬川のほうへ姿を消した。

月番《つきばん》西町奉行から御小人目付《おこびとめつけ》、御徒目付《おかち》が駆けつけ、検視にあたった。「真田《さなだ》信濃守《しなののかみ》家来佐久間修理」という名札が懐から出てきたので、身許《みもと》はあきらかになった。

検　証

真田信濃守家来
佐久間修理
年齢五十四歳位

「一、身ノ丈《た》ケ五尺三寸位、顔細長ク、色白ク、眼細ク、鼻並、歯並前一本欠ク。髪斑白《はんぱく》、耳並、単《ひとえ》羽織及ビ袴ヲ着ク。

大小ヲ帯ブ。落馬ノママアイ倒レオリ、頭ヲ西ノ方ニ向ケ、足ヲ東北ニノバシ、疵所ハ左ノ脇肋骨《ろっこつ》ヲ刀ノ突疵一カ所深ク肺ヲ貫キ、而《しこう》シテ又、背首ノ付根ヨリ五、六寸ヲ下リ一刀ヲ下シ、死ヲ確ムルタメ切付ケタルモノ也《なり》。

右之通《みぎのとおり》コレアリ候。」


この検視書には、象山の身長を五尺三寸ぐらいと記しているが、実際は五尺八寸ほどもあり、大量の出血で体が縮んだため、見あやまったものであった。

刺客は熊本藩士で御親兵をつとめていた、河上彦斎《かわかみげんさい》ほか数人であったことが、のちに分かった。彦斎は、攘夷派のあいだで聞こえた暗殺者であった。

龍馬は七月十三日の夜、新宮馬之助とともに、佐久間象山の寓居へ出向き、後始末の手伝いをしたのち、遺子である十七歳の恪二郎をともない、数日後に大坂へ戻った。

おりょうに会いにゆきたかったが、いつ戦争がはじまるかも知れない情勢であった。

十三日に長州藩家老益田右衛門介が、四百余の兵を率い、大坂に着くとただちに京都へむかった。

十四日には薩藩汽船三隻が安治川沖に着き、五百人ほどの兵士が上京していった。

麟太郎は専称寺についた甥《おい》の恪二郎をあたたかく迎えた。

「おやじさんは、気の毒千万なことになったが、おふくろの順子も俺もついているから、この先苦労はさせねえよ。しばらく京都の情勢がおちつくまで、ここにいな。やる気があるなら、神戸操練所の生徒にしてやるぜ。いずれにしろ、俺たちはまもなく観光丸を神戸に廻《まわ》すから、いっしょにいこう。いつでも艦を動かせる支度をしておかねばならねえからな」

龍馬は麟太郎に、松代藩医の山田見龍の象山検視書写を渡した。

「これを読めば、象山先生はめった斬りにされちゅうです。斬り手は二人というけんど、若党が手を出すこともできんばあ、手早う動きよったというちょりました」

山田の検視書は、町奉行のそれとまったく違う内容であった。

額に四寸二ヵ所、肩二寸五分、左手の股《また》一寸、左脇腹二寸、左上のほう一寸五分、右の手二寸五分、右拇指《おやゆび》たて割り一寸、右臑《すね》三寸深さ一寸、右股二寸五分、左腕二寸五分、右腕二ヵ所、一ヵ所は二寸余、深さ一寸五分、右の二の腕より肩まで剝《は》ぎとり六寸、右頰は目より耳まで。

暗殺者たちは、白昼の路上で刀を風車のようにまわし、象山を無残な姿にした。

麟太郎は嘆息した。

「修理は、主上を彦根へ御動座し奉るようなたくらみは、しちゃいねえさ。しかし、祇園《ぎおん》西門に貼った書付けにそう書かれていりゃ、世間はほんとうにするからな。世間にそう思いこませるために、修理を斬ったのさ。長州勢と浮浪どもは、この機に戦をおこすつもりだよ」

京都では、麟太郎の推測の通り、長州勢が強硬な態度をあらわしはじめた。家老福原越後、国司信濃の名で、あらたな嘆願書を朝廷へさしだす。

「三条実美《さんじょうさねとみ》以下諸卿、毛利父子の赤誠を述べ、洛外屯集の長州藩士らが、雪冤《せつえん》の嘆願をしているのに、ひたすら退去せよとの御沙汰《ごさた》ばかりで、さらに追討の朝議さえあると承っている。

そのうえ、このたび佐久間修理暗殺によって、天皇の鳳輦《ほうれん》を遷《うつ》し奉るべしとの企てがあったと聞いたうえは、長州藩諸隊の鎮撫《ちんぶ》などは思いもよらず、われらも黙視できない。その企ての出所を承りたい」

御遷幸の噂が立つと、朝廷の公卿《くぎょう》のうちにも長州へ同情する者がふえてきた。

薩摩藩軍監西郷吉之助《さいごうきちのすけ》(隆盛《たかもり》)は、異なる反応を示した。長州藩が武力によって朝議を動かす意向をあらわしたと見て、ただちに追討の勅命を下すべきであると公言した。彼は、藩邸などに集合させた歩兵八百余人を、禁門守衛にいつでも動かすよう待機させている。

七月十八日の巳《み》の刻(午前十時)、朝廷は長州勢を、今日中に山崎そのほかの屯集の場所から撤兵させるよう、議奏、伝奏よりいい渡した。

おだやかに兵を引きはらい、その筋を経て嘆願すれば、寛大の御沙汰があり、入京を許されることもありうるという。

長州勢は、七月十七日、男山八幡宮社務所に集まり軍議をおこなっていた。いったん朝命に従い、兵庫まで退き、世子の上京を迎えたのち、進退を決すべきであるという慎重論を説いたのが、久坂義助、宍戸左馬之介《ししどさまのすけ》(九郎兵衛)であった。

二人は、藩主毛利慶親から、先に干戈《かんか》を動かし、戦をおこしてはならないとの、書付けをうけていた。

二十五歳の久坂が慎重を説くのに反し、遊撃隊長来島又兵衛は、四十九歳であったが、烈しく主戦論を説いた。

会議に二十人ほどの幹部が集まっていたが、来島が最初に発言した。

「諸君は進軍の用意をすませているか」

一座の者は答えない。来島は怒りをあらわしていった。

「いまや闕下《けっか》に迫り、君側の奸を除かんとするとき、進撃をためらう色あるは、なんたることだ」

久坂は静かに答えた。

「われらはもとより君側の奸をのぞく手段をとるは覚悟のうえであります。しかし、時機はまだ到来していません。君寃《くんえん》をそそぐためには嘆願に嘆願を重ねるべきです。

われらより手を出し、戦闘を開始するのは、本意ではありません」

来島又兵衛は、勇をふるって突進すれば、勝機を制すると信じこんでいた。

「世子公の来着《らいちゃく》を待てとは、なにを手ぬるいことを申すか」

久坂は反論する。

「いま軍を進め、宮闕《きゅうけつ》に至るには、まだ準備がととのっておらず、援軍もありません。必勝の計画なくして、戦機が熟したといえません」

来島は激昂《げっこう》して久坂を指さし罵《ののし》った。

「この卑怯者《ひきょうもの》めが、医者坊主は戦というものを知らぬか。貴様は天王山に登り、この又兵衛が鉄扇で賊軍を撃ち砕くを見物いたしておれ」

来島が部下を連れ、席を蹴って立ち去ったあと、久坂は浪士隊の長老で五十二歳の真木和泉に聞いた。

「和泉殿のご存念は、いかがですか」

真木は端坐したまま、答えた。

「来島氏に同意しましょう」

彼の一言によって、長州勢は追討の軍を向けられるのを待たず、十九日の夜明けまえに、京都へ攻めいることになった。

目的は君側の奸である会津誅戮《ちゅうりく》である。

伏見、山崎、嵯峨《さが》の三カ所に集結した長州勢のうち、最初に行動をおこしたのは、福原越後の率いる六百余人であった。

十九日子《ね》の刻（午前零時）頃から彼らが進撃をはじめると、松平容保はただちに、一橋慶喜と二条関白に異変を急報した。

慶喜は衣冠をつけ、騎馬で参内した。従者はわずかに四、五騎である。途中、暗黒の路上で、白鉢巻に甲冑をつけ、抜き身の槍を持った侍が二人、御所のほうからやってきてすれちがった。

さらに一丁ほどゆくうちに、またさきほどの侍たちとおなじいでたちの二人と行き会った。

慶喜は、会津兵が斥候に出ているのだと思い、機敏な行動であると頼もしく思った。

だが、彼らは長州藩士で、慶喜らを参内する公卿と思い、見逃したのである。慶喜と知ればたちまち襲いかかったであろう。

市中に身をひそめている長州藩士の数は多かった。彼らのうちには、因州鳥取藩士の肩印をつけている者もいた。彼らは宮門の内外に出入りして、攻め寄せてくる味方と呼応するため、戦機を待っている。

鳥取藩は、長州藩に内応する密約をしていた。

七月十九日丑《うし》の八つ（午前二時）頃、神戸海軍塾の自室で寝こんでいた龍馬は、揺りおこされた。

高松太郎が、蚊帳《かや》の外から声をかけた。

「叔父《おい》さん、東の空がまっかに見えるぜよ。京都で戦がおこったがじゃないろうか」

龍馬ははね起き、浜辺へ走り出た。

深夜であるが、村人が大勢出ていて、夜空の一方が朱に染まっているのを眺め、声高に話しあっている。

「あれは京都の方角に違いないろう。先生に知らせにゃいかん」

龍馬は数人の塾生とともに、厩舎《きゅうしゃ》から率《ひ》きだした馬にまたがり、生田の森の鱗太郎屋敷へ走った。

鱗太郎は馬蹄《ばてい》のひびきを聞きつけ、門外に出てきた。

「京都でおっぱじまったか」

「そのようです。門の屋根へあがったら、よう見えますき、肩車に乗ってつかあされ」

鱗太郎は身軽く門の屋根に乗り移るなり、叫んだ。

「あの火は京都に違《ちげ》えねえ。たいへんな大火事だ。さっそく観光丸の釜を焚く支度をはじめなきゃならねえぞ」

観光丸乗組員は、すべて海軍塾生であった。美作津山《みまさかつやま》藩士道家帰一、黒木小太郎、高松太郎、千屋寅之助、近藤昶次郎、新宮馬之助、越後長岡《ながおか》藩士鵜殿豊之進《うどのとよのしん》（白峰駿馬《しらみねしゆんめ》）、横井小楠の甥横井左平太、同大平らである。

龍馬は鱗太郎とともに観光丸に乗りこみ、出帆の支度をすすめた。

夜があけ、鷗《かもめ》が啼きさわぐ空が晴れ渡った頃、大坂城代の急使が早船であらわれ、京都の情勢を告げた。

「長州藩が順逆を誤り、京師《けいし》において発砲いたし、伏見表、竹田街道、蛤御門《はまぐりごもん》で戦争をはじめたので、すぐ大坂へお越し願いたい」

兵庫港では、今夜か明日頃には毛利家世子定広が、三千人ほどの兵を率い到着するというので、先発の藩士が宿の割りあてに駆けまわっている。

麟太郎は観光丸で大坂へむかうまえ、長州藩士の塾生に、いいおいた。

「京師の暴発は、激徒の愉快心より生じたもので、何の採るべきこともねえよ。お前は長門守（定広）殿が兵庫に着けば、俺がこういっていたと申しあげてくれ。激徒とともに国家の大事を誤るようなことは、国主のなすべき行いではねえとな」

京都では、長州勢のうち最初に行動をおこした福原隊が、ある者は甲冑をつけ、ある者は烏帽子《えぼし》、直垂《ひたたれ》、筒袖《つつそで》陣羽織など、思い思いの服装で進軍した。提灯、松明《たいまつ》をつけ、敵の銃撃の目標になることなど考えもせず、伏見街道を北上してゆく。

藤杜《ふじもり》附近に進んだとき、行く手の闇中《やみなか》から騎馬武者一騎があらわれ、しばらく足をとめていたが、

「お先に失敬します」

といいすて、もときたほうへ駆け戻っていった。

「あいつは何者じゃ。顔に見覚えがあるか」

などといいつつ前進してゆくと、いきなり前方から猛烈な射撃をうけた。

味方の斥候であろうと思っていた騎馬武者は、大垣《おおがき》藩の斥候であった。

福原隊はたちまち死傷者が続出し、隊長福原も顔に銃創をうけた。先鋒《せんぽう》の分隊は大垣勢を撃退し、そのまま前進を続けようとしたが、本隊が戦意を失い、そのまま総崩れとなり、山崎、天龍寺から出陣した味方との連絡をとることもなく、西国《さいごく》街道を退却していった。

嵯峨、天龍寺から出陣した国司信濃隊七百人は、途中から二手に分かれ、六つ半（午前七時）頃、間道伝いに一条戻橋《もどりばし》に達し、中立売《なかだちうり》、蛤、下立売《しもだちうり》の諸門を襲った。

蛤御門を撃ちやぶり、御所に侵入したのは、来島又兵衛の指揮する一隊であった。守っていた会津兵は、先手の兵が猛攻に耐えかね退却するのを、うしろにいた本隊が敵と見誤り、銃撃を浴びせたので将棋倒しとなり、おびただしい損害が出た。

そのとき乾御門《いぬいごもん》を守っていた薩摩藩兵が、うしろから銃砲を撃ちかけた。

馬上で金の采配《さいはい》をふり指揮していた来島又兵衛は、薩軍の川路利良《かわじとしよし》に狙撃《そげき》され死んだ。国司信濃の指揮する一隊は、中立売御門から侵入し筑前兵を撃破したが、会津、薩摩の軍勢に攻められ、潰走《かいそう》した。

山崎天王山から出発した真木和泉、久坂義助の部隊は、蛤御門の戦いが終わりかけた頃、松原《まつばら》通りから柳馬場を北上し、堺町門を攻めたが、守備を固めていた越前兵に大砲、小銃をうちかけられ、寺島忠三郎、久坂義助、入江九一らは戦死し、敗走した。

このような戦況は、大坂へまったく伝わってこない。斥候を出しても、怖れて深入りをしなかった。

二十日の朝、麟太郎と龍馬が斥候になって、大坂桜《さくら》ノ宮《みや》から淀川沿いに進むうち、三人の兵士の乗った舟が目のまえにとまった。兵士らは上陸すると、突然刺しちがえて死ぬ。あとの一人は大刀で喉《のど》を突いて自害した。

麟太郎と龍馬は、三人の壮士の気合をかけあっての自害のさまを、眼前に見ると息が苦しくなるほど動悸《どうき》が高まった。

龍馬が声をかけた。

「先生、長州は負けたにかありませんね」

麟太郎はうなずくが、蒼《あお》い顔で生唾《なまつば》を吐きつつしばらくしゃがんでいて、ようやく立ちあがった。

「長州は一日で負けたか。これでひとまず安心だな」

淀川の堤のうえを、三軒家《さんげんや》まで帰ってきたとき、にわかに対岸から銃声が烈しく湧《わ》きおこり、流弾が唸りながら頭上を過ぎてゆく。

ブヒョッ、ブヒョッと流弾の音が短いのは、身近に迫っているためである。

「先生、土手の下へいかにゃ危ない」

龍馬が麟太郎を抱えるようにして、身を低めたとき、耳の傍《そば》でパチンと何かのはじける音がした。

麟太郎のかぶっていた陣笠に流弾が命中し、ふたつに割れていた。

対岸にいるのは幕兵で、彼らは一人の長州藩兵が乗った小舟が下ってきたのを狙撃していた。

その朝、淀川桜ノ宮附近で自害した長州藩兵は十一人、負傷者三十余人が高松、津山藩兵に捕えられた。

戦争によっておこった大火は、乾燥しきった炎天のもと、河原町御池の長州藩邸と御所周辺の町屋から発して南下し、二十一日になっても鎮火しなかった。

焼失した町数八百十一町、村方一ヵ所、家数二万七千五百十七軒、土蔵千三百十六ヵ所、寺社塔頭《たっちゅう》二百五十三ヵ所、寺社境内建家百五十五軒、諸侯屋敷四十ヵ所、堂上方十八ヵ所。

類焼したのは、北は御所近辺から、南は御土居藪際《おどいやぶぎわ》、東は寺町、西は東堀川《ひがしほりかわ》までであった。

上京《かみぎょう》は家数二万四千五百七十四軒のうち、五千四百二十五軒、下京《しもぎょう》は二万四千八百四十軒のうち、二万二千九十二軒が焼けた。

京都で会津藩兵が、捕虜を残らず斬首していると聞いた龍馬たちは、憤懣《ふんまん》を洩《も》らした。

「降参した者は、追い放してやりゃえいに。皆殺しにすりゃ、怨《うら》みばああとに残し、また騒動をおこすぜよ。大坂へ新選組がきて、怪しい者はかたっぱしから斬りすてるそうなが、そがなことをするき、怨みの根が深うなるがじゃ」

麟太郎は、長州敗北により、幕威がさかんになり、塾生の龍馬たちの身許改めがはじまるのではないかと、案じていた。

龍馬が麟太郎と別れるときは迫っていた。彼はこのあと、三年四カ月のみじかい命を、おりょうとともに過ごし、燃えつきるのである。

（『龍馬　四　薩長篇』に続く）

この作品は二〇〇五年四月に角川文庫で刊行されました。

初出紙　「東京新聞」「中日新聞」「西日本新聞」「北海道新聞」に一九九九年九月二七日から二〇〇〇年五月七日まで、「高知新聞」夕刊に一九九九年一二月二四日から二〇〇〇年九月一六日まで連載（原題「奔馬の夢」）
単行本　二〇〇一年八月、角川書店刊

津本　陽

月とよしきり

落ちぶれ果てても男には、譲れない道がある！　『天保水滸伝』で有名な伝説の剣豪、平手造酒。将来を嘱望されながらも、不運の転落人生を歩んだ剣客。その魂の叫びがよみがえる痛快時代小説。

集英社文庫

集英社文庫

龍《りょう》　馬《ま》　三　海軍篇《かいぐんへん》

2009年10月25日　第1刷
2010年1月25日　第3刷

定価はカバーに表示してあります。

著　者　津本《つもと》　陽《よう》

発行者　加藤　潤

発行所　株式会社 集英社
東京都千代田区一ツ橋2-5-10　〒101-8050
電話　03-3230-6095（編集）
03-3230-6393（販売）
03-3230-6080（読者係）

印　刷　中央精版印刷株式会社　株式会社美松堂

製　本　中央精版印刷株式会社

フォーマットデザイン　アリヤマデザインストア　　マークデザイン　居山浩二

ISBN978-4-08-746496-2 C0193